FOLIO SCIENCE-FICTION

Joël Houssin

Le Temps du Twist

Denoël

Cet ouvrage a été précédemment publié dans la collection Présence du futur aux Éditions Denoël.

Né en 1953, Joël Houssin a publié ses premières nouvelles dans la revue *Fiction* avant de devenir l'un des auteurs phares du Fleuve noir avec la saga du *Dobermann,* adaptée à l'écran par Jann Kounen, et d'une dizaine de romans d'anticipation à l'écriture foudroyante, impétueuse et sans concession, proprement cinématographique.

Scrutateur inlassable de la violence urbaine contemporaine, pourfendeur émérite du politiquement correct, Joël Houssin consacre aujourd'hui son talent singulier à l'écriture de scénarios pour le cinéma et la télévision.

Considéré comme son chef-d'œuvre, *Le Temps du Twist* a obtenu le Grand Prix de l'Imaginaire en 1992.

Ma, ma, ma, I'm so happy,
I'm gonna join the band.
We are gonna dance and sing and celebration,
We are in the promised land.

1.

Au dernier matin de ses quinze ans, Antonin Hofa sentit flotter dans l'air de sa chambre une forte odeur de changement. Le ciel n'annonçait pourtant rien de particulièrement excitant. L'aube était sombre et la tempête soufflait. Sans doute n'était-ce pas vraiment une tempête, mais le vent paraît toujours plus violent lorsque les nuages masquent la lumière.

Le réveil d'Antonin avait sonné toutes les deux heures, comme toutes les autres nuits. Sa main était allée cueillir, dans un geste parfaitement programmé, la bouteille de vodka posée sur sa table de chevet. Deux ou trois gorgées. L'équivalent d'un verre de vin. Deux verres pleins pour la nuit et, au matin, une formidable migraine.

Antonin se leva avec une prodigieuse envie de mourir. Il allait avoir seize ans et cette étape dans son existence lui semblait tout à fait accablante. La perspective des festivités familiales qui l'attendaient y était sans doute pour quelque chose... Comment pouvait-il définir plus exactement son malaise ? Il ne se sentait pas à la hauteur. Une sensation confuse et tenace. A hauteur de quoi ? « De la vie, songea Antonin, je ne suis pas à la hauteur de la vie. » Il devait tenir ça de son père qui s'était souvent et volontiers rangé, non sans un certain humour, parmi les handicapés de l'existence, ces mutilés à qui aucune pension n'est jamais versée.

Le réveil marquait huit heures. Antonin regarda autour de lui et jugea le décor de sa chambre passablement grotesque. Il eut soudain envie de murs blancs, de matelas à ressorts, de parfum d'hôpital, de position fœtale et d'ampoule nue accrochée au plafond. Son visage se chiffonna, composa une esquisse de colère et de dégoût assez parfaitement réussie. Il se leva et commença par débrancher les hologrammes de rock stars qui encombraient l'espace. Joe Moe Dee et les One Shot s'évanouirent avec un plop rageur. Touchy, la rockeuse cybernétique aux seins nus, résista quelques secondes au reset de la console, clignota, se dilua avec une lenteur exaspérante avant de disparaître, ne laissant derrière elle qu'une vague persistance rétinienne. Ce n'était pas encore suffisant. Antonin regarda le poster publicitaire du dernier album live des Redemption, le groupe vedette de la Nouvelle Eglise. Des micro-organismes fluorescents faisaient palpiter le logo et les titres du concert...

Ditty of despair (Redemption)
No woman no cry (Marley)
Feel like a meadow muffin (Redemption)
Stop double-clutching my heart (Redemption)
I walk a mile for tequila (Redemption)
Rain and tears (Aphrodite's Child)
My beers taste like tears (Redemption)
Two-headed bottle (Redemption)
Rock and wine (Redemption)
She's my android (Redemption)
Religious leader (Redemption)
** Recorded « live » on stage at North Agora.*

Antonin arracha le poster géant. Les micro-organismes lâchèrent un discret gémissement collectif. L'adolescent poursuivit son nettoyage avec un acharnement méthodique. Il jeta sans regret les sulfures animés d'anciennes vedettes des Sculptures inhumaines, coupa les colonnes laser qui balayaient la pièce de leurs faisceaux de couleur et rangea les Billes de Lune qui flottaient lentement à hauteur d'homme comme des hippocampes bercés par de mystérieux et invisibles courants.

Antonin se laissa choir sur son lit. Ça prenait tournure. Tous les cadeaux de son dernier anniversaire avaient disparu. L'adolescent s'estima assez agréablement surpris par le résultat. Un simple changement de décor. C'était enfantin, dans le fond. Il suffisait peut-être de se débarrasser de tout ce qu'on pouvait partager avec d'autres.

« Les émotions communes sont toujours communes », décida Antonin.

Cette réflexion aviva dans sa tête l'appréciable migraine qui le taraudait chaque matin. Antonin jugea que tout cela n'était sûrement pas suffisant pour justifier le parfum de changement qui l'avait surpris au réveil. Repeindre les murs en noir aurait sûrement été salutaire mais il n'avait ni le temps, ni le matériel, ni même la volonté pour le faire. A défaut, pris d'une frénésie ménagère, il débarrassa les murs des indispensables souvenirs qui l'étoilaient, cartes postales en 3-D, médailles, diplômes et autres gadgets ponctuant quinze années remplies d'une notable quantité d'événements d'importance nulle.

Il ne resta bientôt plus rien de ces repères qui bornent la mémoire et la chambre commençait à ressembler à l'idée qu'Antonin se faisait d'une cellule de condamné à perpétuité. Ces prisonniers-là devaient fatalement gommer de leur univers quotidien toute référence à l'extérieur et à leur passé.

« C'est comme si je n'avais jamais vécu ! » s'exclama Antonin, ravi.

Il avala d'un trait sa première dose de la journée, un double Southern Comfort odieusement liquoreux. Cet instant d'euphorie dilué, il décida qu'il manquait quelque chose pour que sa chambre fût tout à fait choquante. Il fouilla une commode dont les tiroirs vomissaient leur trop-plein d'objets oubliés et trouva ce qu'il cherchait sous la forme d'un cube métallique de dix centimètres de côté hérissé de deux fiches mâles. On branchait l'appareil directement sur le secteur, comme ces diffuseurs de poison à insectes. 42-Crew, le grand bidouilleur du gang des taudis humains, lui en avait fait cadeau la semaine dernière et on pouvait faire confiance à 42-Crew pour avoir des idées radicalement délirantes.

Antonin brancha l'objet et conclut que 42-Crew, non content d'être le meilleur hacker du collège, était également sans conteste le type le plus cinglé que cet honorable établissement ait jamais compté parmi ses étudiants.

D'abord, le cube court-circuita tout le réseau électrique de la pièce, la plongeant aussitôt dans l'obscurité, ce qui ne surprit que très moyennement Antonin. 42 avait l'habitude de soigner ses intros. Ensuite, une sphère verdâtre se matérialisa au centre exact de la chambre, flottant à mi-hauteur, comme une énorme Bille de Lune. La sphère imprimait au décor des lueurs palpitantes et glauques. Elle se déforma, dessina un visage d'homme et Antonin dut admettre que ce visage qui planait à quelques dizaines de centimètres de lui appartenait à un vieillard indéniablement mort. C'était l'hologramme le plus morbide et le plus étonnamment malsain qu'Antonin ait jamais eu l'occasion d'observer. Fou et génial, 42-Crew l'était assurément au-delà de tous les clichés.

Antonin, aux anges, passa le plus clair de sa journée en compagnie du vieillard mort, craignant que sa mère n'entre dans la pièce et, sous le coup de l'émotion, n'aille rejoindre dans les limbes le vieil homme qui avait servi de modèle à 42-Crew.

En fait, Antonin devait avoir deux anniversaires ce jour-là. Au cours du premier, celui dont la perspective l'épuisait, on allait l'autoriser à prendre sa première cuite officielle, publique et familiale. Naturellement, Antonin buvait déjà beaucoup, régulièrement, et depuis sa naissance, mais sans jamais aller jusqu'à rouler sous la table. Sa mère s'était efforcée de toujours le maintenir entre deux alcools, à ce point d'ivresse fragile et instable qui autorisait encore l'activité cérébrale sans ouvrir les portes au rétrovirus Zapf. Dans la famille Hofa, comme dans tous les foyers respectables, on buvait comme on prend des médicaments. Discrètement. En respectant la posologie. Objectivement, il fallait tout de même admettre que tout le monde était beurré vingt-quatre heures sur vingt-quatre. Cette situation n'allait pas sans quelques désagréments. Le taux de mortalité infantile atteignait des proportions cosmiques et l'espérance de vie avait chuté de moitié. Pour Antonin, qui était né dedans, tout se résumait en une calvitie précoce, un ventre mou et distendu, un teint jaunâtre étoilé d'acné bourgeonnante et un foie hypertrophié qui commençait à lui comprimer le poumon droit. Rien donc qui le distinguât des jeunes de sa génération. Pour lui comme pour les autres, les activités sportives étaient fatalement devenues obsolètes et tous les adolescents ressemblaient à de petits vieillards imbibés de mauvais vin.

Antonin observa avec une moue de mépris à peine dissimulée les cloportes qui composaient sa famille et qui rappliquaient de toute façon dès qu'il s'agissait de se pinter en groupe et de peloter des femmes. Il devait malgré tout admettre que l'ivresse solitaire avait quelque chose d'absolument triste. Mais cette frénésie dans les beuveries familiales, dans ces partouzes éthyliques, heurtait la sensibilité de l'adolescent. Sa mère les lui présenta comme des oncles, des cousins, lointains, petits ou germains, des neveux ou même tout bonnement comme des amis de la famille. Antonin les trouva tous pathétiques. Encore hypnotisé par l'hologramme de 42-Crew qu'il avait admiré toute la journée, il embrassa des tas de joues inconnues, échangea de brèves banalités d'usage et se laissa docilement charrier par des imbéciles qui marinaient depuis trente ans dans le vin cuit et le spiritus de contrebande. Le début de la soirée était parfaitement sinistre et Antonin estima que ça n'avait vraiment aucune chance de s'améliorer. Il décida donc de boire sans aucune modération, avec le vague espoir de se mettre au niveau de sottise générale.

Antonin ne se souvenait pas d'avoir vu autant de parents réunis depuis l'enterrement de son père, deux ans plus tôt. Il n'en tira aucune fierté particulière et mit raisonnablement ce succès sur le compte du luxe dont aimait s'entourer sa mère dès qu'il s'agissait d'inviter la famille. Elle le faisait heureusement rarement mais tenait avec une énigmatique ténacité à fêter dans le nombre et l'opulence chaque anniversaire de son fils unique. Antonin n'avait pas encore trouvé le courage de lui demander de renoncer à cette cérémonie annuelle. Elle en retirait un trop visible plaisir... Et elle n'avait plus tant de bonheur à dispenser depuis que son mari s'était suicidé en arrêtant de boire. Cinq jours exactement après son sevrage, Camille Hofa, le père d'Antonin, était atteint par le virus Zapf, plus scientifiquement baptisé syndrome Rigor Mortis Ante Mortem. Les symptômes du rétrovirus débutaient généralement par d'insupportables migraines accompagnées d'une fatigue considérable et d'une fièvre volcanique. Les lymphocytes livrant leur dernière bataille, cette incubation pouvait durer trois ou quatre jours. A cette période d'abattement et de transes hyperthermiques succédaient une intense sensation de froid et de terribles douleurs musculaires, des crampes intolérables comparables à celles provoquées par le tétanos. Les articulations se bloquaient, les cordes vocales s'atrophiaient, la tension artérielle chutait tandis que l'épiderme du malade prenait la couleur du plomb. Quelques heures plus tard, la peau se marbrait d'atroces ecchymoses aux endroits où le sang s'accumulait et la température du souffrant tombait au niveau de la température ambiante. A ce stade, le plus ahuri des médecins aurait pu diagnostiquer la mort. Le problème était précisément que les malades ne se décidaient pas à mourir. Ils continuaient à se déplacer, très lentement, en émettant des bruits de fagots brisés, à souffrir, à gémir et à se nourrir. Manger devenait même leur principale préoccupation. Pour lutter contre les souffrances de la Rigor Mortis, ils devaient absorber des quantités industrielles de graisse et de calories, essentiellement contenues dans la viande. Camille Hofa n'imposa pas cette dégradation à sa famille. Il se tira une balle dans la tête avant de ressentir les premiers signes de rigidité et alors que la mère d'Antonin, éperdue d'amour, promettait de lui trouver toute la viande dont il aurait besoin pour ne plus souffrir. Beaucoup de gens tentaient de garder ainsi un Zombi Zapf, un z.z., dans leur foyer. Mais la viande était hors de prix, les autorisations délicates à obtenir et l'odeur positivement insupportable. Et, bien que l'amour fût prétendu aveugle, l'aspect déliquescent des z.z. désespérait bien des passions. Il était difficile de rester amoureux d'un quartier de viande avariée qui manifestait à peu près autant de vivacité d'esprit qu'un lémurien élevé à la marijuana et dont la conversation se résumait à quelques clapotis de marécage. Quelques riches vieillards, et il fallait l'être pour offrir à son conjoint autre chose que de la charogne ou des abats corrompus, conservaient près d'eux leur compagne. Condamnés par la cirrhose ou le cancer du foie, ceux-là n'avaient d'autre choix pour continuer à vivre ensemble que de laisser le rétrovirus les perpétuer au-delà de la mort. En cessant de se saouler et en se suicidant, Camille Hofa avait offert à sa femme et au monde une preuve d'amour absolue. Du moins Antonin l'interprétait-il comme ça... Le reste de la famille considérait plutôt que Camille avait succombé à une crise de démence due à la synergie entre l'alcool et une incontestable faiblesse d'esprit. On chuchotait même qu'il avait tenté de devenir un z.z. et il n'y avait pire insulte à la mémoire d'un mort.

Ayant salué chaque invité, Antonin, vedette délaissée de la soirée, put à loisir observer l'aréopage de crétins alcooliques qui composaient la famille Hofa. Ils appartenaient presque tous à la Nouvelle Eglise et s'inventaient à voix haute des passions destinées à meubler leur existence d'outres à pinard. Invariablement, l'imagination en berne, ils ne tarderaient plus à puiser dans leur stock d'histoires drôles (dont les z.z. formaient naturellement le sujet essentiel) ou à reprendre à leur compte les derniers avatars des champions des Sculptures inhumaines. Antonin, consterné, se demanda s'il était vraiment condamné à suivre cette autoroute tranquille, à plonger dans ce lac d'alcool frelaté où rien d'imprévu ne pouvait vraiment surgir... Mieux valait sans doute mourir tout de suite que de s'imaginer, dix ans plus tard, un verre de vin cuit à la main, en train d'échanger des platitudes dans l'unique but de mouvementer une vie plus désespérément linéaire qu'un parcours d'enterrement.

Antonin décida donc de se suicider. Comme son père Camille...

La mère d'Antonin, loin d'imaginer les projets morbides de son fils, papillonnait, affable et ravie. Elle parlait beaucoup des excellents résultats scolaires d'Antonin et ses interlocuteurs feignaient maladroitement de s'en réjouir. Antonin, il est vrai, obtenait avec 42-Crew les meilleures notes de tous les étudiants de troisième année. Naturellement, il trichait et l'enthousiasme de sa mère ne le rendait pas plus fier pour autant. Le travail effectué par 42-Crew pour bidouiller les contrôles valait sûrement toutes les thèses du monde.

« Quand on réussit le début de sa vie sur un coup de bluff, on ne peut pas vraiment respecter la suite du parcours. Je suis né pour tutoyer les obstacles... », prétendait souvent 42 avant de s'injecter quelques milligrammes d'alcool.

Au verre suivant, Antonin s'intéressa aux femmes. Il n'avait jusqu'à présent jamais vraiment prêté attention au désastreux clivage sexuel qui semblait régir sa famille. Le sexe féminin tolérait moins longtemps l'alcoolisme et les femmes étaient ici comme ailleurs assez sensiblement minoritaires et très objectivement laides. En revanche, une confortable majorité d'entre elles se situait aux alentours de la trentaine, faisait largement le double et essayait d'en paraître vingt. En les observant, avec leurs perruques fluo bicolores, leurs bouches trop peintes découvrant à l'occasion d'un rire gras des gencives fleuries de prothèses customisées, leurs couperoses et les coutures de leurs liftings masquées par des étendues de fond de teint, leurs vêtements trop obstinément branchés tendus sur des bourrelets de mauvaise graisse, Antonin se sentit glacé par un épouvantable sentiment de tristesse. Il était finalement sur le point de se suicider avant le début du repas lorsqu'il aperçut sa cousine germaine Charlotte, la fille cadette du frère de son père. Antonin ne l'avait pas revue depuis près de cinq ans. Son père s'était tiré à l'époque en qualité de contremaître sur une des dernières plates-formes pétrolières de la mer du Nord, au service d'une compagnie qui exploitait essentiellement une main d'œuvre composée de z.z. mangeurs de poisson. Sa petite famille s'était installée dans un village, sur la côte normande, et Charlotte avait grandi. Son cul et ses seins, surtout. L'excès d'alcool l'avait certes légèrement enrobée, avait terni son teint et épaissi ses chevilles, mais elle conservait malgré tout une étonnante fraîcheur. Elle s'efforçait pourtant, à l'inverse de ses consœurs, de ressembler à une femme mûre.

En l'observant, Antonin se rappela qu'il était finalement plus raisonnable de tirer au moins une fois son coup avant de songer à mourir. Bien sûr, 42-Crew avait promis de lui ramener une fille pour cette nuit d'anniversaire mais si 42-Crew était capable de pirater ou de fabriquer à peu près n'importe quoi en matière d'informatique, personne ne savait ce qu'il valait avec les filles. Et puisque Charlotte était là et qu'il n'était pas possible de filer avant la fin du repas...

Au cours des verres suivants, Antonin parvint à embrasser Charlotte à trois reprises, lui faisant croire à chaque fois qu'elle avait oublié de le faire. Charlotte n'était vraisemblablement pas dupe et se dérobait en riant sans trop de malice lorsque son cousin cherchait ses lèvres. La quatrième fois, Antonin la coinça dans la cuisine. Profitant d'une érection respectable, il s'était franchement collé contre elle pour lui faire sentir sa queue. Elle s'était vivement écartée, les pommettes rosissantes et le regard sévère.

« Antonin ! On en reparlera quand tu auras vingt ans ! »

Il considéra l'échéance et la jugea vraiment insupportable. Comment pouvait-on fixer des délais, et surtout en matière de jouissance, alors que le corps, et tout particulièrement ses capacités sexuelles, se détériorait à une vitesse météorique ? Il fallait au contraire, et très logiquement, baiser le plus souvent possible tant qu'on le pouvait encore. Mais l'ivresse quotidienne qui poussait si volontiers les hommes vers la luxure paraissait incliner les femmes vers un romantisme désuet et exaspérant. Malgré la frustration, Antonin fut cependant assez satisfait d'avoir fait comprendre à sa cousine qu'il disposait d'un braquemard tout neuf en état de fonctionnement.

« De quoi reparlerez-vous quand vous aurez vingt ans ? avait questionné sa mère en entrant dans la cuisine.

– Des logiciels d'émulation cosmique », avait aussitôt répondu Antonin.

Maman Hofa posa un somptueux pâté de soja au bleu dans un plat en grès.

« Charlotte a raison », décida-t-elle en enfournant son pâté et en lançant le logiciel de cuisson. « Vous avez tout le temps de parler de ça. Aujourd'hui, c'est la fête. »

Charlotte regarda Antonin, médusée. Elle se retenait de rire et ses seins gonflaient. Elle quitta la cuisine et Antonin ne parvint plus, malgré ses tentatives, à s'isoler une seule autre fois avec elle.

Antonin fit à peu près bonne figure jusqu'à l'arrivée du sauternes et de la terrine aux « trente petits légumes du jardin ». Le vin blanc doux et ses imprévisibles effets secondaires ne réussissaient guère à Antonin. De manière générale, il évitait de boire du vin, d'une teneur trop faible en degrés et éprouvant à moyen terme pour l'estomac et les intestins. Avec le club des taudis humains, il disposait de breuvages plus efficaces contre le virus et de substances notoirement plus rapides pour s'envoyer en l'air. Pourtant, entre Charlotte, l'énervement et ses pulsions de mort, Antonin avait vidé à peu près tous les verres qui lui étaient tombés sous la main. Et il en traînait ostensiblement partout... Antonin songea qu'avec l'haleine qu'il commençait à dégager le rétrovirus Zapf devait le fuir à plus de deux kilomètres. Plus l'apéritif s'éternisait, plus Antonin transpirait et moins Charlotte lui accordait de regards. Le jeune Hofa prit conscience qu'il n'était finalement qu'un adolescent précocement ventripotent, plutôt petit, joufflu, le visage gangrené par une acné suppurante qui le faisait ressembler à un portrait-robot de la petite vérole. L'ensemble étant naturellement destiné à séduire des filles qui se passionnent essentiellement pour ce que les mecs ont le moins de mérite à avoir. Ça n'allait pas être simple...

Ces interminables préludes se révélaient incontournables, tous les connards qui ne s'étaient pas vus depuis l'année dernière ayant toujours un tas de trucs exceptionnels à se raconter. Et Antonin buvait de plus en plus vite, saisi par cette espèce de frénésie qui anime subitement les ivrognes à l'orée des bitures mémorables. Il commençait à avoir des problèmes de stabilité quand l'oncle Ultimate décida de s'intéresser à lui. Ce n'était sûrement pas un coup de chance. L'oncle Ultimate était probablement ce qu'on pouvait fabriquer de plus stupide et de plus prétentieux dans le genre humain. Bâti tout en épaisseur sur le modèle des crétins militants des organisations de « survivance », l'imbécile avait achevé sa carrière à trente-cinq ans dans la brigade de contrôle des z.z. au grade de lieutenant-colonel et touchait une confortable retraite. Il portait la moustache haute et des décorations sur le revers du veston. Ultimate s'était bâti une petite fortune en touchant des pots-de-vin de pauvres gens qui voulaient désespérément garder près d'eux un membre de leur famille touché par le rétrovirus. Sur une planète désormais partagée entre les ivrognes et les morts-vivants, les fumiers se faisaient encore du fric. Comme pour achever d'irriter Antonin,

Ultimate s'était brusquement mis à tourner autour de Charlotte, la main frôlante, verbeux et libidineux. Et Charlotte, certainement flattée de focaliser l'attention, souriait aimablement aux tristes plaisanteries du vieux beau... Antonin décela d'évidentes ressemblances entre le visage de l'oncle Ultimate et le masque funèbre qui flottait là-haut, dans sa chambre. Il considéra aussi qu'il pouvait commencer à détester Charlotte.

« Alors, mon gars ? Ces études ? » l'avait apostrophé le crétin à moustaches.

Charlotte le surveillait du coin de l'œil. C'est naturellement au moment où il aurait dû se montrer brillant et incisif que l'esprit de l'escalier englua ses réflexes. Il bredouilla une vague réponse et eut à nouveau de folles envies de suicide.

« Qu'est-ce que tu as envie de faire plus tard ? » insista l'imbécile.

Quel con ! Qu'est-ce qu'un môme de seize ans pataugeant dans un univers de zombis et d'alcooliques pouvait bien avoir envie de faire plus tard ? A part tirer son coup et s'envoyer en l'air... Et le plus haut possible !

« Je ne sais pas encore...

– Il ne sait pas encore ! s'insurgea Ultimate. A seize ans ! »

Il s'amusa à singer Antonin : « Je ne sais pas encore... »

Et Charlotte riait.

« Tu seras mort avant de t'être décidé, comme ton père ! » tonitrua l'oncle en accordant au garçon mortifié un dernier regard noyé de mépris.

Maman Hofa s'était sentie obligée de voler au secours de son rejeton.

« Antonin veut faire une grande école. »

(Merde... Il n'avait aucune envie de faire une grande école. Il était juste pressé de fourrer une fille.)

Ultimate s'était retourné vers Antonin, intrigué et perplexe.

« Toi ? Une grande école ? »

L'esprit revint à l'adolescent, fulgurant, comme une balle traçante.

« Ça se pourrait. Mais, si j'échoue, je rentrerai peut-être dans l'armée pour coincer la bulle, flinguer des gros lards de zombes et boire de la bière... »

Un silence accablé était tombé sur l'assemblée. L'atmosphère s'était tendue comme la queue d'Antonin lorsqu'il posait les yeux sur Charlotte callipyge. Tous les regards convergeaient sur lui et il se demanda s'il n'allait finalement pas vomir tout de suite. Le fric de l'oncle Ultimate forçait le respect et ce n'était évidemment pas un petit morveux du calibre d'Antonin Hofa qui allait remettre en cause toute leur stratégie de lèche-cul... Ça devenait tout à fait bien.

« Il est saoul ! décréta Ultimate dans un grand éclat de rire. Chargé comme une mule ! »

D'autres rires se joignirent au sien. Maman Hofa tapota timidement son assiette du bout de son couteau.

« Prenez de la terrine. Le pâté de soja n'attendra pas... »

Tout le monde se mit à table et on oublia Antonin que sa mère avait miraculeusement placé au côté de Charlotte. Il fixa avec écœurement, posées au centre de son assiette, les deux rondelles de légumes stratifiés bardées d'un liséré de gelée. Cette compote douceâtre ajoutée à l'impressionnante quantité de liquide qui clapotait déjà dans son estomac allait former une chimie instable, explosive, dont les effets synergiques ne pouvaient raisonnablement pas s'achever dans la dignité. Antonin transpira un peu plus et décida de travailler ses angoisses hépatiques au vin blanc liquoreux. Charlotte, qui consultait alternativement sa montre et son planning d'alcoolémie avant de tremper ses lèvres dans le vin, commençait à être visiblement effarée par le nombre de verres qu'Antonin vidait depuis le début de la soirée. Le sauternes était plutôt sublime et lui faisait un effet dingue. Les choses et les visages devinrent flous, leurs contours incertains, un peu comme les hologrammes de sa chambre qu'il avait déconnectés. Antonin eut un premier hoquet. En vérité, le vin blanc ne pouvait lui faire aucun bien. Juste précipiter la catastrophe... Les tranches de terrine se mirent à palpiter et Antonin perçut dans un brouhaha ouaté la voix étouffée de maman Hofa qui vantait désespérément ses mérites.

« Antonin a d'excellents résultats au collège... »

« Je parie que tu n'es pas chiche de laisser tomber ta serviette, de passer sous la table et de me tailler une pipe. »

Charlotte avait recraché sa bouchée de légumes hachés et s'était mise à tousser.

« La pauvre, elle s'étrangle ! » s'était exclamée une voix, quelque part à l'autre bout de la table.

Charlotte parvint à se calmer. L'oncle Ultimate s'était naturellement déplacé pour lui taper dans le dos et lui caresser les doudounes sous prétexte de la faire respirer. Antonin rêva de lui planter sa fourchette dans le ventre. Les conversations reprirent et Charlotte, furieuse, se pencha vers l'adolescent : « La prochaine fois que tu me dis une cochonnerie, je la répète à tout le monde. »

Le sauternes rendait Antonin curieusement euphorique. Ou peut-être était-ce la certitude d'être malade dans les prochaines minutes... Dans le fond, le vin, à dose industrielle, pouvait avoir sensiblement les mêmes effets que le tout-en-un, ce terrifiant concentré d'alcool injectable fabriqué par les Hors-Jeu qui ravageait les fragiles neurones de la génération informatique de l'an zéro. Avec un z, comme z.z. ! Antonin se trouva subjectivement emphatique.

« Chiche...

– Et arrête de dire "chiche" ! Ça fait gamin.

– Tu sais que le gamin te planterait bien son gros poireau dans l'oignon ?

– Antonin Hofa ! »

Les regards étaient revenus sur eux. Antonin avait adoré la moue pincée que Charlotte s'était composée pour siffler son nom en entier, comme une vieille institutrice outrée. Ses joues étaient écarlates. Elle se donnait des airs d'affranchie mais elle devait être tout aussi vierge que son soupirant d'un soir. Antonin s'accorda un bond de quelques années pour s'imaginer partageant sa vie avec une Charlotte ravagée par l'ulcère et la cirrhose, aux chevilles épaisses, aux jambes alourdies, aux seins affaissés, aux vergetures hégémoniques et aux exigences triviales. Il conclut de cette brève vision que Charlotte se révélerait être à l'usage une femme rigoureusement chiante.

« Antonin, cesse d'ennuyer ta cousine... », fit maman Hofa.

Antonin commençait à éprouver de sérieuses difficultés d'accommodation visuelle. Son regard ne parvenait plus à se fixer, et le contour de certains objets, déjà notablement flou, se dédoublait. Antonin trouva plutôt admirable de ne plus distinguer les têtes de cons qui l'entouraient. La tablée se désintéressa d'eux une nouvelle fois, à l'exception de sa mère qui se mit à le surveiller.

« Tu vois, tu n'as pas osé le répéter. »

Charlotte étalait sa terrine sur son toast comme de la confiture. Les légumes se répandaient en grumeaux sur la mie tiède. C'était absolument dégueulasse. Antonin ne cessait de lui découvrir d'incontestables côtés plouc. Il la rêva en truie et jugea l'image assez juste. Il jeta un coup d'œil sur sa montre et prit un certain temps avant d'interpréter correctement le message digital. Evidemment, il lui restait au moins deux bonnes heures à tuer en compagnie de cette concentration de blaireaux satisfaits avant d'enfin pouvoir rejoindre le club des taudis humains qui l'attendait dans les sous-sols. Inutile d'espérer s'esquiver avant la fin de ce sinistre repas qui, après tout, lui était destiné. Antonin pria pour que 42-Crew tienne ses promesses et lui amène une fille.

« Si tu ne poses pas ta main tout de suite sur ma braguette, je raconte à tout le monde que tu t'es laissé embrasser le cul dans la cuisine par ce vieux con d'Ultimate. »

Une nouvelle quinte de toux avait secoué Charlotte. C'était tout à fait le genre de fille à qui il fallait d'abord parler de Vaneigem, Sartre et Rucker avant de seulement oser l'inviter au cinéma. Elle empoigna sa deuxième tranche de terrine et l'écrasa sur la figure d'Antonin avant d'aller s'installer à l'autre bout de la table. Tous les regards rebondissaient de Charlotte à Antonin, comme pour suivre un invisible rallye tennistique. La réaction de Charlotte n'était pas si mal, finalement.

Antonin perçut vaguement les premiers sanglots de sa mère et le fumet légèrement acidulé des légumes hachés étalés sur ses joues emporta le reste. Après une brève seconde d'éblouissement, il lâcha une gerbe monumentale avec la vigueur coléreuse d'une torchère. Sa voisine d'en face, une tante quelconque, en reçut l'essentiel sur sa robe à grosses fleurs clignotantes. Elle tenta de se reculer en glapissant et tomba à la renverse, découvrant des jambonneaux enrobés de peau d'orange. Antonin, momentanément dégrisé, apprécia la touche chaplinesque de l'événement. Il cligna des yeux et se fendit du sourire ravi de l'héroïnomane qui vient de s'essorer l'estomac pour la quinzième fois de la soirée. Il y avait du vomi partout, et plus particulièrement sur le colossal pâté de soja au bleu que l'andro embauché pour la soirée venait de déposer au milieu de la table. On pouvait difficilement mieux réussir une soirée d'anniversaire...

« Va dans ta chambre ! Tout de suite ! »

Les paroles de maman Hofa sifflaient comme le jet de vapeur d'une cocotte-minute. Antonin songea qu'il venait, assez inconsciemment, de trouver le moyen d'échapper à ce repas mortel. Il estima aussi ses chances de parvenir à sauter Charlotte proches du zéro absolu. Il n'avait donc plus grand-chose à faire ici et s'excuser, comme il aurait probablement dû tenter de le faire, était décidément au-dessus de ses forces. Il se leva et quitta la salle d'une démarche qu'il aurait souhaitée moins visiblement approximative. La rumeur indignée, derrière lui, bourdonnait comme une ruche.

La porte à peine refermée, Antonin se trouva partagé entre la satisfaction de rejoindre ses amis plus tôt que prévu et la honte d'être à l'origine d'un scandale lamentable qui ferait forcément verser des larmes maternelles. D'un naturel plutôt réservé et peu porté vers les éclats, Antonin ne pouvait être soupçonné de préméditation. Il s'installa un instant sur les marches de l'escalier de service, se prit la tête à deux mains et attendit que l'immeuble cesse enfin de se comporter comme un chalutier en pleine tempête.

La vocation originelle du club des taudis humains était indéniablement d'être cool et de se défoncer tout le temps. Antonin se trouvait raisonnablement défoncé mais pas cool du tout. S'il continuait à culpabiliser comme ça, il allait fatalement crever d'un ulcère (un trou dans l'outre à vin), d'un cancer (mutation létale) ou d'une autre de ces saloperies qui vous font regretter d'avoir lâché la vie pour son ombre. Il décida de laisser la honte à sa mère, puisqu'elle était vaccinée, et de penser plus sérieusement à tirer sa crampe avant de se suicider enfin. La limpidité binaire de son programme le rasséréna. Baiser d'abord, mourir ensuite. Il se souvint du visage de cadavre dans sa chambre et le trouva monstrueusement incitatif. Seuls les murs virent sourire Antonin Hofa...

Le syndic de ce vieil immeuble, majoritairement composé de crétins, n'avait pas jugé utile de moderniser le programme de chauffage des zones communes. Les seules dépenses régulièrement acceptées par ce groupe d'ahuris concernaient exclusivement les systèmes de protection contre les Z.Z. et les distributeurs automatiques de mignonnettes d'alcool. Le logiciel qui gérait le chauffage datait des premières années des H.L.M. intelligentes. Au-delà de vingt-deux heures, il vous transformait n'importe quel insomniaque en glaçon. Cette désuétude informatique présentait pour Antonin et tous les autres fêtards un avantage évident : à chaque étage, les lecteurs d'identité étaient embués ou détériorés par le froid. Il suffisait d'éviter l'ascenseur pour ne pas être repéré.

Antonin avait déjà été convoqué à deux reprises par le Contrôle. Vérification de parcours. C'était un score plutôt bas pour un étudiant de troisième année. La moyenne d'un collégien de ce niveau évoluait plutôt aux alentours de la dizaine de convocations. Antonin devait simplement se méfier de la mention : « Héritabilité paternelle à haut risque » qui figurait dans son dossier. Entre des résultats scolaires plutôt brillants et un fichier civil quasi impeccable, il arrivait à Antonin d'oublier le travail considérable de 42-Crew et de se prendre pour le roi des arnaqueurs. Avec un pedigree de cette qualité, il aurait pu s'autoriser l'ascenseur (après tout, certaines caves abritaient encore parfois des alcools) mais le Contrôle avait quelquefois d'inexplicables curiosités. Il pouvait par exemple ne pas s'expliquer pour quelle raison Antonin n'avait pas regagné son domicile avant l'aube... Antonin avait objectivement autant de chances d'être soupçonné par le Contrôle que de se faire pomper la tige par Charlotte, mais il renonça tout de même à courir le risque d'être obligé de mentir à un contrôleur, analyste silencieux au visage de glace.

Antonin dut admettre que cette paranoïa engendrait des générations de lâches et l'interminable descente toute en virages anguleux ne fit aucun bien à son ivresse.

2.

Ils étaient presque tous déjà là. One For Four, bouddha de suif et métal aux fentes palpébrales mongoliennes, qui se chargeait toujours de l'alcool et qui, tout aussi invariablement, n'achetait qu'une bouteille par paquet de quatre personnes... OFF était un de ces andros de la Nouvelle Eglise traditionnellement chargés au cours de leur noviciat d'infiltrer les clubs de jeunes, et tout particulièrement ceux qui appartenaient aux arborescences du mouvement N.T.-O., Never Twenty-One, dont les membres se suicidaient avec une rigoureuse ferveur la veille de leur vingt et unième anniversaire. 42-Crew n'avait pas mis deux heures pour démasquer l'andro. Les adolescents se gardèrent bien de le chasser. La présence d'un andro rassurait Little Brother et 42-Crew s'était contenté de bidouiller son programme, transformant son mysticisme fou en passion immodérée pour des alcools décapants dont il n'avait nul besoin et sa mission de surveillance en dérive permanente. OFF, contre une bouteille ou deux, fournissait des rapports de complaisance au Contrôle. Son noviciat achevé, OFF serait probablement versé dans les milices de la Nouvelle Eglise dont les lieutenants, face à ce robot fou, n'étaient pas au bout de leurs surprises. En attendant, l'andro prenait un maximum de bon temps et sa mémoire évolutive digérait tous les vices et plaisirs du monde. Il portait, comme d'habitude, Tomcat sur son épaule. Tomcat était un chat synthétique, multifonctions, qui pouvait servir aussi bien de driver d'interface que de logithèque, et qu'OFF utilisait essentiellement comme walkman. 42-Crew était naturellement présent, avec Super Brain, son éternelle console d'ordinateur, en bandoulière, ainsi que Trafic, Mirabelle, Something More et un inconnu aux sourcils épais répondant au nom d'Orlando Pechelbronn. Ils s'étaient installés dans le décor holographique tremblotant de 42-Crew, un mobilier hybride qui rappelait à la fois les salons de thé victoriens et les bordels des années cinquante. Le club des taudis humains avait élu domicile dans une de ces caves délaissées par des propriétaires qui jugeaient finalement trop dangereux de s'aventurer dans les sous-sols, les pannes de système y étant trop fréquentes. La bande y était tranquille depuis que 42-Crew endormait régulièrement le sonar du local à l'éther. 42 avait une façon très particulière, très humaine, de traiter les microprocesseurs neurologiques. Il affirmait souvent leur apprendre le plaisir, la désinvolture et la paresse. Cette technique, expérimentée sur OFF, se révélait presque toujours étonnamment efficace. Tous les systèmes de protection bidouillés par 42 devenaient cool. Tout le monde s'organisait pour trafiquer les lecteurs d'identité et s'adonner aux délices de la dérive ou aux ratonnades de z.z. C'était sûrement comme ça, en tout cas maman Hofa ne cessait de le répéter, qu'on finissait Hors-Jeu... Mais aucun jeune de cette cité ne s'intéressait au jeu officiel. Ils se réunissaient pour jouer à changer le monde, comme tous les jeunes d'à peu près toutes les époques. Ils prêtaient parfois serment de ne vieillir jamais et jamais serment ne fut plus régulièrement trahi. Pour eux, l'Histoire n'était qu'une succession d'images et de mots sans autre signification que celle qu'ils voulaient bien leur prêter. L'interprétation des icônes était reine. Ils n'avaient vécu ni le *Do it* de Jerry Rubin, ni 68, pas plus que la révolution d'Octobre, Woodstock ou la grande pénurie des composants électroniques. Ils n'avaient pas non plus connu Makhno, Debord, Durruti et encore moins Rudy le Rouge ou les fameux hackers des Blade Runner... Ils vivaient juste au milieu d'ivrognes mondains et de morts-vivants obèses. Alors ils parlaient de cul, de drogue, d'alcool, de piraterie et de rock'n roll. Et, putain, ils aimaient ça !

Il ne manquait à cette réunion, et pour que la bande soit au complet, que Neverland et Cocaïne qui devaient s'envoyer en l'air quelque part en attendant l'heure où Antonin aurait normalement dû être libéré de ses obligations familiales.

Tout cela ne laissait quand même qu'une fille pour cinq mecs... Et Mirabelle en pinçait pour Something More et avouait un penchant évident pour les Masochistes modernes.

« Comment ça se fait que tu te pointes en avance comme ça ? s'énerva Trafic qui détestait les contrariétés. Maman Hofa t'a foutu à la porte ?

– Exact. J'ai essayé de sauter ma cousine et j'ai vomi sur le pâté au soja.

– Vraiment très cool. Tu sais que t'es un type dangereux, Antonin Hofa ? »

Antonin n'était plus suffisamment ivre pour ne pas s'apercevoir que la fille promise par 42-Crew brillait par son absence. Lors de la descente des escaliers, il s'était pris à imaginer une créature improbable à la plastique explosive et au nom imprononçable. Une fille d'un soir merveilleux, initiatrice mythique dont il tenterait vainement, quelques années plus tard, de raviver l'exact souvenir. En amour, les adolescents rêvaient vraiment trop souvent d'être pris en charge... Mais la maîtresse idéale n'était pas là et 42-Crew paraissait absorbé par le listing qui défilait sur l'écran gris de son micro portable.

Antonin s'avança vers lui.

« Tu ne devais pas amener une fille ? »

42-Crew cessa pour quelques secondes de pianoter le clavier de sa console. Il releva ses lunettes noires de soudeur sur son front.

« Elle va venir. On ne t'attendait pas si tôt... »

Trafic mélangeait dans une marmite de cuivre le contenu d'une dizaine de bouteilles sans étiquette tandis que Something More façonnait sur un miroir à plat de petites pyramides d'ice noir. Les cristaux d'ice étaient d'assez loin ce qu'on fabriquait de plus fulgurant dans la vaste panoplie des turbo-alcaloïdes. En matière de dope, rien ne les effrayait et seule la réalité leur paraissait fondamentalement hallucinante. Mourir leur importait peu. Ils tutoyaient les anges depuis longtemps. D'ordinaire, la bande se défonçait au never never, hallucinogène cosmique qui permettait de percer les secrets de la vie et de tenir une discussion métaphysique de plusieurs heures avec un barreau de chaise, au cannonball, véritable et incontournable blitter de la défonce ou encore avec toute une palette de pilules multicolores, concentrés d'alcool et d'amphétamines, moins évidemment identifiables. Mais Antonin n'avait encore jamais vu ces cristaux noirs...

« Qu'est-ce que c'est ?

– Black Ice, répondit Trafic. 42 a payé ça une fortune chez les Hors-Jeu. Mais personne ne sait ce que ça fait exactement. »

Antonin sentit son cerveau frissonner. Il devenait de plus en plus évident que cette nuit n'allait pas être ordinaire. Il regarda les cristaux que Something More s'efforçait de réduire en sucre glace et considéra qu'il aurait tout de même préféré une fille disponible.

« Comment elle s'appelle ?

– Anita Belon. »

One For Four cliqueta et lâcha un gloussement aigu.

« Anita quoi ?

– Belon. Anita Belon », répéta 42-Crew.

Merde... Où avait-il dégotté une fille avec un nom pareil ? Antonin recommençait à avoir envie de boire.

« D'où elle sort ?

– C'est une fille de première année.

– Une fille de première année ? Tu te fiches de moi ? Quel âge elle a ?

– T'inquiète pas, elle est pas en avance...

– Sur ses études, Gertrude », précisa One For Four en pouffant.

OFF était mal conçu. Sa corpulence prêtait à confusion et une nuit viendrait, fatalement, où un flingueur amateur le prendrait pour un z.z. et lui collerait une charge de chevrotines en pleine tête.

Il régnait dans le Q.G., outre une entêtante odeur d'éther, une température de chambre froide. Antonin avait oublié, dans l'ivresse et le scandale, les deux ou trois thermo-tricots indispensables à ce genre de réunion nocturne.

« Tu pourrais pas nous fabriquer un petit chauffage ? demanda-t-il à 42-Crew qui s'était replongé dans son assembleur.

– La chaleur remettrait les lecteurs optiques en fonction », trancha le pirate sans lever le nez de son écran. « Et tous les vigiles en herbe de ton putain d'immeuble rappliqueraient pour dégommer un enfoiré de zombe. »

42-Crew n'avait évidemment pas tort. Antonin croisa le regard d'Orlando Pechelbronn. Le nouveau avait un visage étrangement familier. Les vestiges d'une ivresse trop rapide ne facilitaient pas vraiment la concentration mais Antonin décida qu'il avait sûrement déjà vu cette tête-là quelque part. Il n'y avait pas grand-chose de plus immédiatement pénible que de ne pas parvenir à localiser le bon tiroir de la mémoire, de ne pas retrouver un mot ou un nom pourtant connu ou de ne plus situer un visage. Antonin s'attarda un instant sur cette barre de sourcils épais qui se rejoignaient sur l'arête du nez, ces yeux d'un violet intense, cette bouche gourmande aux lèvres charnues... Orlando, sans doute embarrassé par cette observation clinique, se redressa brusquement et se débarrassa de sa veste qu'il tendit à Antonin.

« Prends ça. Je ne suis pas frileux. »

Il fallait, pour entrer au club, être parrainé. Qui avait parrainé Orlando Pechelbronn ?

« Merci. On s'est déjà vus ?

– Orlando est installé dans notre ville depuis six mois, intervint Trafic. Il crèche dans le quartier rupin. C'est 42 qui nous l'a présenté. »

Naturellement. Antonin aurait dû s'en douter. 42-Crew ne connaissait, à part les membres du club, que des types bizarres. Il avait besoin de fréquenter les Hors-Jeu et leur marché noir pour trouver les composants électroniques dont il avait sans cesse besoin. Il conservait d'ailleurs sur ces mystérieuses et illégales rencontres un mutisme assez ferme. Antonin avait envie d'en savoir davantage sur Orlando.

« T'es en quelle année ? »

One For Four lâcha un nouveau ricanement. 42 l'avait programmé enjoué mais la répétition de ce rire pointu devenait rapidement pénible. Orlando esquissa un sourire. Ses lèvres charnues se retroussèrent sur une denture incroyablement blanche.

« Les lycanthropes ne sont pas admis au collège », expliqua-t-il calmement.

Antonin manqua d'en tomber à la renverse. Un loup-garou... Evidemment. L'impression de déjà-vu se justifiait. Antonin avait regardé, comme tout le monde, des tas de reportages et photos sur ces enfants nés d'accouplements abominables entre z.z. et êtres humains normaux... Ces unions contre nature demeuraient généralement stériles mais il arrivait qu'un fruit pousse dans le cas où l'homme était un z.z. aux premiers stades du pourrissement et la femme une ivrognesse ordinaire. Des rumeurs épouvantables couraient sur ces femmes folles, carbonisées par l'excès d'alcool, qui s'offraient aux zombis, et sur le plaisir qu'elles prenaient à se faire pénétrer par un membre plus froid qu'un stylet de glace. La plupart des femmes ainsi fécondées accouchaient de fœtus morts ou d'avortons, dampires atrophiés, qui ne vivaient guère plus d'une ou deux semaines.

Il y avait des exceptions...

Certains des enfants nés de l'accouplement d'un mort et d'une vivante survivaient. Et ils se développaient *presque* comme des enfants normaux. Un taux d'alcoolémie déraisonnable leur était nécessaire pour échapper au virus, ils grandissaient comme tous les autres enfants de leur âge et étaient naturellement capables des mêmes activités intellectuelles et physiques. Le *presque* résidait tout entier dans ce no man's land génétique, ce rappel cellulaire qui, comme un retour d'acide ou un delirium tremens, affectait périodiquement leur métabolisme, les ramenait brutalement à leurs origines pour les transformer les nuits de pleine lune en bêtes sexuelles et en cannibales forcenés. Leur impressionnante virilité et leur appétit hystérique ne se prolongeaient heureusement jamais au-delà de quarante-huit heures mais ces métamorphoses mensuelles suffirent à ranimer les vieux spectres de l'intégrisme assoupis après les dernières grandes battues organisées contre les z.z. Antonin n'était pas assez âgé pour avoir connu ces nouvelles chasses aux monstres, ces gigantesques traques, ces génocides d'enfants-loups mais, cette fois, on massacrait des enfants qui ressemblaient à tous les autres enfants, et maman Hofa en parlait encore parfois avec le gris de la honte aux joues.

Quelques pays mirent fin à cet holocauste et enfermèrent les rares lycanthropes survivants dans des réserves. Ailleurs, on continua à traquer et exterminer les hybrides. Curieusement, l'apparition des loups-garous suscita plus de haine et de terreur que les z.z. eux-mêmes. Au-delà de la matérialisation d'une aberration sexuelle, la ressemblance avec l'être humain heurtait l'inconscient collectif. On s'était finalement habitué à l'existence larvaire des z.z., ces charognes obèses qui se déplaçaient en craquant comme de vieux greniers. L'existence des lycanthropes était plus insidieuse et faisait naître le soupçon. Dans les pays culturellement fragiles, on les considérait toujours comme les enfants du Malin. Ici, dans les démocraties cybernétiques, ces hybrides avaient obtenu un faux droit de survie. Ils devaient simplement se plier à des règles draconiennes qui en avaient poussé plus d'un à la mélancolie et au suicide. Les lycanthropes devaient se rendre à chaque pleine lune en prison, dans les cellules de haute sécurité spécialement conçues pour eux. La première absence était immédiatement sanctionnée par la peine capitale. Ils n'avaient pas le droit de s'inscrire au collège, de fréquenter les établissements publics, d'exercer une quelconque profession et naturellement encore moins de se marier avec un partenaire sain. Lorsqu'un enfant lycanthrope était repéré, on le castrait aussitôt (de nombreux hommes de loi réclamèrent l'ablation pure et simple de l'organe sexuel, mais le jeune loup-garou succombait toujours à cette opération). La rumeur, toujours elle, voulait que de nombreux hybrides parviennent à échapper à cette mutilation et, si les lycanthropes entre eux demeuraient stériles, d'une union mixte naissaient invariablement d'autres lycanthropes. Voilà à peu près tout ce qu'Antonin savait sur cette espèce condamnée à vivre à l'écart de la société et à s'éteindre à moyen terme faute de reproduction.

42-Crew avait dû le rencontrer chez les Hors-Jeu où les lycanthropes se réfugiaient parfois, mais Antonin ne comprenait pas très bien pourquoi il avait jugé utile de le ramener au club.

Orlando avait pourtant une histoire singulière. Ses parents, grossistes en boucherie, étaient très riches et voyageaient beaucoup. C'est en Jamaïque, où son père supervisait la mise en route d'une usine de conservation de viande, que sa mère manifesta les premiers symptômes de la Fièvre Folle. Cette fièvre provenait d'une bactérie qui se développait dans un rhum blanc frelaté et provoquait, outre une élévation spectaculaire de la température, des crises de démence sexuelle et une destruction partielle du cortex. La Jamaïque était particulièrement touchée par les z.z. Il en circulait à peu près partout, dans les transports en commun comme dans les palaces. Les zombis Zapf représentaient près de 50 % de la population des Grandes Antilles et atteignaient même les deux tiers des résidents de villes comme Kingston, La Havane ou Port-au-Prince. Quant aux îles voisines, des Bahamas aux îles Cayman, anciens paradis fiscaux, elles avaient été carrément abandonnées aux morts-vivants qui s'y entre-dévoraient paisiblement. C'est à l'hôpital de Kingston, où des médecins totalement débordés tentaient d'enrayer la progression de la Fièvre Folle, que la mère d'Orlando parvint à s'enfuir pour s'offrir durant deux mois et onze jours aux z.z. du coin. Lorsqu'on la retrouva, elle était irrémédiablement idiote et tout à fait enceinte. Il n'y avait qu'une chance infime pour que son mari fût le père de l'enfant et ce n'est pas cet espoir insensé qui le poussa à refuser l'avortement. En Suisse, où sa femme accoucha, le père apprit de la bouche des médecins la véritable nature génétique de l'enfant. Les hommes de science proposèrent très logiquement une euthanasie que le père d'Orlando refusa à nouveau. Calmement, avec l'efficacité méthodique d'un chef d'industrie, Alex Pechelbronn organisa l'avenir de sa petite famille. Il prit toutes les précautions et toutes les dispositions pour assurer le bien-être du petit Orlando. Sa femme fut prise en charge par une remarquable institution où elle vécut cinq ans avant de succomber d'une crise d'épilepsie. Elle avait gardé, jusqu'à la dernière seconde, son regard bouleversant. L'existence d'un lycanthrope, avec ses professeurs particuliers, ses circuits parallèles, les pots-de-vin qu'il fallait régulièrement verser pour échapper aux rafles des laboratoires et aux tracasseries administratives, se révélait toujours abominablement coûteuse. La plupart d'entre eux, ruinés avant l'adolescence, se réfugiaient dans le monde Hors-Jeu pour y mourir. Lorsque Alex Pechelbronn fut tout à fait certain que son fils échapperait à cette pitoyable destinée grâce aux dispositions financières prises en sa faveur, il se tira une cartouche de 12 millimètres dans la bouche. Le petit loup-garou hérita de la colossale fortune des Pechelbronn, et son père avait si bien organisé la succession que rien ni personne ne put l'en déposséder. Orlando Pechelbronn devint le loup-garou le plus riche de la planète.

Orlando et Antonin avaient au moins un point commun : leurs pères s'étaient tous deux suicidés d'une balle dans la bouche... Merde... Antonin se sentait vraiment dégrisé.

« Orlando bidouille les vieilles bagnoles américaines et collectionne les live pirates de Led Zeppelin », révéla Trafic.

42-Crew releva la tête. Le sujet recommençait à l'intéresser. Antonin repéra une bouteille de spiritus Light Sky et s'en envoya une vigoureuse lampée. L'alcool lui brûla l'œsophage et lui arracha une grimace mixte de plaisir et souffrance. Une mort par overdose de ce genre de breuvage plus proche de la nitroglycérine que de l'Izzara verte devait être positivement épouvantable.

« Les live pirates de Led Zep, hein ? »

Antonin essuya ses lèvres d'un revers de manche. Les yeux violets d'Orlando brillaient.

« And a new day will dawn for those
Who stand long
And the forests will echo with laughter...
– And it makes me wonder ! ! ! » hurla la bande.

Orlando souriait.

« Bienvenue au club des taudis humains, Orlando... »

La poignée de main du loup-garou était sèche et chaude. Trafic avait enfin terminé son cocktail. Il mélangea les cristaux concassés par Something More au contenu de la marmite et fit mousser la came. Mirabelle cessa un instant de maquiller son visage pour observer les nuages de dope noire qui se diluaient dans l'alcool. Il n'y en avait guère pour plus d'une bouteille chacun mais ça devait être suffisant pour les envoyer tous sur orbite plus sûrement qu'une charge de dynamite dans le trou du cul.

Trafic plongea les bouteilles dans la marmite, les laissa se remplir et commença la distribution. Antonin admira les étranges bulles d'onyx qui bouillonnaient à la surface.

« 42, tu connais le Hors-Jeu qui t'a vendu ça ?

– Jamais vu... »

Un délicieux frisson agita à nouveau le cerveau d'Antonin.

« Qu'est-ce qu'on fait ? hésita Something More. On attend les autres ?

– Pas question ! protesta Trafic. De toute façon, il en reste. »

Histoire de montrer l'exemple, Trafic s'enfila la première gorgée. Ses tempes blanchirent brusquement, ses yeux se révulsèrent et il lâcha un pet fantastique.

« Wow... »

Les grosses lèvres de One For Four ourlèrent à leur tour le goulot de sa bouteille. Il cliquetait déjà de plaisir.

« Bidouiller des vieilles bagnoles américaines, ça veut dire quoi ?

– 42-Crew me vend des sacs de puces et je les intègre dans le système électrique.

– Sans savoir ce que c'est ? »

Orlando haussa les épaules.

« Je les passe au banc pour savoir si elles sont opérationnelles. Pour le reste, c'est une surprise...

– Et tu roules avec ces bagnoles ?

– Ça m'arrive...

– Si tu te fais serrer avec une installation électronique de contrebande, ça va te coûter chaud.

– Je te remercie de parler de moi comme d'un citoyen normal », sourit Orlando, amusé.

Antonin pinça les lèvres. Il était temps de passer aux choses sérieuses. L'adolescent regarda les deux bouteilles qu'il tenait en main. L'une d'elles revenait à Orlando. Vaguement inquiet, il la lui tendit, espérant confusément que le loup-garou la refuserait. Mais les doigts puissants se refermèrent autour du flacon. Ce type était vraiment balèze et Antonin songea qu'ils n'étaient plus que deux dans cette cave à conserver une parcelle de lucidité. Les autres attaquaient le bœuf au-dessus des toits de la ville. Antonin retint un instant la bouteille, comme à l'amorce d'un bras-de-fer...

« Ça a l'air fort, prévint-il. T'es sûr que ça va pas te transformer en cannibale ? Que les poils vont pas te pousser et que tu vas pas nous bouffer après nous avoir tous enculés ? »

Orlando s'était mis à rire. Il avait arraché la bouteille des mains d'Antonin d'une traction sèche et désinvolte.

« A ton avenir, Antonin... »

Et il s'était sifflé d'un trait l'exacte moitié de sa bouteille avant de lâcher un discret soupir.

Antonin l'observait. Une seule gorgée du cocktail de Trafic avait terrassé tout le monde en moins de dix secondes. Et ça ne faisait apparemment ni chaud ni froid au loup-garou... A peine si quelques lueurs fugaces traversaient le violet de ses iris.

« Ça te fait rien ?

– Si. Je me sens bien.

– C'est tout ?

– C'est déjà beaucoup », fit Orlando avec un sourire.

Antonin eut l'impression que le loup-garou lui dissimulait quelque chose. 42-Crew était complètement parti. Ses doigts mitraillaient le clavier de sa console. Il était occupé à pirater le monde entier. Inutile de compter sur lui pour en savoir plus sur Orlando...

Antonin haussa les épaules, murmura : « Tout me fait rire », et porta le goulot à ses lèvres. Il eut tout juste le temps d'apprécier l'amertume des cristaux noirs avant de partir comme un pétard à mèche.

Des fractales orange, mauves et vertes déchiraient l'espace derrière les yeux d'Antonin. Il ne les voyait pas. Elles dansaient *derrière* ses yeux. Ça avait sûrement commencé comme ça. Par des hallucinations de synthèse qui squeezaient sa rétine et se multipliaient en arborescence directement dans son cortex. Les perspectives de la cave s'étaient modifiées. Elles évoluaient lentement autour de lui, en 3-D.

« Putain ! C'que c'est chouette ! »

L'infrastructure du bâtiment était en cristal. Antonin pouvait absolument tout voir, tout savoir... Il reconnut certains effets du never never, mais il n'y avait pas *que* ces effets-là...

Something More s'était dressé, le regard luisant de fièvre.

« Il y a des livres que je n'ai pas lus ! Il faut que je les lise, maintenant ! »

One For Four se marrait et récitait des chapitres entiers de l'Ancien Testament persillés de calembours sans ouvrir la bouche. La bouteille qu'Antonin avait gardée en main fondait lentement entre ses doigts. Juste en face de lui, Mirabelle grelottait et claquait des dents.

« Merde... Qu'est-ce que t'as foutu dans ce cocktail ? »

Trafic secouait la tête, ahuri. Il était à l'autre bout de l'univers. C'est à peu près à cet instant, et alors qu'Orlando conseillait à Antonin de serrer moins fort la bouteille, que le bâtiment tout entier se mit à vibrer...

D'épais tourbillons de fumée blanche s'échappaient en sifflant des tuyères. Les boulons explosifs qui maintenaient l'échafaudage autour de la fusée pétèrent comme des bouchons de champagne. Les fragiles poutrelles de métal dégringolèrent dans les flammes comme un gigantesque jeu de Mikado. Le bâtiment s'arracha lentement du sol tandis que toute la force du trip percutait le cerveau d'Antonin et plaquait son corps au sol...

La cave tanguait et craquait comme une vieille capsule Apollo ballottée par les vagues.

« Pourquoi y a pas de hublot dans cette capsule ? » pesta Antonin.

One For Four éclata de rire et se tortilla comme une grosse larve rose cherchant à s'extirper de son cocon. Tomcat lâcha un miaulement approximatif. La force centrifuge ne paraissait pas affecter Orlando qui restait assis, très digne, les épaules seulement à peine voûtées alors que toute la bande s'écrasait sur le sol. On était au moins à Mach 8 lorsque les griffes d'acier de Freddy Krueger déchirèrent l'enveloppe de la capsule... Le sursaut de terreur envoya rebondir Antonin sur les genoux d'Orlando dont les lèvres se retroussèrent sur des canines de vampire. Ça devenait franchement craignos...

« Cool, Antonin, cool. Garde ton calme. Souviens-toi, t'es complètement stone. Tout ce que tu vois, tu l'as piqué dans la bouteille de Trafic, dans les cristaux noirs... »

Dans un sursaut de dignité, Antonin se mit à quatre pattes et c'est dans cette position que le surprit Anita Belon...

Anita était à coup sûr la plus belle fille du collège. Antonin tomba instantanément amoureux. Elle riait en regardant les corps étalés autour d'elle et ses seins sautaient sous son tee-shirt décoré d'une splendide gazelle de Thomson.

« Le club des taudis humains ! s'exclama-t-elle, les poings sur les hanches. Je comprends tout maintenant. Raides défoncés et il n'est même pas minuit !

– Défoncés, nous ? » protesta Trafic.

La gazelle de Thomson était devenue l'emblème des Masochistes modernes depuis qu'un éthologue avait révélé que ces animaux avaient l'habitude de suivre la lionne qui allait les dévorer. Les masochistes voyaient naturellement dans ce comportement la merveilleuse fascination de la victime pour son bourreau. D'autres prêtaient à la gazelle des intentions différentes, comme celle, par exemple, d'observer son prédateur afin de le mieux comprendre et de lui échapper. A moins encore que ce ne fût la peur d'être surpris qui poussait l'animal à ne jamais quitter des yeux son futur tueur... La psychanalyse des gazelles étant finalement peu poussée, le fragile mammifère demeura le symbole des masochistes. Antonin se demanda si elle portait ce tee-shirt pour affirmer sa spécificité sexuelle ou simplement parce que les Masochistes modernes, arborescence du grand mouvement des Sculpteurs inhumains, étaient à la mode. Il estima de toute façon qu'il ne pouvait pas rester plus longtemps à quatre pattes. Il se redressa, épousseta machinalement son pantalon et se planta devant Anita Belon. Le regard de la fille le transperça. Il ne fit aucun doute pour Antonin qu'elle voyait à travers lui et qu'il était donc nécessairement devenu transparent. Voire invisible. Ça commençait fort.

« Vous m'en avez laissé, au moins ? » demanda-t-elle.

Antonin songea que l'Ice noir avait modifié sa structure moléculaire et l'avait rendu invisible. Trafic, que la plastique d'Anita avait ramené sur Terre, parvint à coordonner ses mouvements pour désigner le fond figé de la marmite et extirper de sa poche quelques bâtonnets de Never Never.

« Pour qui tu me prends ? refusa Anita avec une moue de dédain. J'suis pas venue ici pour me recroqueviller dans ma coquille comme un bulot et essayer de comprendre l'univers. On m'a promis de l'éclate, de l'écroule et du relief. J'en veux ! »

On les fabriquait drôlement, les étudiantes, cette année. La belle Anita était une pétardière sensationnelle. Antonin se rappela que 42-Crew l'avait invitée pour qu'il tire enfin son coup...

« La vie, c'est ce qui se passe pendant que tu fais d'autres plans », prétendait Lennon.

Antonin jugea la phrase assez juste.

Tous les regards se tournèrent vers 42-Crew comme si, responsable de la présence d'Anita, il devait aussi tout naturellement trouver le moyen de l'empêcher de gâcher le trip collectif. Mais le génie de la bidouille nageait dans un océan de données hexadécimales dont il modifiait insidieusement les courants. A chaque fois qu'il était sur le point de trouver un nouveau moyen de gruger l'administration ou les banques, il transpirait comme un chanteur de rock à la fin d'un concert-marathon... Un silence épais englua le local. Mirabelle achevait de se vitrifier et Something More parlait avec ses pieds. Antonin regardait 42 et se demandait s'il était encore réellement utile d'aller au collège. 42-Crew parvenait déjà à détourner quelques versements de pensions pour se faire un peu d'argent de poche et acheter du matos. Avec une bécane plus puissante, il pouvait sûrement arriver à faire vivre le club tout entier pendant un siècle aux frais de l'informatique défaillante. Bien sûr, il y avait des risques. Le Contrôle n'avait pas la réputation d'être tendre avec les bidouilleurs. Mais toutes les bandes n'avaient pas la chance de compter parmi leurs membres un pirate de la trempe de 42-Crew. La plupart, pour s'adonner aux plaisirs de la dérive et du parcours chaotique, devaient se contenter de lâcher sur le rallye officiel un leurre lesté de toutes les cartes d'identification de la bande. Les lecteurs d'identité n'y voyaient que du feu mais le manque de coordination entre les groupes avait provoqué, dans certaines entreprises comme à certains cours, un taux d'absentéisme record démenti par les contrôles électroniques. Le Contrôle lâcha ses dogues, repéra quelques groupes de tire-au-flanc et leur donna une punition exemplaire en les condamnant à la marginalisation, au monde des Hors-Jeu. La méthode du leurre fut abandonnée, au moins dans l'industrie. Les étudiants les moins doués recouraient encore parfois à ce stratagème.

« Et si on allait au *Temps du Twist* ? proposa Trafic en se tordant les doigts.

– Génial, marmonna Anita. Qu'est-ce que c'est ?

– Un luna-park entièrement reconstitué par 42-Crew, précisa fièrement Trafic, comme s'il y était pour quelque chose.

– Génial... », répéta Anita Belon en s'enfournant un énorme chewing-gum vert dans la bouche.

« C'est sûrement un de ces chewing-gums à vingt degrés qui vous donne l'haleine d'une distillerie d'anisette », songea Antonin avec terreur.

Trafic se redressa. Something More tenta de l'imiter mais n'y parvint pas. Mirabelle était dans le coma. Au prix d'un effort considérable, Antonin parvint à se tourner vers Orlando.

« Tu pourrais me filer un coup de main ? Personne ne me voit et cette nana n'a sûrement pas envie de se faire sauter par l'homme invisible. »

Orlando hocha la tête.

« Anita, je te présente Antonin, le fort en thème, l'antisèche du club des taudis, déclara le loup-garou. C'est son anniversaire. »

Anita ruminait sa gomme et ventilait une forte odeur d'anis et de rouge à lèvres.

« Lequel est-ce ? » demanda-t-elle.

Orlando désigna Antonin qui se sentit, sous le regard d'Anita, cloué au pilori des puceaux.

« T'as l'air d'un mec complètement monophasé », laissa-t-elle tomber avant de souffler une énorme bulle.

Anita était une câblée et Antonin décida qu'il détestait ce genre. De son côté, Trafic achevait de récupérer le reste de la bande.

« On va se finir au *Temps du Twist*, répétait-il. On va au *Temps du Twist*...

– On ne peut pas aller au *Temps du Twist*, annonça 42-Crew. Il déconne...

– Comment ça il déconne ? s'insurgea Trafic.

– Il déconne et j'ai pas eu le temps de m'en occuper.

– Comment ça il déconne ? » répéta Trafic.

42-Crew baissa ses lunettes de soudeur et regarda autour de lui. Il donnait l'impression d'un gars qui se réveille dans un endroit où il n'aurait pas voulu s'endormir. Il comprit que Trafic ne le laisserait plus replonger dans son programme de piratage, lâcha un discret soupir et bascula d'une pichenette l'interrupteur de sa console sur off.

« Un morceau de la Grande Roue a disparu et le Rétro est détraqué... »

La Grande Roue et le Rétro, une somptueuse chenille dont les chariots représentaient des calandres de Cadillac roses, étaient les clous de l'hologramme de 42-Crew.

« Et la musique ? insista Trafic. Elle fonctionne encore la musique ? »

42-Crew hocha la tête.

« Elle fonctionne, admit-il. Mais elle s'est mise en boucle aléatoire. Je ne contrôle plus la programmation. En fait, je ne contrôle plus rien...

– Génial ! gloussa Anita Belon.

– ... je ne contrôle plus rien et on ferait bien mieux de rester ici », termina 42-Crew.

42 parut se rendre compte de la faiblesse de ses arguments. Il sentit qu'il ne parviendrait pas à communiquer son inquiétude à propos des pannes du *Temps du Twist* et modifia instantanément sa stratégie.

« Il fait froid et *Le Temps du Twist* est plein de z.z., plaida le pirate. On n'aura jamais assez de viande pour les tenir à l'écart. »

Cette fois, le problème était sérieux. Le froid avivait les souffrances des zombis et les rendait plus agressifs. Tout le monde entreprit aussitôt de se fouiller. Chacun, à l'exception d'Antonin qui habitait sur place et ne risquait pas de mauvaise rencontre, transportait une ou deux tranches de viande faisandée destinées au chemin du retour. Si les z.z. étaient aussi nombreux dans le luna-park que 42-Crew le prétendait, ces maigres provisions individuelles n'allaient pas longtemps apaiser l'appétit des zombes...

« On tiendra pas cinq minutes sans qu'ils reviennent nous faire chier, constata Trafic, déçu.

– Vous êtes vraiment des flash-back, les mecs », marmonna Anita avant de souffler une nouvelle bulle verdâtre qui avorta avant maturité et macula ses lèvres de dentelle gluante.

Antonin avait rarement vu chez une étudiante un tel concentré de vulgarité. Cette constatation ne tempérait que très modérément son désir.

« Ça devrait suffire pour aller chez moi, intervint Orlando. Et j'ai des kilos de viande là-bas. »

Le charme vénéneux du lycanthrope troublait visiblement Anita. Un voile de jalousie chiffonna le visage d'Antonin. 42-Crew faisait décidément bien les choses... Il avait réussi à réunir en même temps la fille qu'Antonin était censé sauter et le mec qui allait la lui piquer.

La proposition du loup-garou souleva l'enthousiasme quasi général. Trafic laissa un mot à l'intention de Neverland et de Cocaïne, et la cause fut entendue.

3.

La confusion devenait monumentale mais Antonin décida qu'il n'avait pas envie d'être déprimé un soir comme celui-là. Ça se résumait finalement à peu de choses : il avait trop bu, pris un trip trop fort, le tout trop rapidement. On ne pouvait pas toujours être naturellement cool.

Mirabelle s'était déshabillée et son corps prenait des teintes intéressantes. Antonin trouva remarquable la façon dont cette fille se stratifiait, en couches de couleur, comme un cocktail composé d'alcools de densités diverses. L'adolescent se rapprocha de 42-Crew.

« Tu es sûr que nous ne sommes pas encore dans la cave ? »

42 secoua la tête.

« Anita n'a rien pris et elle est avec nous ».

Antonin jugea la réponse fallacieuse mais n'insista pas. Après tout, Anita Belon pouvait n'être qu'un pur produit de l'imagination collective.

« Comment as-tu fabriqué cet hologramme ? Je n'ai jamais vu un homme aussi vieux.

– Ah, tu l'as essayé...

– Tu l'as sculpté sans modèle ?

– Non. J'ai trouvé ce type au *Temps du Twist*. Au pied de la Grande Roue. »

Un soupçon d'inquiétude germa dans la tête d'Antonin.

« Mort ? »

42 acquiesça.

« Mais d'où il sortait ? »

42 haussa les épaules.

« Je ne sais pas. Il ne portait pas de plaque d'identité, pas de puce prioritaire, rien. Juste un tatouage sur la cuisse.

– Un tatouage ?

– Un sceau ovale, bleu, avec marqué “Contrôle sanitaire” à l'intérieur. Comme sur les bœufs. »

Antonin ferma un instant les yeux. Est-ce que 42-Crew venait réellement de dire ça ? Vers la sortie de l'immeuble, les lecteurs d'identité se mirent à clignoter furieusement. 42-Crew s'en occupa. Il leur parlait doucement, à voix claire, pour apaiser les angoisses des microprocesseurs, tout en injectant une brume d'éther dans les grilles de ventilation. Les lecteurs se calmèrent et 42 parvint à les convaincre que la bande faisait partie des invités de maman Hofa. Avec un peu de chance, l'oncle Ultimate ferait les frais de cette supercherie. La perspective amusa Antonin qui oublia le visage du vieil homme vert qui flottait dans sa chambre.

« Merde, il neige ! s'exclama Trafic en poussant la porte.

– T'hallucines, Aline, pouffa One For Four. Il neige jamais ici.

– Et ça ? C'est de la coke peut-être ? » rétorqua Trafic en envoyant un nuage de neige sur la tête de l'andro.

Antonin Hofa regarda, médusé, la moquette blanche qui recouvrait l'avenue. Il ne connaissait la neige qu'à travers les cartes postales des rares stations de sports d'hiver qui fonctionnaient encore, aux Etats-Unis et en Suisse. Les autres, démunies des coûteuses et fragiles installations de sécurité, avaient abandonné les remonte-pentes aux z.z. Antonin n'avait pas souvenir d'avoir vu un jour la neige tomber sur la ville, et avec une telle violence. D'énormes flocons tissaient en rangs serrés un rideau de coton.

« Ça va recouvrir les bornes d'alerte », diagnostiqua 42-Crew.

Les bornes d'alerte signalaient à l'armée d'anormales concentrations de zombis. Et la constatation du pirate était finalement plus pessimiste qu'il n'y paraissait. Les conditions climatiques extrêmes détérioraient les installations de sécurité et favorisaient invariablement le développement des morts-vivants. Un mystérieux sixième sens paraissait les avertir de la fragilité des tissus urbains et ils rappliquaient aussitôt en masse, comme des charognards attirés par une brusque faiblesse de leur proie. Mais il en fallait d'autre pour altérer la joyeuse humeur de Trafic.

« *Le Temps du Twist* sous la neige, ça doit être relief ! s'exclama-t-il.

– Génial... », soupira Anita en frissonnant.

Elle se tourna vers le loup-garou. « Y a des vêtements chauds chez toi ? »

Orlando hocha la tête.

« Alors qu'est-ce qu'on attend ? »

La bande s'élança dans la tourmente. La neige et le froid étouffèrent les premiers éclats de rire. La tempête s'était brutalement durcie. Des bourrasques tourbillonnantes de vent glacé charriaient un grésil dur comme du gros sel qui cinglait la peau et tambourinait contre les façades. Le silence qui pesait brusquement sur la cité imposa le respect aux plus optimistes d'entre les ados. Tous se turent et courbèrent l'échine. Ils regrettaient probablement d'avoir quitté si inconsidérément le douillet cocon de la cave. Orlando lui-même ne paraissait plus si fringant. Antonin proposa de lui rendre sa veste mais il refusa, affirmant à nouveau ne pas être gêné par le froid.

Ils restaient groupés, conscients que ce froid pénétrant qui durcissait leurs articulations devait rendre les zombis fous de douleur. On n'y voyait pas à dix mètres et chacun redoutait de se retrouver nez à nez avec un de ces tas de viande gâtée. Le quartier riche où habitait Orlando était coincé au sud, entre la ZAC et le ventre mou de la ville. Pas si loin de l'immeuble d'Antonin, en temps normal. Ils perçurent au loin le ululement d'une jeep de la brigade de contrôle des z.z. Ces outres galonnées n'allaient pas chômer cette nuit. Les appels de détresse devaient se multiplier aux quatre coins de la cité.

One For Four, que sa corpulence et ses articulations mécaniques n'engageaient guère aux expéditions polaires, traînait la jambe. Il déboucha sa bouteille de liqueur noire et la porta à ses lèvres. La main d'Orlando intercepta son poignet.

« Pas maintenant, siffla le loup-garou, sévère. On ne tient pas à te porter. »

Une trop forte dose d'alcool était capable de paralyser les fragiles rams neurologiques de l'androïde. Il entrait alors en catalepsie, dans une phase d'autovérification qui pouvait se prolonger plusieurs heures. Orlando ne l'ignorait pas. OFF renifla, l'air malheureux. Il avait égaré dans la tourmente neigeuse l'essentiel de sa proverbiale bonne humeur et l'intégralité de sa sagesse mystique.

« C'est pour me réchauffer..., gémit-il. Mon ventre est en train de fabriquer des glaçons, Gaston. »

Trafic gloussa, quelque part à droite du groupe. Sous leurs pieds, la neige se figeait en une pellicule de marbre dure et glissante. Antonin faillit perdre l'équilibre, lâcha un juron et buta sur 42-Crew accroupi près d'une borne d'alerte.

« Qu'est-ce que tu fous ? » s'énerva Antonin.

42-Crew grattait la couronne d'objectifs lumineux de la borne. Plus personne ne prêtait attention à la présence de ces gros œufs de métal percés de cellules photoélectriques. Il y en avait partout, à chaque carrefour, aux abords des édifices publics, aux entrées de la ville... Ils appartenaient désormais à l'imagerie populaire. 42 palpa du bout des doigts la base de l'appareil, comme pour y chercher une rassurante tiédeur. Le pirate secoua la tête et se redressa. Ses lunettes de soudeur et sa console d'ordinateur étaient recouvertes de poudreuse.

« C'est mort, lâcha-t-il. Les moteurs sont gelés.

– Est-ce que tout ça a un sens ? » murmura Antonin.

Il regarda autour de lui. L'avenue s'était transformée en une vaste congère, une piste géante de bobsleigh dont les rives verglacées s'élevaient en séracs sur les façades compactes des immeubles. L'hiver grignotait insensiblement la belle ordonnance géométrique de la cité, bouleversant les perspectives, noyant l'horizon dans un dégradé de gris à la découpe ruiniforme. Ça ne pouvait pas exister. Les services météorologiques du pays n'étaient pas très performants mais l'arrivée d'un tel bouleversement climatique ne pouvait décemment pas leur échapper. Antonin se tourna vers 42-Crew. Le jeune bidouilleur était peut-être tout ce qui restait de fiable dans cet univers de dingues.

« On est en plein trip, non ? »

Les lunettes de batracien fixèrent un instant Antonin.

« Je n'ai pas bu..., soupira-t-il.

– Qu'est-ce que tu dis ?

– Je n'ai pas bu de cette mixture. J'ai fait semblant. »

Antonin écarquilla les yeux. Cette révélation le laissait perplexe. Il était à la fois scandalisé par la trahison de 42 et rassuré de savoir qu'un des membres du club avait conservé sa lucidité. Il ouvrit la bouche pour protester lorsque Anita se mit à hurler.

Le zombi venait de crever le rideau de neige et avait posé sa main en charpie sur l'épaule de la jeune étudiante. Il se balançait en craquant comme la charpente éreintée d'un vieux chalutier, la bouche dégoulinante de sanies. Il exhalait une haleine de charnier. Orlando, une nouvelle fois, fut le plus prompt à réagir. Il frappa le z.z. dont la mâchoire explosa et s'éparpilla dans la neige. Insensible à la douleur, n'obéissant qu'à la faim qui torturait sa chair déliquescente, le mort-vivant ne lâchait pas sa proie. Il enfonçait ses ongles tordus dans l'épaule de l'adolescente et tentait d'approcher sa bouche disloquée du cou gracile. D'un bond, Trafic les rejoignit et lança une tranche de viande vers le zombe. Sans doute habitué à ce genre de distribution, le z.z. abandonna Anita et se mit à quatre pattes pour dévorer l'offrande.

« Tirons-nous d'ici ! » décréta Trafic.

Anita sanglotait nerveusement. Orlando ausculta rapidement son épaule où le fragile tissu du tee-shirt s'était déchiré. L'étudiante portait les marques sanguinolentes des ongles du z.z. C'était la première fois qu'un zombi parvenait à la toucher.

« Ce n'est rien. On va désinfecter ça dès que nous serons arrivés. Ce n'est plus très loin maintenant. »

Le groupe reprit sa progression, méfiant, tranches de viande en main. Dans le défilement hallucinant des flocons, toutes les ombres devenaient suspectes. Antonin se sentait à présent totalement dégrisé et il se demanda si son taux d'alcoolémie n'était pas tombé sous la norme.

« Tu as remarqué ? murmura 42-Crew.

– Quoi ?

– On n'entend plus les sirènes des brigades de contrôle... »

Antonin frissonna. Il n'était pas difficile de conclure de ce silence que les véhicules des brigades s'étaient rapidement révélés inutilisables sur la glace et que l'armée avait renoncé à disperser les z.z. Il songea avec terreur que la bande aurait été impuissante à échapper à une meute de morts-vivants.

« On arrive ! » annonça Orlando.

La neige avait tellement uniformisé le décor qu'Antonin ne s'était même pas rendu compte qu'ils avaient atteint les quartiers chic. Inconsciemment, les kids accélérèrent le pas derrière le loup-garou.

La maison d'Orlando était résolument moderne. Structure biscornue, elle rassemblait dans un délire d'angles et de poutrelles les tendances les plus audacieuses de l'architecture. On pouvait y localiser, çà et là, une arcade arabisante, une ogive romane, un chien-assis ou encore un œil-de-bœuf surveillant une terrasse modulaire. Un regard peu exercé aurait pu croire qu'une mosquée venait de s'écraser là, tombée du ciel, entre deux autres villas de volume moins avant-gardiste.

« Mon père avait parfois des goûts étranges, s'excusa le loup-garou en poussant le portail.

– C'est super chou ! » s'exclama Anita, brusquement rassérénée.

La maison, avertie de l'arrivée de son jeune maître, diffusa aussitôt *What is and what should never be*, monumentale ballade de Led Zeppelin aux fulgurances inouïes. La guitare de Jimmy Page réchauffa les membres engourdis mieux que ne l'aurait fait un feu de cheminée. Instantanément, et comme si le fabuleux groupe britannique en imposait au climat, aux éléments et à tout ce qui était à portée de ses riffs meurtriers, la neige cessa de tomber, la piscine s'illumina et une balafre d'ébène constellée de brillants déchira le ciel plombé. Un sourire soulagé flottait sur les lèvres du loup-garou. Le froid n'avait pas détérioré son petit univers. 42-Crew repéra une demi-douzaine d'appareils disséminés dans le jardinet et sur la façade de la maison. Deux bornes d'alerte, deux disperseurs et deux révulsifs, judicieusement placés à l'abri des intempéries, fonctionnaient toujours. La lueur de leurs voyants palpitait doucement. Orlando était équipé pour résister à une manifestation de z.z. A moins qu'il ne s'agisse de dissuader d'éventuels voleurs de vieilles voitures américaines. Planté au bord de la piscine, dansant lourdement d'un pied sur l'autre, One For Four paraissait fasciné par les mouvances de l'eau fluorescente.

« T'as quand même pas l'intention de plonger ? ironisa Trafic dont le moral regrimpait à la vitesse de la lumière.

– Encore un an de noviciat, Laetitia, et je pourrai marcher sur l'eau..., murmura OFF.

– Encore cinq minutes dehors et tu pourras *flotter* sur l'eau, rectifia Trafic. Comme un iceberg. »

One For Four s'ébroua et rejoignit les autres à l'intérieur de la maison. La salle principale était de forme pyramidale et le décor continuait à mêler subtilement, entre les dorures, les alcôves berbères et un linéaire circulaire tendu de cuir blanc, l'Orient et l'Occident. Tout paraissait ici conçu pour le confort du buveur. La maison d'Orlando, dont la seule programmation musicale semblait intriguer 42-Crew, jugea opportun de diffuser *Kashmir*, l'obsessionnel chef-d'œuvre de Led Zeppelin à l'atmosphère chargée de relents coloniaux, de passé anglais et de rumeurs d'avant-guerre.

« Comment décide-t-elle des morceaux qu'elle diffuse ? » interrogea 42-Crew.

Orlando haussa les épaules.

« Je ne sais pas. J'ai greffé un de tes programmes sur le circuit "random" de la chaîne. J'ai l'impression que ça marche au feeling, aux ondes alpha que j'émets, mais ça ne se trompe jamais. Elle passe toujours ce que j'ai envie d'entendre, même si je n'en ai pas conscience. »

Abandonnant 42 à sa curiosité, il prit Anita par le bras.

« Viens. Il faut désinfecter cette épaule... »

Il ajouta, à la cantonade :

« Servez-vous à boire. Il y a tout ce qu'il faut. Si vous voulez changer de vêtements, c'est à l'étage. »

One For Four et Trafic n'avaient pas attendu cette recommandation pour tester le dernier modèle de machine à cocktails qui ronronnait dans le fond de la pièce, encastré dans une niche de marbre. Antonin vit avec une certaine amertume disparaître Anita et le loup-garou dans une pièce voisine. Le suicide lui parut encore la solution la plus honorable pour échapper à cette nouvelle humiliation. La maison enchaîna immédiatement sur *Houses of the Holy*, morceau bluesy, mélancolique, où Robert Plant, à travers la cascade de métal distillée par Page, supplie une fille de venir au cinéma avec lui. Antonin balança aux murs un franc regard de haine.

42-Crew, amusé, baissa enfin ses lunettes de soudeur. Il épousseta la neige qui saupoudrait le clavier de Super Brain.

« Tu ne vas pas faire la gueule toute la nuit parce qu'une fille comme Anita préfère *d'abord* se faire sauter par un loup-garou ? »

Antonin se renfrogna.

« Qui te dit qu'elle aura *après* envie de se faire sauter par moi ?

– Tout le collège est déjà passé sur cette nana.

– Pas *tout* le collège », rétorqua Antonin, maussade.

42-Crew laissa échapper un rire clair.

« Et si on allait se changer ? T'as l'air d'une vieille serpillière. Je suis sûr qu'on va trouver là-haut de quoi séduire toutes les filles. »

Antonin décida de suivre 42. Ça ne rimait à rien de rester planté là, ruisselant de neige fondue, à attendre qu'Orlando termine de *désinfecter* Anita. Après un dernier regard vers Something More et Mirabelle qui commençaient à se butiner sur le canapé de cuir blanc, Antonin rejoignit 42 dans l'escalier.

Orlando était incontestablement riche. Il y avait dans ses placards de quoi vêtir pour trois mille concerts tous les musiciens de rock'n roll du continent. Devant cette pléthore, Antonin, naturellement, ne savait que choisir. Il pouvait s'habiller exactement comme Joe Moe Dee lors de son dernier concert à la Cité de Fer, ou s'affubler des compliqués lacis de cuir des adeptes des Masochistes modernes, ou encore choisir une tenue militaire... Il puisa dans le stock une casquette frappée du logo des rebelles de Taiwan, regarda un instant l'insigne métallique représentant une hache plantée dans un ordinateur. Orlando était sans conteste plus riche, plus solide et plus beau que lui. Comment Anita aurait-elle pu raisonnablement choisir de s'offrir à Antonin, adolescent grassouillet, à l'acné disgracieuse et sans talent particulier ? Après tout, qu'avait-il fait pour arracher Anita des griffes du z.z. ? Paralysé par le froid, l'angoisse et la surprise, il n'avait pas esquissé le moindre geste. Antonin eut subitement envie de redescendre pour partager avec OFF et Trafic les délices du distributeur de cocktails. 42-Crew l'appela.

« Antonin, viens voir ! »

L'adolescent reposa la casquette et rejoignit le pirate. Il

s'immobilisa sur le seuil de la pièce suivante. Une insupportable odeur d'eau croupie et de pourriture l'assaillit. Le fumet de marécage et de végétaux décomposés paraissait littéralement coller au cerveau pour s'y imprégner et polluer à vie les neurones. Antonin observa les murs capitonnés et la couche de compost qui recouvrait le plancher. La végétation, en se putréfiant, dégageait une chaleur moite, suffocante. 42-Crew était planté au milieu de la pièce, les chevilles enfoncées dans le purin.

« Qu'est-ce que c'est que ça ? hoqueta Antonin.

– Sa chambre », annonça 42, ravi. « L'antre du loup. »

Dans l'épouvantable puanteur, Antonin décela d'autres effluves, d'urine, de déjections, de poil mouillé... Le tout suggérait fortement les ménageries exiguës, les zoos à l'abandon où les fauves agonisaient dans leurs souillures.

« Tu comprends ce que ça veut dire ? insista 42-Crew.

– N... non, bafouilla Orlando.

– Il y a des jours où je me demande si tu es simplement distrait ou si ton désir de t'envoyer une fille te rend complètement idiot », soupira le bidouilleur.

Il désigna la pièce capitonnée d'un geste large.

« Ça veut dire qu'Orlando ne va pas dans les cellules de haute sécurité les nuits de pleine lune, qu'il est libre de tout contrôle et qu'il n'a probablement jamais été repéré. Ça veut dire que notre ami est un loup-garou entier.

– Entier ?

– Merde, Antonin, tu le fais exprès ? Je suis en train de t'expliquer qu'Orlando peut avoir des petits ! »

L'expression n'égaya Antonin qu'une seconde. Il digéra enfin l'information et la stupeur pétrifia ses traits. La pilule contraceptive avait été abandonnée peu de temps après l'apparition des z.z. Officiellement parce que la synergie entre l'alcool et cette pilule s'était révélée hautement cancérigène et officieusement parce que la planète avait besoin d'une démographie frénétique pour résister à la croissance des zombis. La contraception incombait désormais aux mâles. Les interventions stérilisantes étant passibles d'amendes fédérales, la mode des gadgets caoutchouteux avait refleuri avant qu'une pilule hebdomadaire semi-clandestine ne soit mise au point et assez largement distribuée dans les universités. Mais Orlando ne fréquentait pas le collège. Il était selon toute vraisemblance en train de s'envoyer Anita et rien ne prouvait qu'il prenait cette pilule...

42-Crew s'approcha de la porte et désigna le bloc-serrure.

« Un mécanisme d'horloge réglé pour quatre-vingt-seize heures. Orlando s'enferme la veille de la première nuit de pleine lune avec des provisions et de l'alcool et la porte ne le libère que quatre jours plus tard. Aucun système informatisé n'est accessible de l'intérieur. »

Il souligna d'un geste les traces de griffes qui lacéraient l'épais capitonnage.

« Ça doit être infernal..., termina-t-il.

– Ça va, j'ai compris », marmonna Antonin.

L'adolescent regarda les profondes balafres sur les murs, cicatrices de la rage insensée qui animait le loup-garou emprisonné. Elles soulignaient à la fois la puissance, la détermination et le désespoir d'Orlando, contraint de s'enfermer quatre jours par mois pour réduire à l'impuissance le monstre qui l'habitait. Ce sentiment de compassion fut rapidement balayé par une vague de terreur. Aucun contrôle ne surveillait Orlando. Il restait libre de s'enfermer... ou pas. Parmi les victimes des z.z., finalement plus nombreuses que les communiqués lénifiants de l'armée ne le laissaient supposer, un loup-garou en liberté avait de fortes chances de passer inaperçu. Viol et cannibalisme...

« Si vous avez terminé, je crois que vos amis ont envie de voir mes voitures. »

Antonin sursauta violemment. Orlando se tenait juste derrière lui. Sa voix monocorde ne trahissait aucune irritation mais ses yeux violets brillaient d'une lueur inquiétante. 42-Crew faisait rarement les choses par hasard et Antonin s'interrogea à nouveau sur les raisons qui l'avaient poussé à inviter le loup-garou à cette soirée. Le pirate se racla la gorge.

« Tu n'avais peut-être pas envie qu'on entre ici ? » demanda-t-il avec son habituelle candeur.

Orlando se fendit d'un sourire.

« Je ne vous aurais pas proposé de monter si j'avais voulu dissimuler quelque chose. Cela dit, ma collection de voitures est sans doute plus intéressante que la tanière d'un loup. »

La conversation prenait une tournure hautement improbable et Antonin avait tragiquement besoin d'alcool.

« Si nous devons ressortir, vous feriez bien de vous changer quand même, termina Orlando. Je vous attends en bas. »

Le lycanthrope s'éloigna. Antonin expira la douloureuse boule d'angoisse qui comprimait ses poumons.

« Ne fais pas cette tête-là, ricana 42. Il avait envie que nous venions ici. Je ne sais pas encore pourquoi, mais il y tenait.

– Qu'est-ce que tu as fait du corps ?

– Quel corps ?

– Celui du vieil homme tatoué.

– Ah... Je l'ai planqué sous une plaque de tôle. Je n'ai pas pu l'enterrer. Le sol était trop dur. Y a des fringues intéressantes ici ? »

Antonin oublia que son meilleur ami avait découvert le corps d'un vieillard tatoué comme une bête de boucherie. 42-Crew opta pour une tenue d'aviateur américain et conserva ses lunettes de soudeur. Antonin se décida finalement pour une combinaison miroir, abusivement réputée pour repousser les z.z., une veste de fourrure grise et la casquette des rebelles de Taiwan.

42-Crew laissa échapper un sifflement d'admiration.

« Anita Belon va sûrement se jeter sur ta braguette, mais si maman Hofa t'aperçoit dans cette tenue, t'es mûr pour une analyse complémentaire. »

Antonin s'abstint de répondre qu'il n'était plus tout à fait sûr de revoir un jour maman Hofa. La forte odeur de changement qu'il avait perçue au réveil se répandait sur toute la planète...

La collection d'Orlando était forcément ce qui avait conduit 42-Crew à s'intéresser au loup-garou. Le garage du jeune lycanthrope était une cathédrale dressée en l'honneur de l'industrie automobile américaine. Abritées au sous-sol sur une surface qui couvrait l'ensemble de la maison, les plus fabuleuses voitures du monde reposaient dans un gigantesque écrin de marbre blanc. Conversations et rires cessèrent aussitôt le premier pied posé dans cet édifice religieux, dans cet autel à la gloire du chrome et du vinyle. Trafic lui-même se tut, la bouche entrouverte, les yeux scintillant de mille étoiles d'acier. Plus personne ne regrettait la folle et dangereuse équipée dans la tourmente neigeuse. Orlando servait de guide muet à cette fabuleuse visite. Les adolescents éprouvaient l'impression suffocante et vertigineuse de violer un mausolée interdit. Ils passèrent sans un mot devant une Crown Imperial rouge vif, dégénérescence monstrueuse à la calandre agressive, aux pneus blancs et aux ailerons de squale plus acérés que des sabres, devant les roues à rayons d'une somptueuse Thunderbird Sports Roadster, devant l'incroyable folie barbare d'une Buick Electra 225 au design sidéral... Ils soupirèrent en chœur devant la carrosserie immaculée d'un cabriolet Cadillac Eldorado Biarritz et les ailerons arrière meurtriers d'une autre Cad modèle 59, spatiale et impudique. Trafic se prit d'une folle passion amoureuse pour les ailes de mouette d'une Chevrolet Impala à la carrosserie pastel, tandis que Something More et Mirabelle enlacés demeuraient prostrés devant les lignes subtilement agressives d'une Corvette Stingray. Les années défilaient. 56, 57, 58, l'année dingue qui vit ruisseler les chromes, les protubérances en forme d'éperons, de rétrofusées, d'ailerons de requin, 59, la démesure, le feu d'artifice chez Pontiac avec la Bonneville Star Chief comme chez Lincoln avec l'apparition de la Continentale.

Antonin se sentait étourdi, au bord du malaise. Ils s'arrêtèrent enfin devant le dernier modèle, une Studebaker

Avanti, merveille d'une absolue pureté dessinée par le génial Raymond Loewy. Antonin eut l'impression d'entendre résonner sous les voûtes de marbre le dernier claquement des portes de l'usine de South Bend, en 1966. Ils n'étaient plus que trois, les autres avaient découvert au fur et à mesure de la visite l'objet de toutes leurs prières.

« J'ai trafiqué celle-là avec ta dernière livraison, expliqua Orlando en désignant l'Avanti. Regarde-la de plus près. »

42-Crew s'avança vers le coupé dépouillé de toute calandre apparente. Il effleura de la paume le doux renflement des ailes et retira brusquement sa main comme si la voiture venait de le mordre. Le pirate grimaça tandis qu'Orlando laissait échapper un petit rire perlé.

« Ça brûle », se plaignit 42.

Le loup-garou s'approcha à son tour et posa sa main nue à plat sur la carrosserie.

« Pas pour moi, révéla-t-il. C'est un nouveau système de sécurité. La voiture est bouillante pour toute main étrangère...

– Et pour tes passagers ?

– Le système est déconnecté dès que je mets le moteur en marche. Evidemment, les passagers doivent monter après. »

42 hocha la tête, fasciné.

« Tu as trouvé d'autres programmes intéressants ?

– J'ai presque tout monté mais je n'ai pas pu vérifier toutes les applications. Apparemment il y a beaucoup d'économiseurs d'énergie. Il y a aussi un variateur de couleurs que j'ai installé sur la Star Chief mais je n'ai pas la peinture qui va avec.

– J'essayerai de te la trouver », promit le pirate en léchant sa paume endolorie.

Orlando se tourna vers Antonin.

« Laquelle te ferait plaisir ?

– Pa... pardon ? » bredouilla l'adolescent.

Orlando souriait. Ses dents luisaient comme les chromes de ses voitures.

« C'est ton anniversaire, non ? Alors je t'offre une de ces voitures. Choisis. »

Antonin dut s'appuyer contre une colonne de marbre pour conserver son équilibre.

« A mon avis, il va se trouver mal », pronostiqua 42, amusé. « C'est pas très civil d'abuser d'un garçon aussi sensible.

– Mais je ne plaisante pas ! s'insurgea Orlando. C'est un cadeau d'anniversaire, certes, mais je tiens aussi à fêter notre nouvelle amitié. Je n'ai pas rencontré beaucoup de gens qui ne s'enfuyaient pas dès qu'ils apprenaient ce que j'étais. Votre amitié, ça vaut tout l'or du monde. Alors... »

Il désigna son parc automobile d'un geste circulaire.

« ... comme je n'ai que ça à offrir… »

Il s'approcha d'Antonin, lui tendit la main.

« J'espère que nous resterons amis longtemps. »

Antonin serra mollement la main tendue. Dans sa pauvre tête, tout s'embrouillait. Pourquoi ? Pourquoi lui ? Mais surtout, pourquoi ?

« Tu n'as pas besoin de m'offrir quoi que ce soit pour devenir mon ami », assura-t-il d'une voix frémissante.

Le sourire d'Orlando devint éclatant. Antonin parut seulement remarquer l'insolente beauté du loup-garou. Un stylet de glace courut le long de sa colonne vertébrale.

« Fais ton choix maintenant. Et si tu as encore des scrupules, dis-toi que je donnerais toutes ces voitures contre un seul enregistrement du concert que Led Zep a donné à Milan en mai 1971. La police a envoyé des gaz lacrymogènes sur le public et tout le matériel du groupe a été détruit au cours de l'émeute. Si tu trouves ce pirate avant moi, tu me l'offriras. Nous serons quittes. »

Le regard d'Antonin balaya la cathédrale de marbre, glissa sur les calandres qui émergeaient des niches. Inutile de faire semblant d'hésiter. Son choix était fait depuis longtemps. En passant devant elle, il avait ressenti ce fourmillement familier qui raidit la nuque, paralyse la raison et entrouvre la porte aux passions consumantes. Il n'avait pas réellement prêté attention à ces infimes altérations de son comportement qui saisissent parfois le badaud devant une vitrine alléchante. Mais maintenant...

Craignant encore d'être victime d'une mauvaise plaisanterie, il se dirigea d'une démarche un peu raide vers la Buick Electra 225 et s'immobilisa devant la calandre agressive dont les phares soulignés de métal paraissaient l'observer. Sous le chevron d'argent, telle une bouche amicale, souriait une plaque minéralogique américaine :

* Atlanta *

LED ZEP

Antonin regarda la courbe plongeante des baguettes latérales, les ailerons arrière diaboliques profilés en ailes delta, la ceinture de caisse entièrement chromée, tout ce débordement de formes extravagantes et inutiles qui caractérisait la folie qui s'était emparée des Etats-Unis au terme des fifties. La mode insensée du « Air Born B-58 Buick », l'aérodynamique, la puissance et le pouvoir destructeur de l'avion.

« Je savais que tu la choisirais. Elle est à toi », annonça Orlando.

Et Antonin Hofa tomba dans les pommes...

L'arôme dominant du cocktail devait être le citron vert. Antonin ouvrit les yeux et regarda Trafic, hilare, un verre dans chaque main. La maison entrait en transe avec un *Immigrant Song* diabolique, chape de plomb en fusion tombée un soir d'été 1977 sur Chicago lors d'un concert de sinistre mémoire. Jamais le groupe n'avait laissé exploser un tel concentré de hargne, de folie, de rock'n roll. Antonin entendait le loup-garou tenter d'expliquer à 42-Crew pourquoi Jimmy Page s'était déguisé en s.s. cette nuit-là, quelques jours avant de tuer le fils de Robert Plant dans un accident de voiture.

Antonin se redressa, s'empara d'un des verres de Trafic et le vida d'un trait.

« J'aurais choisi l'Impala, décréta Trafic.

– Antonin Hofa, je te croyais plus détaché des trivialités matérielles de ce monde et un peu plus proche du Seigneur, ma sœur ! » persifla OFF, à l'autre bout du salon.

L'Electra 225, une trivialité ?

« Où est ma bagnole ? hurla Antonin.

– On n'attendait plus que toi pour partir, annonça Trafic. Tout le monde veut voir *Le Temps du Twist* sous la neige. Le coffre de ta Buick est rempli de viande. »

Antonin blêmit. De la viande dans sa voiture ? L'adolescent fronça les sourcils. La réalité rattrapait à nouveau son délire. Qu'est-ce que tout cela voulait dire ? Il ne connaissait pas Orlando depuis trois heures et le lycanthrope lui offrait déjà une voiture... Il chercha Anita Belon du regard et ne la vit nulle part. Est-ce que quelqu'un l'avait seulement revue depuis qu'elle s'était éclipsée avec le loup-garou ? Antonin aperçut, au fond de la pièce, affalé sur le linéaire de cuir, One For Four, le goulot de la bouteille de liqueur noire vissé entre les lèvres.

« Quelqu'un pourrait empêcher cette boîte de conserve de boire tout ce qui lui tombe sous la main ? grinça Antonin.

– Tu peux parler ! gloussa Trafic. T'as fini ta bouteille et celle d'Orlando par la même occasion. »

Une pointe de feu vrilla le cortex du garçon. Il surprit le regard violet du loup-garou posé sur lui. Sa bouche articulait des mots qu'il n'entendait pas. Qu'était devenue Anita ?

« T'es en état de conduire ? »

Antonin sursauta. Orlando se tenait devant lui. Un trousseau de clefs se balançait au bout de sa main tendue. Le porte-clefs représentait naturellement une Gibson Les Paul...

4.

L'Electra 225 attendait à l'entrée du sous-sol et Anita Belon était dedans, près de la place du chauffeur, une main négligemment posée sur le déflecteur en forme de harpe. Antonin se demanda si la jeune étudiante câblée faisait partie du cadeau. Anita avait troqué son tee-shirt de Thomson pour des vêtements qu'Antonin eut quelques difficultés à situer. C'est en apercevant les accroche-cœurs que la jeune fille s'était constitués à la hâte que l'adolescent comprit qu'elle était déguisée en nostalgique des sixties. Il regarda le pull moulant et la jupe serrée, les escarpins à talons mi-hauts et le foulard blanc sur sa chevelure laquée. Sans doute avait-elle jugé que cette tenue convenait à la visite d'un luna-park dont le nom et les manèges évoquaient une époque que ses grands-parents eux-mêmes n'avaient pas vécue... Antonin grimaça. De toute façon, Anita demeurait épouvantablement désirable.

Ils étaient sept. La Buick était suffisamment spacieuse pour supporter ce nombre de passagers. Antonin, tétanisé, s'installa au volant. Anita se glissa entre Orlando et lui. Les autres s'entassèrent à l'arrière.

« Il y a trente stations préréglées, expliqua Orlando. Ça va du 10 décembre 68 au Marquee Club de Londres jusqu'au 11 août 79, le festival de Knebworth. Trente des plus importants concerts de Led Zep, excepté celui de Milan, malheureusement. »

Antonin posa ses mains sur le volant. Une impression de puissance inouïe l'électrifiait.

« Super..., murmura-t-il.

– Y a même pas un hit de Joe Moe Dee ? » marmonna Anita en soufflant une bulle de chewing-gum.

Un hit de Joe Moe Dee dans une Electra 225... Non mais quelle conne.

Orlando lui jeta un regard qui rassura Antonin. Le jeune lycanthrope détestait cette fille.

« Tu es sûre que tu bois assez, Anita ? » s'inquiéta Orlando d'une voix douce où une mystérieuse menace vibrait comme une corde de Les Paul.

Un soupçon de doute voila le visage de celluloïd d'Anita.

« J'ai mon planning, affirma-t-elle. Je bois ce qu'il faut. Je n'aime pas être ivre. »

Quelques ricanements sanctionnèrent sa réflexion. Comment pouvait-on ne pas aimer être ivre dans un monde où il fallait absolument l'être du matin au soir ? Antonin régla le rétroviseur et fixa un instant les traits épanouis de Mirabelle. Something More avait de la chance. Mirabelle était la seule du groupe à avoir terminé ses études. Elle travaillait dans un cabinet d'architecte, vivait avec son père, un analyste du Contrôle spécialisé dans les pulsions suicidaires adolescentes, et avait élevé la défonce permanente au rang de philosophie existentielle. Elle avait créé la célèbre « rue en rond », luxueuse artère en trompe l'œil, et préparait un projet de tour aléatoire dont les habitants étaient censés ne jamais se réveiller au même étage que la veille. L'exécutif du Contrôle adorait les projets de Mirabelle.

« Tu devrais faire attention, insista Orlando. J'ai lu dans un rapport de l'O.M.S., que le rétrovirus Zapf commençait à s'habituer à l'alcool. Les organismes les moins imprégnés seront sûrement les premiers touchés. »

Cette fois, une lueur de panique traversa le regard de la jeune fille.

« Qu'est-ce que c'est que ce rapport de merde ?

– Pour l'instant, c'est encore sous embargo pour éviter une surconsommation générale, mais...

– Passez-moi une bouteille ! glapit Anita. De la forte ! De la noire ! »

Trafic lui passa une bouteille de liqueur noire à moitié pleine. Elle en but une gorgée et le flash la vitrifia.

« Elle est dedans... », soupira Orlando.

Antonin se demanda ce qu'il voulait dire par là. Le loup-garou poursuivit tranquillement ses explications et détailla scrupuleusement les commandes du tableau de bord.

« Il y a toujours le V8 de 200 chevaux de la G.M. sous le capot mais il est agrémenté d'un triple turbocompresseur. Tu as les manettes de gaz à droite du volant. Tu peux aussi les placer en position automatique mais fais attention, si tu appuies sur le champignon, je ne te garantis pas que tu resteras sur terre... »

One For Four pouffa. Antonin fixa, loin devant le pare-brise panoramique, le capot rouge large comme une place de village.

« J'ai aussi placé deux ou trois puces de 42 dans le circuit électrique, poursuivit le loup-garou, mais je ne sais pas à quoi elles servent. Rien d'immédiatement apparent en tout cas. Si ça t'ennuie, je peux les enlever... »

Antonin secoua négativement la tête. Un sourire énigmatique flotta un instant sur les lèvres charnues du lycanthrope.

« Bon, on y va ou tu repasses ton code ? » s'impatienta Trafic.

La main d'Antonin frémit en approchant de la clef de contact. La guitare miniature se balançait comme un pendule.

« Tu crois qu'elle va tenir la route sur cette neige ? hésita Antonin.

– Elle est en train de fondre. Ça ne glisse pratiquement plus. Tu rouleras doucement. Mais si tu préfères, on peut y aller à pied... »

Un concert de protestations accueillit cette proposition. Le V8 rugit dès la première sollicitation. La Buick grimpa le toboggan avec un feulement de panthère satisfaite. Le portail pivota, découvrant un décor uniformément blanc. Un instant ébloui, Antonin cligna des yeux. Les pneus à flancs blancs mordirent dans la neige et l'équipage rutilant se mit à voguer vers *Le Temps du Twist*...

Le voyage parut trop court à Antonin qui commençait tout juste à se détendre. L'Electra était souple et sa fabuleuse puissance parfaitement domestiquée. Le revêtement glissant de la chaussée n'autorisait pas des pointes extravagantes et c'est à une allure quasi maritime que le club des taudis rallia le luna-park. 42-Crew paraissait vaguement inquiet mais, dans l'exaltation générale, personne ne s'en rendit compte. A l'exception, peut-être, du loup-garou qui observait ses nouveaux amis comme les joyaux d'une collection rare.

Contrairement à ce qu'avait prévu le pirate, aucun zombe ne traînait du côté du terrain vague qu'un froid glacial avait vitrifié sous un lac de verglas. Antonin stoppa prudemment la Buick aux abords du no man's land. Une vieille pancarte rouillée indiquait la présence d'un transformateur de haute tension. La nuit était ici plus intense et Anita frissonna.

« C'est ça votre *Temps du Twist* ? grimaça-t-elle en fixant les ténèbres. Drôlement toc comme ambiance...

– Mais qu'elle est con ! Attends, il est pas allumé », répliqua Trafic en sautant de voiture.

Antonin n'avait aucune envie d'abandonner le volant de l'Electra. L'envie de rouler toute la nuit vers les plages du Sud l'effleura, mais les autres suivaient déjà 42-Crew vers son installation. Antonin les rejoignit à contrecœur. Le pirate s'agenouilla près du panneau d'avertissement, souleva une plaque métallique et fit basculer les commutateurs de l'hologramme. Lentement, néon après néon, la fête foraine éclaboussa la nuit. Antonin respira plus lentement, comme s'il voulait lutter contre l'afflux d'adrénaline provoqué par la magie du *Temps du Twist*. Anita poussait de petits cris enthousiastes. 42-Crew avait encore amélioré son chef-d'œuvre. De nouveaux manèges encadraient le Rétro et la Grande Roue : des autoscooters, une loterie et le début d'un scenic-railway. Les représentations humaines étaient également plus nombreuses. Des groupes de filles en jupettes plissées et socquettes blanches se pressaient en riant autour de la chenille. Elles suçaient de gigantesques sucres d'orge aux couleurs américaines tandis que s'élevait dans la nuit le programme musical.

Oh yeh, I'll tell you something
I think you'll understand
Then I'll say that something
I want to hold your hand
I want to hold your hand

42 lâcha un soupir désabusé.

« Voilà ce que je ne contrôle plus. Le programme est bloqué sur les années soixante...

– Au contraire, c'est génial ! » s'exclama Trafic avant de reprendre en hurlant le refrain des Beatles.

Les installations de 42 devaient dégager une certaine chaleur. La neige n'avait pas tenu sur le tertre herbeux dans lequel elles étaient camouflées. Un œil inquisiteur aurait pu, à ce détail, localiser le mécanisme de l'hologramme. Mais personne ne venait jamais par ici. Les z.z. eux-mêmes paraissaient mépriser l'endroit.

« On peut monter sur les manèges ? » piailla Anita, une octave trop haute.

Antonin grimaça. Il s'en voulait de continuer à désirer un tel concentré de sottise. « Je suis un chien, un rat, un lapin... » songea-t-il. Il se trouva prodigieusement stupide.

« Si tu arrives à t'asseoir sur le faisceau d'une torche électrique, tu peux toujours essayer de faire un tour sur le Rétro », répondit froidement 42.

Trafic regardait Anita en secouant la tête. Seules ses performances sportives l'autorisaient à poursuivre un cycle d'études long mais il manifestait assez peu de mansuétude envers ceux et celles qui démontraient visiblement encore moins de compétences intellectuelles que lui. Trafic faisait partie de ces gens étranges dont les capacités limitées contrariaient une véritable boulimie de culture et de connaissance. Il ne pardonnait rien à ceux qui, plus naturellement doués que lui, refusaient le savoir par paresse ou dilettantisme. 42 trouvait que Trafic avait le profil d'un futur lieutenant de la sécurité urbaine. Il inventerait sûrement un nouveau moyen d'éloigner les z.z. des quartiers protégés. Antonin n'était pas d'accord avec ce point de vue. Pour lui, dans la tête tourmentée de Trafic fleurissaient les germes des Hors-Jeu...

« On peut quand même s'en approcher ? » insista Anita, les lèvres pincées, consciente, malgré l'ivresse, d'avoir proféré une énormité.

42 hocha la tête.

« Ça, rien ne t'en empêche. C'est moins joli de près. On voit les défauts.

– On y va ! s'exclama Mirabelle, peut-être par pure solidarité féminine.

– Faites gaffe quand même aux z.z. ! ajouta le pirate. Ils arrivent à se mêler aux holos. »

L'avertissement ne parvint pas à refroidir l'enthousiasme quasi général. Personne ne craignait de confondre une jeune fille en jupette avec un mort-vivant obèse. Something More, Mirabelle et Trafic dévalèrent la petite colline et se ruèrent dans les travées du *Temps du Twist*. Anita tendit la main à Orlando qui l'accepta. Le couple s'éloigna vers le luna-park. One For Four annonça qu'il avait besoin de se défragmenter les neurones et s'allongea dans l'herbe humide. 42 vint s'asseoir au côté d'Antonin.

Try now we can only lose
And our love become a funeral pyre
Come on, baby, light my fire
Come on, baby, light my fire
Try to set the night on fire

OFF avait glissé Tomcat autour de son cou et regardait les étoiles, un sourire plaqué sur son visage d'énorme poupon. Il parlait avec Dieu sur la musique des Doors. Antonin arrachait mécaniquement des touffes d'herbe rachitique. La voix de Morrison ne lui faisait vraiment aucun bien.

« J'ai l'impression qu'OFF redevient mystique, remarqua 42. Ils lui ont peut-être implanté une protection à retardement...

– Tu n'aurais pas pu trouver une fille un peu moins idiote ? demanda Antonin, amer.

– C'était Anita ou une pute Hors-Jeu. Et je n'avais plus assez de fric pour te l'offrir. De toute façon, Anita n'est pas idiote.

– Ah non ?

– Elle n'est pas *in time*, nuance, précisa 42. Dans un lycée des années soixante, elle aurait été parfaite. »

Le bidouilleur allait revenir sur sa fameuse théorie des inadéquations temporelles et Antonin n'avait guère envie de l'entendre.

« Où est la plaque de tôle ?

– Quelle plaque de tôle ?

– Celle qui sert à planquer le vieux au tatouage... »

42, intrigué, se tourna vers son ami.

« Ne me dis pas que tu as envie de le voir ? »

Antonin regarda, un peu plus loin en contrebas, ses compagnons du club des taudis s'amuser avec les effets de lumière du *Temps du Twist*. Trafic draguait un groupe d'adolescentes aux mains fleuries de barbes à papa et de pommes d'amour. Il connaissait visiblement leur parcours car sa gestuelle était presque parfaite. Un témoin non averti aurait pu croire que les filles l'entendaient et lui répondaient. 42 n'avait pas tort. Anita semblait à l'aise dans cet univers. Antonin se demanda vaguement pour quelle époque il était fait.

« J'ai passé toute la journée devant ton hologramme... »

42 écarta les mains en signe d'incompréhension.

« C'est un mort, mec ! Un putain de cadavre !

– Qui est un cadavre ? » demanda Orlando qui avait abandonné Anita et que ni 42 ni Antonin n'avaient entendu s'approcher.

Antonin frissonna. Le jeune loup-garou avait une façon inquiétante de se déplacer sans bruit. 42 lâcha un soupir. On le contrariait décidément beaucoup. Il se leva, chargea sa console sur son épaule et se dirigea directement vers la Grande Roue. L'extraordinaire hologramme avait effectivement un bug. Le quart supérieur du manège avait disparu et la Grande Roue ressemblait à une gigantesque tarte multicolore dont on aurait dérobé une part. 42 avait vérifié les circuits, contrôlé le câblage mais n'avait toujours pas localisé la panne.

« Techniquement, tout fonctionne. Je n'y comprends rien... »

Ce genre d'aveu d'impuissance était rarissime chez le jeune pirate. En matière d'électro-informatique, rien ne lui résistait.

« C'est là », ajouta 42 en désignant un amas de poutrelles et de tôles rouillées.

Le cadavre était abominable. Il était aussi vieux que sa représentation holographique, sans doute sensiblement plus gras, mais 42 n'avait pas inventé cette couleur verte qui avait baigné la chambre d'Antonin. Le cadavre était *vraiment* vert ! De ce vert pâle qui teinte parfois les viandes corrompues...

« Merde, c'est dégueulasse ! hoqueta Antonin en se détournant.

– J'avais prévenu. »

Orlando, lui, ne paraissait pas particulièrement indisposé. Il poussa le corps du bout du pied et regarda le tatouage imprimé sur la cuisse.

« Contrôle sanitaire..., murmura-t-il. Qu'est-ce que ça veut dire ? »

42 haussa les épaules.

« Je connais des Hors-Jeu qui se font tatouer ce genre de conneries.

– Tu as déjà vu un Hors-Jeu aussi vieux que ça ?

– Je n'ai jamais vu un homme aussi vieux que ça. »

Orlando renifla. Son regard violet allait du cadavre à 42 et de 42 à nulle part. Il ressemblait à un de ces jeunes acteurs incapables de digérer les leçons de l'Actor Studio et dont les yeux ne cessent de se dérober.

« Où tu l'as trouvé ? demanda-t-il enfin.

– Là », répondit 42 en désignant le pied de la Grande Roue.

Yesterday, all my troubles seemed so far away
Now it looks as though they're here to stay
Oh I believe in yesterday.

Orlando se pencha et montra une auréole sombre sur le cou du cadavre.

« On dirait qu'il a pris un sale coup...

– Hey, doucement ! Ce mec était mort quand je l'ai trouvé.

– Son bras est fracturé, ajouta Orlando en désignant un angle incongru au niveau du coude gauche.

– Tu ferais bien de remettre la plaque, annonça Antonin. Les autres se ramènent. »

La petite troupe approchait. One For Four les avait rejoints. Orlando fit glisser la plaque sur le corps du vieil homme vert.

« Tu crois que le vieux a pris une raclée ? questionna Antonin.

– Ou une sacrée bûche, précisa le loup-garou. Il a le cou brisé.

– Hé ! qu'est-ce que vous foutez ? hurlait Trafic en se frottant les biceps. On se pèle ici et les z.z. se ramènent. »

Un peu plus loin, à hauteur du Rétro, une demi-douzaine de zombis traversaient en claudiquant les groupes de jeunes filles en jupette. Le froid, la fatigue et la constance des z.z. venaient à bout des velléités de nuit blanche.

« En plus, le Rétro vibre quand on s'approche de trop près, grogna encore Trafic. Ça nous fout les yeux en l'air.

– J'avais prévenu, répéta 42.

– Ça non plus tu ne peux pas réparer ? » s'étonna Antonin.

42 lui retourna un regard noir.

« C'est une résistance qui a flanché. Je la changerai quand j'en trouverai une autre. »

Mirabelle se blottissait dans les bras de Something More. Elle tombait de sommeil. Antonin sentit qu'il n'allait plus tarder à regagner le giron de maman Hofa. Il pria pour que les invités soient déjà partis. Où allait-il ranger la Buick ?

Chaque copropriétaire disposait d'un emplacement de parking mais maman Hofa louait le sien à un voisin.

« Ça t'emmerderait pas de me garder la voiture quelques jours, le temps que je trouve un box ? demanda-t-il au loup-garou.

– Pas de problème...

– Ça, c'est extraordinaire, Prosper ! » répétait One For Four, le nez toujours levé vers le ciel. « Ça, c'est extraordinaire !

– Qu'est-ce qui est extraordinaire ?

– La Grande Roue, Mötley Crüe... Regardez la part qui manque. Les étoiles sont les yeux de Dieu et la Grande Roue rend Dieu aveugle ! On ne voit pas les étoiles à travers.

– Je crois que tu as raison à propos d'OFF... », murmura Antonin à 42.

Tous les kids levèrent les yeux vers le sommet de la Grande Roue. L'interpréteur visuel des andros était sensiblement moins performant que la vue humaine mais tous purent constater qu'au-delà de son délire One For Four avait raison. Le triangle manquant du manège était absolument noir, légèrement plus noir que le ciel, comme un mauvais truquage cinématographique. Aucune étoile n'en piquait la surface.

« J'vois rien..., marmonna Trafic.

– Justement, c'est ça qui est bizarre. »

Trafic lâcha un soupir impatient.

« Dites, si vous avez l'intention de passer le reste de la nuit à regarder cette foutue Grande Roue, prévenez-moi. Je me tire. Je vais pas attendre les z.z. »

Antonin se tourna vers le luna-park. Les zombes arrivaient à la hauteur des autos-tamponneuses, fendaient de leur démarche lourde une grappe de blousons noirs.

« D'accord, on se tire.

– Allez dans la bagnole pendant que j'éteins le bazar », ajouta 42.

Le club regagna la Buick. Anita, frigorifiée, s'envoya

une nouvelle rasade de liqueur noire. Sa silhouette s'électrifia l'espace d'une seconde. Antonin cligna des yeux.

« Qu'est-ce qu'on fout maintenant ? » s'inquiéta Trafic.

Trafic ne savait pas terminer une fête. Il était systématiquement le dernier à lâcher prise.

« Si on allait faire une virée chez les Hors-Jeu ? s'exclama-t-il avec son habituel enthousiasme.

– Mirabelle bosse demain et moi j'suis naze, le doucha Something More. Allez-y sans nous. »

Les lumières du *Temps du Twist* s'éteignirent brusquement. On ne voyait plus les zombis et Antonin sentit une main de glace lui essorer l'estomac. 42 sauta sur la banquette arrière de la Buick. Il semblait satisfait de quitter sa création.

« Ceux qui le veulent peuvent finir la nuit chez moi, proposa Orlando. Je raccompagnerai les autres.

– Banco ! » approuva Trafic qui ne détestait pas l'idée de continuer à tester la machine à cocktails.

Antonin tourna la clé de contact. L'Electra démarra immédiatement. Anita, la tête renversée en arrière, tétait la dernière bouteille de liqueur noire. La limousine quitta au ralenti l'enceinte du *Temps du Twist* et entra dans les faubourgs de la ville.

« Et si tu nous mettais un peu de musique ? »

Antonin, détendu, se tourna vers le loup-garou.

« Ton concert préféré ?

– Choisis. »

Antonin hocha la tête.

« D'accord. Commençons par le début... »

Antonin pressa une touche digitale et la sono de l'Electra enclencha aussitôt sur un frénétique *Communication breakdown* assené aux invités léthargiques d'un Marquee Club peu accoutumé à ce genre d'holocauste électrique. L'univers tout entier bascula avec un *whoooop* de jeu d'arcade... Le pied d'Antonin écrasa la pédale de frein.

La neige s'était transformée en filets de gadoue qui ruisselaient dans les caniveaux. Mais il y avait pire... La ville n'était plus la ville.

« Seigneur ! » siffla One For Four.

Les cubes vitre et béton des faubourgs étaient remplacés par une alignée de maisons de brique rouge, flanquées d'étroits jardinets. Des voitures anciennes stationnaient près du trottoir. Un bus à impériale frôla en klaxonnant la calandre de la Buick. Derrière les vitres ruisselantes de pluie du bus se pressaient des visages curieux.

« Qu'est-ce que c'est que ce cirque ? » grogna Trafic en regardant autour de lui.

Anita se frotta les yeux.

« C'est pas un peu fort, comme boisson ? » murmura-t-elle en reposant sur ses genoux la bouteille de liqueur noire à moitié vide.

Les phalanges d'Antonin blanchissaient sur le volant. Il n'avait jamais quitté sa ville. Et l'angoisse de ne jamais la revoir devenait presque palpable. Est-ce qu'il existait encore des villes comme celle-ci ? L'odeur était également différente. Elle était chargée de pluie et d'oxyde de carbone. Au bout de la rue, un bobby venait d'apparaître, son drôle de casque en forme de pain de sucre vissé sur la tête. Il se dirigeait vers la Buick. Jimmy Page entamait le long solo de *Dazed and confused*. Le public du Marquee n'était pas très chaud.

« Je crois qu'on vient de découvrir la fonction d'un de tes programmes, fit remarquer 42-Crew.

– Quoi ?

– Eh bien ! je crois que nous venons d'être téléportés. Ailleurs et probablement à une autre époque », tenta d'expliquer le pirate avec le ton légèrement condescendant qu'il affectait d'adopter lorsque le sujet de la conversation dépassait les compétences de son interlocuteur.

« Quoi ?

– Qu'est-ce qu'il y a dans cette bouteille ? » nasilla Anita.

Le flic n'était plus qu'à une dizaine de mètres. Dans la

maison d'en face, sa tête embigoudie émergeant d'un bac de géraniums, une vieille femme regardait la Buick. Antonin n'avait jamais vu une aussi vieille femme.

« Je ne suis pas près de remettre les pieds dans cette foutue bagnole ! décréta Trafic.

– Eteignez cette radio ! » aboya le bobby.

Antonin tendit la main et coupa la mini-chaîne. La jupe serrée d'Anita remontait sur ses cuisses. La jeune étudiante avait poussé le soucis du détail jusqu'à porter des bas à jarretelles.

« Monsieur l'agent..., commença 42-Crew.

– Il y a un parking réservé pour les guignols dans votre genre, coupa sèchement le policier. Juste derrière le Marquee. »

Antonin ignorait naturellement où se trouvait le Marquee. Ni même s'il s'agissait du fameux Marquee Club où Led Zeppelin avait donné en 1968 son premier concert officiel... Il croisa le regard d'Orlando qui multipliait les mimiques pour le supplier de démarrer. Antonin serra les dents et la Buick s'éloigna au ralenti. Le policeman s'amenuisait dans le rétroviseur.

« On aurait pu lui demander des renseignements..., maugréa Trafic.

– Je me demande si ce flic aurait apprécié nos cartes magnétiques, répondit 42, placide. Arrête-toi là, s'il te plaît. »

Antonin s'exécuta. Un cycliste encapuchonné les doubla à grand renfort de coups de sonnette. D'un bond, 42-Crew quitta la voiture. Il remonta ses lunettes de soudeur sur son front et se dirigea vers un type occupé à drainer son jardinet sous un large parapluie noir. Antonin vit son compagnon aborder l'inconnu et échanger quelques paroles.

« Le temps est sacré, murmura OFF. Nous sommes sacrilèges.

– Est-ce qu'il te reste un peu de ces cristaux noirs ? demanda Anita.

– Pourquoi est-ce que tout le monde nous regarde ? Ils ont jamais vu une Buick dans ce pays ? s'énerva Trafic.

– Une Buick avec la capote relevée quand il pleut, ça étonne toujours », fit remarquer Orlando.

Le loup-garou actionna la commande de la capote qui se déplia avec un agréable friselis huilé et verrouilla les clipets. Antonin se retourna. Mirabelle dormait dans les bras de Something More.

« Je la réveillerai quand je serai sûr qu'elle rate vraiment quelque chose », chuchota Something.

Antonin hocha la tête. Le regard du loup-garou était de plus en plus brillant. 42-Crew revenait vers la voiture.

« J'en étais sûr, annonça-t-il.

– De quoi ?

– Nous sommes à Londres, à Soho, expliqua le pirate. Je n'ai pas osé demander la date mais je suis certain que nous sommes le 10 décembre 1968 et que Led Zeppelin va donner son concert au Marquee dans quelques heures.

– Quoi ! ! ! hurla Trafic.

– Génial..., soupira Orlando.

– Nous sommes damnés... », ajouta OFF dans un souffle.

Antonin se mit à grincer des dents. A Londres, 1968... Le cocon tissé par maman Hofa lui manquait terriblement. Les vêtements rétro d'Anita n'étaient déjà plus tout à fait dans le coup, mais la jeune fille présentait une affiche moins radicalement invraisemblable que ses compagnons. Antonin referma sa veste de fourrure sur sa combinaison miroir et posa sur ses genoux la casquette des rebelles de Taiwan. Pour l'heure, Taiwan s'apprêtait à pratiquer le dumping électronique en exploitant une main-d'œuvre sous-payée, et les célèbres rebelles qui allaient paralyser tous les grands systèmes mondiaux n'étaient toujours pas nés. De l'autre côté de la rue, le jardinier amateur ne quittait pas des yeux la tenue d'aviateur de 42-Crew. Something More devait partager les craintes d'Antonin.

« Est-ce que nos vêtements peuvent nous faire passer pour des musicos rock de 1968 ? » demanda-t-il.

Un frémissement nerveux agita la joue d'Orlando.

« Il n'y a qu'un moyen de le savoir, c'est d'aller au Marquee...

– Je t'en prie, 42, remonte dans la voiture. Ce type va finir par appeler les flics. »

Le pirate se glissa entre Mirabelle et One For Four, qui continuait à regarder le décor londonien comme une hallucination infernale. Antonin se mit à rouler au ralenti. Les badauds se retournaient sur la Buick.

« Est-ce que quelqu'un peut m'expliquer ce qui se passe ? s'énerva Trafic.

– La radio de la Buick joue le rôle d'un multiswitcher temporel, expliqua tranquillement 42. Elle nous envoie à l'endroit et à la date des concerts qu'elle diffuse...

– Putain ! gémit Trafic. Qu'est-ce que vous attendez pour retirer ce programme du circuit électrique ? »

42 haussa les épaules.

« Si je le retire, nous sommes définitivement cloués ici. »

Il se tourna vers le loup-garou.

« Il n'y a vraiment que des concerts de Led Zeppelin ? »

Orlando opina.

« Et quel est le plus récent ?

– Knebworth, le 11 août 1979.

– Nous sommes donc coincés entre 68 et 79, conclut 42-Crew.

– Mais c'est pas vrai, merde ! grinça Trafic. Qu'est-ce qu'on va foutre ici ? Nos cartes de crédit n'ont pas cours à ces époques. Nous n'avons pas de fric et nous n'existons même pas !

– On peut revendre la bagnole, proposa Something More.

– C'est le dernier lien avec notre temps », fit remarquer 42.

Un vieux type, planté sur le bord du trottoir sous l'auvent d'un marchand de liqueurs, un mégot de cigare vissé dans une bouche sans lèvres, regardait passer la Buick. Le *Financial Time* frémit légèrement entre ses mains. Antonin n'en revenait pas de voir des gens aussi vieux.

« J'ai l'impression qu'on s'éloigne du Marquee, murmura Antonin. Et je ne me sens pas très bien...

– Si on allait dans un pub se rincer la dalle ? » proposa One For Four en pouffant.

Il venait de retrouver le XXe siècle dans ses mémoires.

« Hey ! gros tas de ferraille ! Y a plus de zombis ni de rétrovirus ici. L'alcool n'est pas encore obligatoire », grinça Trafic en tapotant le crâne de l'andro.

OFF protesta. L'alcool rapprochait du Seigneur et des valeurs spirituelles. L'alcool était le sang de Jésus.

« Il mélange mon programme avec celui de la Nouvelle Eglise », constata 42, contrarié par l'inextricable medley qui s'opérait dans les listings de l'andro.

Antonin songeait à la remarque de Trafic. Pour la première fois de leur existence, ils n'étaient plus obligés de boire... Cette liberté nouvelle plongea aussitôt l'adolescent dans les affres de la nausée. Ne plus boire le terrifiait. Il pensa, épouvanté, qu'avec un Orlando amateur de vieux jazz, ils auraient fort bien pu se retrouver en pleine prohibition, traquant comme des junks le speakeasy ou le bootlegger...

« Cela dit, nous ne sommes pas réellement coincés entre 68 et 79 », annonça 42-Crew qui commençait à entrer des données dans sa bécane.

Tout le monde se tourna vers le pirate. L'espoir renaissait...

« Je peux introduire dans le programme des disques disponibles ici et aujourd'hui, expliqua le bidouilleur. Nous pouvons remonter dans le passé jusqu'à l'origine de l'enregistrement musical, jusqu'aux rouleaux. Peut-être même plus loin encore... »

Un soupir général et désabusé accueillit la nouvelle.

« Ça nous fait une foutue belle jambe... », maugréa Trafic.

Orlando marqua brusquement son impatience.

« Mais qu'est-ce que vous avez, tous ? 68-79, c'est pas une tranche d'histoire plus intéressante que la nôtre ? Trafic l'a dit. Plus de zombi, plus de picole pharmaceutique. Adieu Little Brother et la Nouvelle Eglise.

– Comment ça adieu la Nouvelle Eglise, Elise ? éructa OFF.

– On peut voyager peinards à Londres, Copenhague, Sydney, Paris, Atlanta..., poursuivit le loup-garou. Partout où Led Zep a joué. Putain, on est libres comme jamais personne ne l'a été. Si ça se trouve, je ne suis même plus lycanthrope ! »

Antonin échangea un bref regard avec 42. Comment Orlando espérait-il avoir la preuve de sa guérison ? Instantanément, Antonin s'égara dans les méandres des paradoxes temporels. Bien sûr, le rétrovirus Zapf n'existait pas encore – du moins sommeillait-il dans quelque état primaire – mais Orlando restait tout de même le produit d'un z.z. et d'une vivante... Antonin palpa son foie saturé et se sentit notoirement stupide.

« Il n'y a aucune raison pour que nous ayons physiquement changé », trancha 42.

Orlando haussa les épaules.

« Dans ce cas, je suis le premier loup-garou de Londres. Qu'est-ce que ça change ?

– Est-ce qu'on ne pourrait pas quand même acheter un calendrier ? demanda Something More.

– Pour quoi faire ?

– Pour voir à quelle date tombe la prochaine pleine lune... »

5.

Les kids comprirent aussitôt que ça n'allait pas être simple de passer inaperçu. Derrière le pare-brise de la Buick, ils observaient le public londonien qui piétinait dans Charing Cross Road, devant l'entrée du Marquee. Aucun symptôme des grands courants rock futurs n'apparaissait dans leur panoplie vestimentaire. On était loin du flower power et encore davantage de la provocation punk. Plus inquiétante encore était cette absence de blousons de cuir. Les rockers avaient sûrement d'autres mods à fouetter que d'assister au concert d'un groupe encore inconnu. Le Marquee, petite boîte plutôt snob, ne devait pas non plus être leur épicerie préférée. Antonin regardait, atterré, les pulls à col roulé, les velours à grosses côtes et les ensembles blazer croisé-pantalons gris flanelle... Il referma un peu plus son blouson d'aviateur sur sa combinaison miroir. Dans le rétroviseur, il passa en revue les vêtements de ses amis. One For Four rissolait dans la traditionnelle djellaba-caméléon des andros de la Nouvelle Eglise. Le tissu réactif de la tunique avait pris pour l'instant, sur le fond rouge de l'Electra, une spectaculaire teinte jaune canari. Antonin grimaça. Son regard glissa sur le thermolactyl à mailles qui emprisonnait le torse nu de Trafic, sur le gilet à fleurs et les pantalons bouffants de Something More, avant de s'arrêter sur Mirabelle. Des œillères de cuir encadraient les yeux clos de la jeune architecte. Une respiration calme soulevait à peine son corset tandis que scintillaient à sa ceinture les plus beaux fleurons du matériel sado-maso, de la poire d'angoisse aux menottes d'or en passant par des pinces à seins subtilement ouvragées. Antonin lâcha un soupir. Non seulement ils n'avaient aucune chance de ne pas se faire remarquer mais il existait de sérieuses possibilités pour que leur apparition provoque une émeute et que le club des taudis ne termine cette nuit d'anniversaire dans une geôle londonienne, inculpé pour outrage et vagabondage. Seuls Anita, avec son déguisement rétro, et Orlando, sobrement et entièrement vêtu de noir, pouvaient espérer se fondre dans la foule. 42 résuma parfaitement la situation.

« Ou on change de fringues ou on change d'époque.

– C'est ça, tirons-nous, approuva Trafic. Cette ville me flanque le bourdon. »

Orlando n'était naturellement pas de cet avis.

« J'avais cru comprendre que votre petit groupe n'aimait que le rock et la défonce », marmonna-t-il, plus sévère que cynique. « Vous vous rendez pas compte... Y a tout à faire ici. Avec les connaissances de 42 en informatique, on sera pleins aux as en un rien de temps...

– On peut être pleins aux as aux Etats-Unis, sur la côte californienne, rétorqua Trafic à qui la capitale britannique semblait décidément insupportable.

– Eh bien, allez-y ! décida tranquillement le loup-garou. Moi je ne pars pas d'ici sans avoir vu Led Zep. Baladez-vous dans le temps. Vous repasserez me prendre...

– Pas question ! coupa Antonin avec une surprenante vigueur. On ne se sépare pas. »

Orlando avait réellement d'étranges lueurs dans le regard. Il avait ce visage faussement désinvolte des champions d'échecs qui préparent un mat sur un gambit. Par chance, la peur d'Antonin de voir le groupe éclater et s'éparpiller dans le temps était partagée par la majorité. Trafic lui-même n'insista pas. Orlando n'était pas depuis cinq heures au club qu'il y imposait déjà ses diktats. 42-Crew fixait la façade noire, maculée d'affiches déchirées, du Marquee.

« Led Zep n'est pas annoncé, remarqua-t-il.

– Il n'y a pas eu de publicité autour de ce concert, expliqua Orlando. Led Zep se rode avant d'affronter les States.

– Et comment t'espères rentrer là-dedans ? » interrogea 42.

Orlando montra d'un geste un énorme barbu en manteau de fourrure qui se tenait près de l'entrée du Marquee. Les doigts lourdement bagués, le front dégarni, l'obèse semblait compter les spectateurs.

« C'est Peter Grant, le manager de Led Zep », expliqua le loup-garou, la voix vibrante d'excitation. « Il vient de signer le groupe chez Atlantic et il pète de trouille. »

Peter Grant dégageait des vibrations désagréables. Il

avait la tête d'un videur de bastringue à qui on ne la fait pas. Antonin le détesta absolument.

« D'accord, admit 42, c'est Peter Grant. Et alors ?

– Alors on se présente comme d'importants D.J. australiens. Le premier album du groupe sort dans quelques jours. Grant n'osera pas nous refuser l'entrée. Ça rentre dans sa stratégie de conquête de la planète. Et comme personne ici ne sait foutre rien des rockers australiens, ils ne s'étonneront pas de nos tenues. »

Antonin avala péniblement sa salive. OFF cliqueta en gloussant et Something More décida de réveiller Mirabelle. Il allait donc forcément se passer quelque chose.

« Ça ne marchera jamais », prédit Trafic, maussade.

Un claquement de portière fit sursauter tout le monde. Anita venait de quitter la Buick et se dirigeait tout droit vers Peter Grant. Tout le plan d'Orlando reposait désormais sur les épaules d'une demeurée dont la principale activité cérébrale consistait à souffler des bulles de chewing-gum. Peter Grant avait déjà repéré Anita quand le loup-garou, 42 et les autres se décidèrent enfin à abandonner le refuge précaire de l'Electra. Rompu aux manœuvres des groupies, le manager déshabillait Anita du regard. Ce qu'il voyait ne paraissait pas lui déplaire.

« ... nous pouvons faire connaître votre groupe dans toute l'Australie », était en train d'expliquer Anita quand le club des taudis au complet parvint à sa hauteur.

On ne savait trop, de la pluie ou de la sueur, ce qui ruisselait sur le visage bouffi de Grant.

« Ah ouais ? »

Ses pupilles rêvaient de dollars. Il détailla la panoplie vestimentaire de la bande. Son regard s'attarda naturellement sur Mirabelle et ses colifichets S.M.

« Nos deux radios sont parmi les plus écoutées du pays », insista Anita.

Antonin trouva qu'elle ne se débrouillait finalement pas si mal.

« Ah ouais ? » fit encore Grant.

Est-ce que ce type savait seulement dire autre chose ? Antonin jeta un coup d'œil vers Orlando. Son rêve se heurtait maintenant à la réalité. Il n'y avait souvent rien de plus déprimant. Grant était un porc et le loup-garou ne pouvait pas ne pas le voir. Et pourtant, Orlando regardait Grant, fasciné, comme s'il s'agissait de son propre père. Le manager semblait hypnotisé par la djellaba-caméléon de One For Four qui virait insensiblement au violet fluo. Orlando prit le relais d'Anita.

« Ecoutez, je sais que Led Zeppelin va devenir le plus grand groupe de toute l'histoire du rock'n roll... »

Grant posa son regard de verrat pervers sur le loup-garou.

« Quel nom t'a dit ?

– Led Zeppelin. »

Grant se mit à rire.

« *Lead* Zeppelin ! singea-t-il. Et pourquoi pas Bite en Plomb pendant que t'y es ? Ecoutez les mômes, j'sais pas de quel cirque vous vous êtes échappés mais y a jamais eu de *Lead* Zeppelin ici. Et je pisserai des disques d'or le jour où je m'occuperai d'un groupe avec un nom pareil. »

Orlando venait de prendre une enclume sur la tête. 42-Crew renifla. Il analysait la situation. Ça ne devait pas être brillant. 42 s'enrhumait dès que les calculs devenaient trop compliqués.

« Vous connaissez les Yardbirds, quand même ? demanda Orlando avec une intonation désespérée.

– Jamais entendu parler de ces clampins-là », grommela Grant qui commençait visiblement à en avoir assez. « Moi, je dirige les Young Rascals et c'est déjà du boulot. Si c'est des exos que vous cherchez, trouvez un autre truc. »

Quelque chose empêchait pourtant Peter Grant d'être définitivement désagréable. Antonin se tourna vers le loup-garou.

« Tu connais les Young Rascals ? »

Orlando hocha la tête.

« Ils se sont produits au Madison Square Garden, à New York, dans le même concert que les Yardbirds de Jimmy Page, l'année dernière.

– L'année dernière ?

– Noël 67 », précisa Orlando.

Il repartit à l'assaut de Grant.

« Et Jimmy Page ? Dans quel groupe il joue ? »

Grant plongea son regard dans celui du loup-garou. Orlando était un adolescent athlétique dont chaque mouvement soulignait la puissance et la vigueur, mais Peter Grant semblait pouvoir n'en faire qu'une bouchée.

« C'est un copain à toi ? rugit le manager quasiment sans desserrer les lèvres.

– Euh... Non... Enfin je sais qui il est..., s'empêtra Orlando.

– Un bouseux australien, hein ? »

Orlando devint tout pâle mais Grant ne parut pas s'en apercevoir.

« Tirons-nous... », supplia encore Trafic.

Grant se fendit d'un sourire positivement atroce. Il ressemblait à un z.z. avant la lettre.

« D'accord les mômes. Je vous laisse entrer si ce gars-là me file sa tunique... »

Il désignait One For Four.

« Ça roule ? Les filles auront même des backstages. »

Anita recommençait à être excitée. Antonin se remit à la détester tandis que One For Four reculait d'un pas. L'andro n'allait pas accepter facilement de se séparer de son uniforme. Les circuits de la damnation chauffaient déjà sous son crâne mongoloïde. Tomcat s'enroula autour de sa nuque.

« Ça marche », annonça Orlando, à la surprise générale.

42-Crew prit le loup-garou par le bras et l'entraîna à l'écart.

« Le tissu caméléon n'existe pas encore, chuchota fébrilement le pirate. Tu vas créer un paradoxe temporel.

– Et alors ? Qu'est-ce que j'en ai à foutre ?

– Grant est un personnage public. Cette tunique va foutre le bordel dans le continuum... »

Orlando plongea son regard mauve dans les lunettes de

soudeur de 42. Ses lèvres charnues dessinèrent ce sourire que le bidouilleur n'aimait pas beaucoup.

« Tu me demandes de protéger un continuum qui va nous amener tout droit vers une civilisation de zombis et d'alcooliques ? demanda doucement le lycanthrope. De préserver un monde où les miens sont pourchassés, castrés ou exterminés ? »

L'argument était évidemment recevable. 42 se sentit troublé. Orlando désigna OFF.

« Et lui là, le tas de ferraille, c'est pas un paradoxe peut-être ? Un énorme paradoxe ? Aucun de ses composants n'existera avant trente ans. Alors explique-moi... Comment tu vas faire ? Le débrancher et l'enterrer ? Merde, 42, tu ne vas pas nous faire chier avec une relique du futur !

– On devrait en parler aux autres..., avança le pirate, sans conviction.

– Je ne vais pas organiser un pow-wow pour savoir si oui ou non OFF doit filer sa tunique à ce gros fumier, trancha Orlando. Je veux en avoir le cœur net. Si les Young Rascals existent, Led Zep existe aussi forcément quelque part. »

42 renonça à expliquer à son compagnon que rien ne pouvait pour l'instant étayer cette affirmation. D'évidence, le Londres dans lequel ils étaient tombés n'était pas tout à fait semblable à celui du 10 décembre 1968. On n'y connaissait pas Jimmy Page, et Peter Grant manageait un groupe qui n'allait pas faire la fulgurante carrière de Led Zeppelin... 42 introduisit toutes ces données dans son micro. Le disque dur ronronna, digéra les informations et s'endormit à nouveau.

OFF échangea sa tunique contre huit exos, un costume anglais à la veste trop étroite et aux pantalons trop courts et la promesse qu'on laisserait aussi entrer son chat. Le club des taudis pénétra dans le Marquee où Led Zep aurait normalement dû se produire et Anita disparut en backstage avec Peter Grant.

Orlando ne connaissait les Young Rascals que de nom, simplement parce qu'ils avaient joué sur la même scène que les Yardbirds. Il ne savait rien de leur répertoire, mais il se mit à bâiller dès le deuxième morceau. On était loin du déluge électrique de Led Zep. Beaucoup de spectateurs s'intéressaient davantage à Mirabelle qu'au groupe. Tassé sur son fauteuil, Antonin s'ennuyait ferme et avait envie de pleurer. Il pensait à deux femmes : maman Hofa et Anita Belon. Il doutait de revoir un jour la première. Quant à la seconde, elle était sûrement écrasée sous la graisse de Peter Grant, quelque part dans les coulisses... Antonin fut certain qu'il n'allait plus tarder à développer un terrible complexe que l'alcool avait jusqu'à présent conservé à l'état embryonnaire. Il vivait peut-être un moment *réellement* rock, mais il se sentait d'une tristesse inouïe. Il aperçut, du coin de l'œil, Orlando qui se penchait vers 42-Crew et lui murmurait quelque chose à l'oreille. Les deux garçons se levèrent et disparurent en direction des toilettes. Le regard d'Antonin glissa sur Trafic qui martelait un rythme approximatif sur le dossier du siège voisin. Trafic rêvait d'être batteur dans un groupe d'Art inhumain. Celui des Young Rascals avait forcément appris la batterie par correspondance. Antonin sentit une larme tiède ruisseler sur sa pommette. Il sortit un Clean-Express de sa poche, se moucha bruyamment et jeta le mouchoir sur la moquette où il se désintégra sous le regard effaré d'une jeune Londonienne à queue de cheval.

Les toilettes du Marquee étaient redoutables. Pour masquer les remugles d'urine et de tabac froid, le service d'entretien y avait probablement versé un océan d'eau de Javel. Les narines d'Orlando frémirent. 42 se demanda si le jeune lycanthrope avait un flair plus développé que la normale. Collé au mur, le regard vague, un teenager avec un pantalon à carreaux s'efforçait d'envoyer des ronds de fumée vers une ampoule nue.

« Il faut que tu m'expliques ce bordel, mec ! attaqua

Orlando. Et ne me dis pas qu'on est tombés dans un de ces merdiers d'univers parallèles ! Peter Grant est là, à la date prévue. Où est Led Zeppelin ? »

Le pirate renifla. Il recommençait à s'enrhumer.

« Je ne peux pas répondre à ça tout de suite. »

Orlando leva ses yeux mauves vers le plafond constellé de chiures de mouches.

« Jimmy Page n'est même pas connu. Tu te rends compte ? D'où vient le matériel que tu as installé sur la Buick ? Tu l'as acheté à qui ?

– Je ne l'ai pas installé sur la Buick, rectifia 42. J'ai partagé avec toi un sac de composants que j'ai acheté à Nitro... »

Nitro était un des plus gros trafiquants de matériel électronique. Il passait ses journées à soulever des haltères et à recevoir des clients dans son repaire, une énorme gaine d'aération désaffectée. Comme tant d'autres à cette époque, Nitro avait été appelé pour mater les insurgés de Taiwan. Il en était revenu passablement décâblé et s'était immédiatement installé dans le monde Hors-Jeu pour y monter son petit commerce. Orlando ne l'aimait pas beaucoup.

« Je ne sais pas où Nitro se procure sa marchandise..., précisa 42, précédant la question du loup-garou.

– Merde, mec ! Ce gros con de Nitro n'a jamais vendu de machines à remonter le temps ! »

Le pirate paraissait terriblement ennuyé. Il haussa les épaules.

« Il n'ouvre pas toujours les sacs qu'il reçoit de la résistance...

– Qu'est-ce que tu as fait du reste des composants ? »

42 gonfla les joues.

« Je l'ai monté sur le *Temps du Twist*...

– Sur le programme musical ?

– Oui. »

A l'autre bout des toilettes, le teenager avait cessé de faire des ronds de fumée. Il observait les deux adolescents.

« Je veux faire entendre Led Zep à Peter Grant », décida brusquement Orlando.

42 soupira. Il n'aimait visiblement pas beaucoup jongler avec les paradoxes.

« Qu'est-ce que ça changera ?

– Grant a du fric. Il connaît les ficelles. Il nous aidera à former le groupe s'il n'existe pas encore. »

Le pirate écarta les bras.

« Mais enfin, Orlando, ouvre les yeux ! Si ça se trouve, dans ce monde-là, Jimmy Page ne sait pas jouer de la guitare, Plant a une voix de poissonnier, Jones est coureur cycliste et Bonham pasteur. »

Orlando s'abstint de relever qu'il y avait tout de même fort peu de chance pour que Bonham fût devenu pasteur, univers parallèle ou pas.

« Jimmy Page sait *forcément* jouer de la guitare. »

Ça ne souffrait pas la contestation. D'autant moins que la porte des w.-c. s'ouvrit à la volée pour laisser passer un Peter Grant furibard...

« Ah ! vous êtes là ! rugit le manager. Dites, votre copine, elle est pas un peu givrée ? Je la fais picoler un peu, pour la détendre, et elle me parle de zombis, de rétrovirus, de loup-garou, de sculptures aberrantes...

– Inhumaines.

– Ouais, inhumaines. Fuck, j'me dis, encore une azimutée. J'ai l'habitude. Bon, je commence à l'entreprendre et elle annonce qu'elle a soif. Elle se met à boire une bouteille avec un truc noir dedans... »

Orlando laissa échapper un petit ricanement.

« Complètement allumée, cette nana. Je lui demande ce qu'elle boit et elle me répond que c'est un truc balèze pour pas devenir un v.v...

– Un z.z.

– Quoi ?

– Rien. Elle est givrée, soupira 42.

– Bon, elle termine la bouteille et elle tombe raide au milieu de la loge des Rascals. Elle bouge plus et elle dit qu'elle attend le printemps. Ecoutez, soyez gentils, les petits gars, reprenez-la. J'ai déjà fourré des tordues mais votre copine, là, elle me fout les foies. D'ailleurs, tiens, reprenez aussi vos fringues. Ce truc n'arrête pas de changer de couleur... »

Peter Grant se débarrassa de la tunique d'OFF et la balança dans les bras d'Orlando.

La loge des Rascals sentait la basket macérée. Anita était allongée sur le dos, à demi nue. Elle fixait le plafond en souriant. Sur scène, le batteur achevait un laborieux solo. L'écho des sifflets du public parvenait jusqu'à Grant.

« Fuck, fuck..., gémit le manager.

– De toute façon, les Young Rascals n'ont aucun avenir », trancha Orlando.

Grant repoussa une mèche graisseuse sur le haut de son crâne.

« Qu'est-ce que t'en sais ?

– Je peux vous faire écouter un groupe qui va faire exploser le monde du rock.

– Des ploucs australiens, hein ?

– On les écoutera encore dans deux siècles.

– Je reçois cent cassettes par jour envoyées par des ringards qui se prennent pour les Beatles.

– Ah ! les Beatles existent quand même... »

Grant plissa les yeux.

« Vous seriez pas aussi loufs que votre copine ? Ecoutez, j'veux pas d'ennuis. Débarrassez-moi de cette gonzesse. »

42 était penché sur Anita. Il tirait sur le pull moulant que Grant lui avait roulé au-dessus des seins. Anita gloussait nerveusement.

« Qu'est-ce que ça vous coûte ? Cinq minutes pendant que votre groupe de minables se ramasse le bide de l'année.

– Tirez-vous ! »

La tête d'Anita roulait d'une épaule à l'autre. 42 s'échinait à la soulever.

« Aide-moi, merde... »

Orlando redressa Anita et la chargea sur son épaule comme une carcasse de mouton. Il pointa son index vers Grant.

« Avec ou sans vous, Led Zeppelin deviendra le plus grand groupe de l'histoire du rock'n roll.

– C'est ça. De l'air, les mômes, j'ai du boulot. »

Ils quittèrent la loge et regagnèrent la salle au moment où la jeune Londonienne à queue de cheval abordait Antonin.

« Dis, comment t'as fait avec ton mouchoir ?

– Pardon ?

– Je t'ai vu. Tu l'as jeté par terre et il a disparu. »

Antonin se fendit d'un sourire crispé.

« Les effets de lumière, peut-être ?

– Non, non... Je regardais le mouchoir. Je trouvais ça dégueulasse et il s'est volatilisé. »

Antonin haussa les épaules. Il venait de voir surgir 42 et Orlando avec Anita sur ses épaules. 42 lui faisait signe, intimant au club des taudis de les rejoindre vers la sortie. Antonin se sentit franchement nauséeux.

« Ton copain, là, ce serait pas Potsie ? » insista la Londonienne.

Elle désignait Something More.

« Potsie ?

– Oui, tu sais, l'imbécile qui joue dans le feuilleton, là, les "Jours heureux"... »

Un frémissement nerveux agita les paupières d'Antonin.

« Il lui ressemble vachement.

– Ah oui ? »

42 faisait des signes désespérés. Trafic, Something More et Mirabelle se levèrent. Ils secouèrent One for Four qui ronronnait doucement en écoutant le programme musical de Tomcat.

« Tu pars déjà ? » s'inquiéta la queue de cheval.

Antonin regarda plus attentivement la jeune Anglaise. Elle n'était pas laide. Elle ne présentait certes pas les rondeurs explosives d'Anita Belon mais son visage était agréable. L'idée de perdre enfin sa virginité en 1968, près d'un siècle avant sa naissance, lui parut formidablement farfelue.

« Tu es de Londres ? demanda Antonin.

– Non, je viens de Margate. Je passe les fêtes de Noël chez mes grands-parents. Et toi ? »

Antonin s'en voulut d'avoir posé cette question. Il n'avait, sur le coup, rien trouvé de plus intelligent à dire.

« Je suis européen..., bafouilla-t-il.

– Quoi ? »

Son visage s'éclaira.

« Ah ouais, je vois. C'est cool. On est tous des citoyens du monde. »

Elle continua à parler mais un riff assourdissant du leader des Rascals emporta ses paroles.

« On t'attend, mec », fit Trafic en tapant sur l'épaule d'Antonin.

Antonin hésita. Qu'est-ce qu'il pouvait faire avec cette fille ? Il n'habitait nulle part et n'avait pas un penny en poche.

« T. Rex passe au Lyceum demain soir. Tu y seras ? demanda la queue de cheval.

– J'essayerai », promit Antonin avant de rejoindre ses amis, la mort dans l'âme.

OFF récupéra avec un visible bonheur sa djellaba-caméléon. Orlando changea son fardeau d'épaule. Il ne fournissait apparemment aucun effort pour porter Anita.

« Qu'est-ce qu'elle a ? s'inquiéta Antonin.

– Elle est bourrée. Avec qui tu parlais ? »

Antonin haussa les épaules. Une dizaine de rangées de fauteuils plus loin, la queue de cheval l'observait.

« Rien... une fille... »

42-Crew releva ses lunettes de soudeur sur son front et jeta un coup d'œil à son tour vers la queue de cheval.

« Ouais... Essaye de ne pas tomber amoureux en 68, ça nous arrangerait. »

Une cannette de bière explosa près du chanteur des Rascals. Un effet larsen bousillait la rythmique des poulains de Peter Grant. Orlando secoua la tête.

« Quelle bande de bourrins..., soupira-t-il.

– Tirons-nous avant que le gros lard nous envoie ses roadies », supplia 42.

Avant de quitter le Marquee, Antonin balança un dernier regard vers la queue de cheval. Elle parlait déjà avec un autre spectateur.

La pluie était glaciale. Antonin enfonça sur sa tête la casquette des rebelles de Taiwan. Mirabelle et Something More étaient sans conteste les moins bien équipés pour lutter contre le froid. Quant à Orlando, il ne paraissait toujours pas en souffrir. Un plafond de nuages uniformément gris masquait la lune. Les kids reprirent place dans la Buick, désabusés, épuisés. Antonin surveillait l'entrée du Marquee. Il aurait aimé que la queue de cheval le voie au volant de l'Electra. Elle semblait pourtant un peu trop baba pour en apprécier les extravagances chromées.

« J'en ai marre... », murmura Mirabelle.

Elle résumait le sentiment général. Ça ne changeait malheureusement pas grand-chose. OFF rota et poussa un grognement.

« Ma tunique sent la bière, Jean-Pierre.

– Quel est le prochain concert au programme ? s'enquit 42.

– New York, Fillmore, dans un mois, répondit le loup-garou d'une voix morne. Mais s'ils n'existent pas aujourd'hui...

– Faut tout de même essayer, non ? » intervint Trafic qui n'aimait toujours pas Londres.

42 hocha la tête.

« On retombera peut-être dans le bon continuum...

– Ou dans un pire », soupira Something More.

La réflexion de Potsie tortura l'estomac d'Antonin. Cet univers-là avait au moins le mérite d'être viable. Led Zeppelin avait disparu du casting, mais le reste semblait normal. Et il y avait des filles à queue de cheval... Qu'est-ce qui les attendait à New York ? Un silence pesant prouva que les amis d'Antonin partageaient ses angoisses.

« De toute façon, on va pas rester ici, trancha Trafic. Il fait nuit, on ne sait pas où aller et on n'a pas de fric.

– O.K. »

Antonin ne bougea pas.

« Led Zep devrait jouer en première partie d'Iron Butterfly.

– O.K. »

Antonin resta immobile.

« On trouvera plus facilement des plumards à New York...

– O.K. »

Orlando se tourna vers Antonin.

« Excuse-moi de te déranger, mec. Ça t'ennuierait pas de mettre le moteur en marche ?

– C'est peut-être pas nécessaire, déclara 42. Je veux dire... Peut-être qu'il suffit de brancher l'autoradio pour partir... »

Orlando tendit la main vers le poste. Les phalanges d'Antonin blanchirent sur le volant. Les breaks étourdissants de *Good times, bad times* montèrent à l'assaut du ciel de Londres. « Je ne sais même pas comment elle s'appelle... » songea Antonin, juste avant le *Whoooop* du multiswitcher.

6.

Il pleuvait toujours et les adolescents crurent tout d'abord que ça n'avait pas marché. Antonin actionna les essuie-glaces. La Buick était immobilisée au coin de la 7e Rue, à New York. 42-Crew avait raison. Le moteur n'était pas nécessaire. Ils pouvaient tomber en panne d'essence, ça ne les empêcherait pas de continuer leurs sauts de puce dans le temps. Le public du Fillmore ne ressemblait pas à celui du Marquee. Treillis, surplus militaire, chemises californiennes succédaient au velours côtelé-vestes croisées des Londoniens. Un service d'ordre musclé en T-shirts vert et blanc canalisait les kids. Orlando regarda la lourde bâtisse du Fillmore. Un jour de janvier 1969, Jimmy Page et son Zeppelin y avaient entamé leur entreprise de laminage des Etats-Unis. Le loup-garou se mordilla l'intérieur des joues. Il n'avait jamais osé rêver vivre cet instant... et ce rêve interdit avait subitement pris forme, assorti d'une nuance cauchemardesque. Il ouvrit la portière.

« Qu'est-ce que tu vas faire ?

– Demander à quelqu'un quel groupe il vient voir. »

Antonin, 42-Crew et Trafic le suivirent. Les autres décidèrent de rester dans la voiture. Anita s'était endormie, ce qui soulageait à peu près tout le monde. Orlando s'approcha d'une grosse fille rousse dont la poitrine tendait les ailes du papillon noir imprimé sur son tee-shirt. Elle paraissait attendre quelqu'un et se dressait sur la pointe des pieds pour scruter la foule.

« Salut. »

La fille rousse se tourna vers le loup-garou.

« Salut.

– Tu viens voir Iron Butterfly ?

– Ouaip. »

Le charme vénéneux du lycanthrope ne semblait pas agir sur la grosse fille rousse. 42 et Antonin se tenaient à l'écart tandis que Trafic cherchait des affiches sur la façade lépreuse du Fillmore.

« Tu connais le groupe qui doit jouer avant eux ?

– Non. »

La grosse fille ne savait rien. Son regard s'attarda un instant sur le gilet à mailles de Trafic avant de retourner fouiller le public qui s'engouffrait dans le Fillmore. Son anxiété croissait de minute en minute.

« T'as un problème ?

– J'attends des amis de Frisco. Ils devaient arriver aujourd'hui. »

La pluie était collante et froide. 42 éternua. Antonin, le regard vide, pensait à la queue de cheval. Un mois et l'océan

Atlantique le séparaient d'elle. Les derniers kids pénétrèrent dans le bâtiment. Les épaules de la fille rousse s'affaissèrent.

« Tu ne rentres pas ? s'étonna Orlando.

– C'est moi qui ai les invitations, gémit-elle. Je suis obligée d'attendre. »

Le froid, la fatigue et l'angoisse avaient des effets atrocement multiplicateurs. Le club des taudis humains n'avait jamais tant mérité son nom.

« Qu'est-ce que je fous ici, merde ? grinça Antonin. J'étais juste descendu boire et tirer un coup.

– Mission à moitié accomplie, lâcha 42 qui surveillait la toile que le loup-garou tissait paisiblement autour de la grosse fille rousse.

– Ils ont sûrement eu un empêchement... »

Elle pivota rapidement, prête à demander à Orlando de se mêler de ses affaires. Le sourire carnassier du loup-garou la désarçonna.

« Ils m'auraient appelée. »

Orlando plongea ses mains dans les poches de son pantalon noir. Antonin remarqua que le loup-garou était habillé comme Jimmy Page devait l'être à cette époque, en dandy désuet, romantique un rien morbide.

« Tu as des invitations, nous n'en avons pas, mais nous allons tous rater le concert », annonça tranquillement Orlando en levant les yeux vers le ciel gorgé d'ondées.

La fille rousse le regarda plus attentivement.

« Ah ! c'est ça..., soupira-t-elle. Fallait le dire plus tôt. J'ai cinq invits valables pour deux personnes et mes amis ne sont que quatre. »

Elle tendit aussitôt deux cartons à Orlando. Il les prit et les glissa dans la poche de sa veste qui prenait sous la pluie de curieux reflets moirés.

« Merci...

– T'as rien à fumer ? J'ai les invitations mais mes amis devaient apporter l'herbe. »

Orlando se frotta la joue. Seuls les Hors-Jeu fumaient encore des plantes hallucinogènes macérées dans des vasques emplies de spiritus. Quant aux cristaux de glace noire qui devaient tapisser les poches de Trafic, ça n'était sûrement pas le genre de turbo à placer dans le moteur des babas. Une lueur perverse alluma le regard du lycanthrope.

« De l'acide, ça t'irait ?

– Pourquoi pas ? »

Orlando siffla Trafic. Les deux garçons discutèrent un instant à l'écart avant que le loup-garou ne revienne vers la fille rousse et ne lui glisse quelques cristaux noirs dans le creux de la main. D'un coup de langue sur sa paume, elle engloutit les minuscules diamants hallucinogènes. Orlando écarquilla les yeux.

« Hey, c'était une dose pour quatre... Pour toi et tes amis...

– J'ai l'habitude », répondit la rousse d'une voix hautaine.

Elle fit la moue et se désintéressa du loup-garou. Orlando revint vers ses amis.

« J'ai quatre places. Entrons avant que cette fille ne se transforme en feu de Bengale.

– Je ne vais pas me taper trente concerts d'affilée sans dormir », annonça 42, dont l'humeur ne cessait de se détériorer.

42 avait toujours eu des problèmes avec le sommeil. Il dormait peu mais y pensait sans cesse. Les données informatiques qui tourbillonnaient en permanence sous son crâne lui interdisaient le repos. Il se couchait, chronomètre en main, comme d'autres sacrifient à leur gymnastique quotidienne. Le pirate aurait élevé une statue au premier médecin qui aurait décrété le sommeil inutile. En attendant, il tentait de planifier cette corvée, d'imposer une régularité de métronome à un besoin qui ne lui était pas naturel.

« Ton foutu groupe n'a jamais joué en été ? renchérit Trafic en soufflant dans ses mains gelées.

– Bath, 28 juin de cette année, Hawaii, juillet 71, Madison Square Garden, juillet 73, encore New York, printemps 77, Knebworth, août 79..., récita Orlando. Fais ton choix. »

Trafic émit un bref sifflement.

« Hawaii 71... putain... Ça doit pas être dégueulasse... »

Antonin se sentait absolument anéanti.

« En attendant, on pourrait peut-être entrer ? proposa Orlando. On sera au moins au sec.

– Ecoute, j'ai aucune envie d'aller téter des joints en écoutant *In-A-Gadda-Da-Vida* », maugréa 42-Crew.

Orlando écarta les mains.

« Où est votre bon vieux tempo rock, les mecs ? Qu'est-ce que vous voulez ? Rentrer chez vous ? Revoir môman, suçoter des biberons d'alcool et aller au collège pour finir fonctionnaire de la Sécurité ? Hein ? »

Il pointa un index accusateur vers 42.

« Le rock, ça ne s'écoute pas seulement sous un rayon laser, ça se vit. Je vais te dire la vérité, 42... Maintenant que tu es dedans, que tu respires le rock à pleins poumons, tu te dégonfles. Les berceuses te manquent. Mais est-ce que tu réalises ce qui nous arrive ? »

42 dansait d'une jambe sur l'autre. La tenue d'aviateur semblait brusquement trop grande pour lui. Orlando fronça les sourcils. Il secoua la tête.

« Qu'est-ce qui se passe, 42 ?

– Rien... rien... »

Orlando ouvrit la bouche. Antonin crut que les pensées de 42 s'y engouffraient.

« Ça fait combien de temps que tu n'as pas bu ?

– Je ne sais pas... longtemps... depuis chez toi... »

Orlando se frappa le front.

« Ça fait près de six heures... Que je suis con ! Entrez là-dedans, je vais arranger ça. »

Trafic et Orlando prirent les devants. Antonin accrocha le bras de 42.

« Je me sens rétréci. Le monde est en 2-D. Tu t'es déjà demandé si tu pouvais vivre sans alcool ?

– Non, pourquoi ? Tu t'es déjà demandé si tu pouvais vivre sans respirer, toi ? »

La bouche monumentale du Fillmore East avala le quatuor.

« Encore vous ! ! ! » hurla Peter Grant.

Une chose était certaine. L'apparition du club des taudis dans le Londres de 1968 avait marqué le manager. Il avait peut-être l'habitude de « fourrer des tordues », mais il n'avait pas oublié Anita et ses amis. Peter Grant tenait un énorme bock de bière et ses mains ressemblaient de plus en plus à des sapins de Noël. Près de lui, trois roadies aux épaules larges comme des calandres de Cadillac rangeaient les barrières. Le concert n'était pas commencé et le public sifflait déjà. Peter Grant s'avança. Il y avait quelque chose d'à la fois impressionnant, sympathique et fondamentalement malsain chez ce type. Antonin le détestait toujours.

« Ne me dites pas que les Young Rascals sont toujours dans le circuit ? » soupira Orlando.

42 se demanda si Grant n'allait pas désintégrer sa chope de bière sur la tête du loup-garou. Le manager ricana.

« Ces paysans ? Ils doivent vendre du poisson sur les marchés de Soho à l'heure qu'il est. Non, môme, cette fois je tiens le groupe du siècle. Je les signe chez Atlantic. »

Le regard d'Orlando s'alluma. Le Fillmore, Atlantic... Ils étaient peut-être revenus dans le bon continuum, à quelques minutes de l'entrée en scène du Zeppelin...

« Iron Butterfly ? avança prudemment le jeune lycanthrope.

– Quoi Iron Butterfly ? rugit Grant. Ça, c'est du mouron pour les vieux hippies. Moi, j'te parle d'un vrai groupe ! »

Orlando vibrait comme le *mi* d'une *vintage* Les Paul caressé par l'archet de Jimmy Page. 42 regardait la bière qui s'agitait dans la chope de Grant.

« Comment ils s'appellent ? »

Grant posa son index bagué sur ses lèvres.

« Faut pas dévoiler le nom de la bombe avant qu'elle n'explose, murmura le manager avec des airs de conspirateur. Allez poser vos culs au balcon et ouvrez grand vos oreilles et vos yeux. Ça va saigner. »

Au balcon ? Antonin grimaça. Est-ce qu'on pouvait vraiment écouter un concert de rock du haut d'un balcon ?

« On aimerait bien boire un truc avant... », se décida enfin Orlando.

La respiration de 42 s'accéléra.

« Y a un distributeur de sodas dans les chiottes.

– Quelque chose de plus costaud », précisa le loup-garou.

Peter Grant regarda le quatuor. Des gosses avec des fringues impossibles, qui se prétendaient australiens, traversaient l'Atlantique et réclamaient du raide...

« Dites, les mômes, le collège n'a pas repris chez vous ? »

La question était choquante dans la bouche de Grant.

« Pas encore », éluda Orlando.

Grant hocha la tête. Il était loin d'être aussi balourd que son aspect physique et ses manières frustes ne le laissaient supposer.

« Et votre copine, miss pimpon, elle est plus avec vous ?

– Elle cuve. »

42 laissa échapper un petit ricanement cristallin.

« Vous êtes des drôles de picoleurs, là-bas, chez les bouseux...

– A propos de picole... »

Grant colla sa chope dans les mains du loup-garou. Il devait rester à peu près un demi-litre de bière.

« C'est tout ce que j'ai à vous offrir. »

Les quatre adolescents se partagèrent la chope et sifflèrent leur part d'une seule gorgée sous le regard intéressé du manager. 42 fit claquer sa langue. La dose n'aurait pas étourdi un serin. Des accords stridents plaqués sur une guitare saturée annonçaient le début du concert.

Ça n'avait rien à voir avec Led Zeppelin mais le vent de panique qui souffla brusquement sur le Fillmore réconcilia le club des taudis avec l'existence. Les fauteuils vermoulus du vénérable établissement craquèrent sous la tempête. Les fans baba de l'Iron Butterfly n'en crurent ni leurs yeux ni leurs oreilles. Grant promettait une bombe. Elle ne fit pas long feu. Une immense bannière étoilée tomba du plafond et J.C. Crawford, le visage dévoré par des rouflaquettes déjà trempées de sueur, se rua sur le micro.

« *Brothers'n sisters, I wanna hear some Revolution out here. I wanna hear the sound of Revolution. Brothers'n sisters, the time has come for each and everyone of you to decide wether you gonna be the problem or wether you gonna be the solution. You must choose, brothers, you must choose. It takes five seconds. Five seconds of decision. Five seconds to realize your purpose on the planet. It's time to move.* »

(Frères et sœurs, je veux entendre la Révolution ici. Je veux entendre le son de la Révolution. Frères et sœurs, le moment est venu pour chacun d'entre vous de décider si vous allez devenir le problème ou la solution. Vous devez choisir, frères, vous devez choisir. Ça prend cinq secondes. Cinq secondes de décision. Cinq secondes pour réaliser votre but sur la planète. Il est temps de bouger.)

Rob Tyner et les musiciens du MC5 jaillirent sur la scène et l'enfer s'ouvrit sur le Fillmore. Un *Ramblin' rose* assené à Mach 2 décapita les têtes trop tranquilles des fumeurs de joints. Un silence stupéfait succéda à deux minutes trente de pure folie. Tyner cracha sur les premiers rangs, empoigna ses couilles...

« Vous en manquez, on dirait ! »

Les riffs assassins de *Kick out the jams* fusillèrent la salle. 42-Crew et Trafic, bouches ouvertes, étaient cloués à leur siège. Le balcon, où s'entassait un aréopage de journalistes moroses, vibrait comme un tracteur lancé à fond les manettes sur une tôle ondulée. Dennis Thompson, ruisselant, frappait comme un sourd sur ses caisses. *Borderline, Motor city is burning*... Le trente tonnes du MC5 éventrait New York. Près d'Orlando, dont la déception était cette fois atténuée par la surprise, les journalistes sidérés échangeaient des regards interrogateurs. Ils s'attendaient à une soirée planante et le rock'n roll leur flanquait un direct en plein visage... *I want you right now.* Tout devenait trop. Le MC5 jouait de plus en plus vite, de plus en plus fort. La guerre était déclarée. Des éclats de fauteuils volaient sur scène. Rob Tyner riait, découvrant ses dents mal plantées. Le groupe, survolté, mit le turbo sur un *In-A-Gadda-Da-Vida* railleur. Les kids hurlaient et une inquiétante fumée s'élevait de la sono. Dans les coulisses, les musiciens d'Iron Butterfly devaient chercher Peter Grant pour le lyncher. Le reste tourna à l'émeute. Une nuée de flics en chemises bleues et cravates sombres envahirent la scène. L'un d'eux tenta de s'emparer du micro de Tyner.

« Ne me touche pas, espèce de face de merde ! » hurla le chanteur.

Les kids montèrent à leur tour sur scène. Dans la confusion, on ne savait plus s'ils voulaient virer le groupe ou lui prêter main forte. Wayne Kramer brisa sa Fender sur la tête de la grosse fille rousse, speedée à mort au Black Ice. Les journalistes évacuaient le balcon. Thompson dut enfoncer une de ses baguettes dans l'œil d'un flic avant d'être proprement assommé. Un fumigène éclata, près des amplis. Crawford voulait entendre le son de la révolution. Il n'en était pas si loin...

« Waaoooh... », soupira Antonin Hofa.

Pour la première fois depuis cette fichue journée d'anniversaire, il se sentait totalement bien...

Une nouvelle chope de bière avait fleuri dans la grosse pogne baguée du manager. Un petit homme chauve à la barbiche pointue et aux yeux bridés l'insultait en postillonnant. Grant était hilare.

« Je t'emmerde, Ahmet, ricanait-il. Et j'emmerde aussi Graham et sa salle pourrie. Ce groupe est la plus grande chose arrivée au rock depuis Elvis. »

Dans le hall du Fillmore, les flics arrivés en renfort matraquaient les kids déchaînés.

« Graham va te foutre un procès au cul ! » cracha Ahmet.

Un rire continu secouait la carcasse enrobée de Peter Grant.

« Tant mieux ! Après ce qui vient de se passer, MC5 jouera partout à guichets fermés. Et si tu ne comprends pas ça, c'est que tu es mûr pour la retraite. »

Le petit homme trépignait. Il regrettait visiblement de n'avoir pas la stature pour assommer Grant.

« T'es sur la liste noire d'Atlantic, mec ! siffla-t-il en pointant son index vers le manager. Rayé des tablettes.

– Qu'est-ce que j'en ai à foutre ? gloussa Grant. Tes négros font chier le monde entier.

– J'te ferai interdire partout ! » piailla Ahmet.

Peter Grant haussa les épaules. Il aperçut un peu plus loin les quatre gamins étranges qui cherchaient à éviter la souricière du hall. Ce fumier de Bill Graham faisait embarquer tout le monde. Il voulait des coupables pour sa salle en ruine.

« T'es grillé, Grant ! Carbonisé ! » jappait encore le petit homme chauve.

Grant lui balança sa bière en pleine poire, ce qui arracha un soupir désolé à 42-Crew. Deux starlettes poudrées accoururent pour consoler Ahmet tandis que Peter Grant se dirigeait vers Orlando.

« Alors ? demanda le manager, ravi. Comment vous avez trouvé ça ?

– Génial..., lâcha le loup-garou. Comment on sort ?

– Venez avec moi. »

Ils retraversèrent la salle où une dizaine de roadies impassibles triait le peu de matériel qui avait miraculeusement survécu à l'émeute. En une dizaine de minutes, les fauteuils si soigneusement ordonnés du Fillmore avaient été transformés en tas de fagots. Un rouleau compresseur n'aurait pas été plus efficace. Ce spectacle de désolation paraissait enchanter Grant. Il irradiait de bonheur. Les musiciens du MC5 avaient probablement été arrêtés mais il s'en moquait. Le groupe prenait un départ inespéré dans le monde assoupi du rock américain. Revues et fanzines allaient titrer sur la mise à sac du Fillmore East, Bill Graham et les D.J. de New

York cracheraient leur venin sur les barbares de Detroit, une jeune maison de disques réglerait toutes les amendes pour s'assurer l'exclusivité du groupe et tout serait dit. MC5 était sur orbite. Grant estimait son travail quasiment terminé.

La loge que le manager partageait avec les musiciens – les pseudo-vedettes de l'Iron Butterfly squattant des locaux plus décents – sentait à peu près comme les toilettes du Marquee. Grant piocha une bouteille de vodka tiède dans une malle en osier et la balança entre les mains d'Orlando. 42-Crew haletait. Trafic et Antonin échangèrent un sourire. Le monde reprenait des couleurs.

« Si ça vous suffit pas, on peut encore aller piller le frigo des nazes du Papillon de Fer, glousa Grant. Mais ces gars-là bouffent de l'herbe et boivent du lait. »

Il décapsula une cannette d'un coup de pouce, s'enfila une gorgée et regarda la bouteille de vodka se vider dans les gosiers des adolescents. Trafic, le dernier servi, en laissa dix centilitres qu'il proposa à Grant.

« Tout le monde boit comme ça, chez vous ? interrogea le manager.

– Tous ceux qui veulent rester vivants... », précisa Trafic.

42 lui jeta un regard noir. Grant se gratta les joues.

« Vous avez la trouille des flics, hein ?

– On préfère les éviter.

– Qu'est-ce que vous êtes, au juste ? Des fugueurs ?

– Disons que nous avons des difficultés à rentrer chez nous... »

Grant hocha la tête. Entre la bière et les exploits de ses poulains, il était prêt à rationaliser tous les mystères du monde.

« Ça, faut dire que l'Australie c'est pas la porte à côté..., éructa-t-il. Et j'parie que vous avez plus un rond ?

– Exact. »

Antonin recommençait à se sentir mal. Il se demanda s'il créerait un paradoxe en se suicidant avant sa naissance. Trafic s'émerveillait de tout, Orlando avait Led Zeppelin et 42-Crew sa console, mais lui, Antonin Hofa, quel Graal pouvait encore le motiver ? A part la baise et une queue de cheval égarée du côté de Londres en 1968...

« Et votre copine ? La givrée ? Elle cuve toujours ?

– Sûrement. »

Grant éclata de rire.

« Vous êtes vraiment tous fondus, mais ça me plaît, décréta-t-il en décapsulant d'une chiquenaude une nouvelle cannette. Atlantic donne un cocktail. J'ai envie de continuer à foutre le bordel chez tous ces vieux croûtons. Ça vous dirait d'en être ? Vous avez une bagnole ? »

Orlando précéda 42 et répondit affirmativement aux deux questions. L'occasion était trop belle. Cette fois, Grant n'y couperait pas. Il écouterait Led Zeppelin.

« Alors allons-y ! décida Grant. Les flics se sont sûrement tirés. »

42 retint le loup-garou par la manche de sa veste moirée. Le regard d'Orlando pétillait. Grant s'éloignait en discutant de vodka tiède avec Trafic.

« Tu n'as pas l'intention de faire monter ce type dans la Buick ? s'insurgea le pirate.

– Pourquoi non ?

– Et quel concert tu vas lui faire entendre ? A quelle époque tu vas l'envoyer ? »

Orlando haussa les épaules.

« Celui qui aurait dû avoir lieu aujourd'hui. Comme ça, on ne bougera pas. »

42 secoua la tête, consterné.

« Nous n'avons jamais essayé ça ! Qui te dit qu'on ne va pas bouger ? Qu'on ne va pas se retrouver au début du concert, avec la grosse rousse et ses invitations de merde ? Ou pire encore... »

Les rapports entre le bidouilleur et Orlando se dégradaient monstrueusement vite. Antonin s'en moquait. Qu'il avance ou recule dans le temps ne changeait rien à l'affaire.

« Ecoute-moi, 42, commença le loup-garou en martelant les syllabes. Tu es à New York, en 1969, aux Etats-Unis. Tu peux aller rencontrer Steve Jobs et fonder avec lui Super-Apple, tu peux devenir l'empereur de la micro-informatique, tu peux réaliser tes rêves, mec ! Et ne me dis pas que c'est le manque d'alcool qui te ramollit la tête, tu viens de t'envoyer un demi-litre de vodka.

– Grant existe *déjà* dans ce temps.

– Et alors ? Led Zeppelin devrait *aussi* y exister et MC5 n'a jamais joué au Fillmore East ! »

Le manager, impatient, revenait sur ses pas. 42 n'eut pas le temps de s'expliquer mais Orlando et Antonin avaient parfaitement compris ses craintes. Pour le premier, elles n'étaient pas recevables et le second s'en fichait. Il souhaitait juste qu'on lui dégotte une année et un pays où les filles rêvaient de s'envoyer des garçons bedonnants à l'acné ravageuse.

« On parle de mon groupe ? trompetta Grant qui avait saisi les dernières paroles du loup-garou.

– Entre autres...

– Alors, mes MC5 ? Ils vont pas faire une grande carrière ? »

Orlando hocha la tête.

« Si. En prison. »

Grant jaugea le lycanthrope du regard et marmonna d'inaudibles injures.

« Bon, maugréa-t-il, vous vous ramenez ou j'appelle un taxi ?

– On arrive. »

42 se torturait les doigts. Orlando se tourna vers lui.

« Tu viens ou tu restes ? »

Sans répondre, le jeune pirate quitta la loge. Orlando s'approcha d'Antonin.

« T'es son meilleur ami. Qu'est-ce qu'il a ? »

Antonin n'était pas absolument sûr d'être le meilleur ami de 42-Crew.

« Le décalage horaire, sûrement... », murmura-t-il.

Il restait quatre flics et deux motards en Harley Davidson Electra Glide. Et ils entouraient tous la Buick. Grant et les quatre adolescents s'immobilisèrent au seuil du Fillmore.

Les flics fouillaient la limousine. Le coffre était ouvert. Antonin Hofa songea aux quartiers de viande avariée qu'ils y avaient entassés. Il étouffa un soupir. Anita Belon était allongée sur le trottoir. Les policiers avaient collé One For Four et les autres contre le mur.

« C'est votre bagnole ? demanda Grant.

– Ouais.

– Qu'est-ce que vous transportez ? De la came ?

– De la viande. »

Grant plissa les yeux et jeta un coup d'œil inquiet vers Orlando.

« Les poulets ont l'air nerveux. C'est quel genre de viande ? »

Orlando évita de préciser que les z.z. étaient plus sensibles à la viande rassie, qu'elle déviait plus efficacement leur trajectoire de frigos ambulants. Il rassura Grant. Le club ne transportait pas de cadavres humains.

« Et la caisse ? Elle est en règle ? » insista le manager.

Peter Grant prétendait driver MC5 et craignait de s'embarquer dans une voiture volée. Sa façade se révélait finalement presque aussi lézardée que celle du Fillmore. Les flics braquaient leurs lampes-torches sur le contenu du coffre.

« On est en règle en Australie, pas ici », mentit Orlando.

42 restait étrangement impassible. Grant émit un bref sifflement.

« Ils vont conduire vos copains à l'immigration, annonça-t-il. Ça va être leur fête. »

Antonin donna un discret coup de coude à 42. D'un mouvement de menton, il lui désigna la pleine lune qui venait d'apparaître entre deux nuages. Le regard du pirate glissa vers Orlando. Une goutte de sueur perlait sur la tempe du loup-garou. Antonin se mordilla la lèvre inférieure. Sa nuit d'anniversaire n'était pas terminée...

Un taxi jaune remontait la 7e Rue. Grant se détacha brusquement de la bâtisse du Fillmore et leva sa main baguée. La voiture s'arrêta devant lui. Le plan d'Orlando s'effondrait comme un soufflé. Le manager ouvrit la portière arrière et se tourna vers les garçons.

« Vous venez ?

– On ne peut pas laisser nos potes », déclara 42.

Orlando ne bougea pas. Antonin décida qu'il ne savait pas si le loup-garou restait par solidarité ou pour la Buick et ses concerts magiques.

« Si vous changez d'avis, je suis au cocktail d'Atlantic, devant Central Park. »

Grant déposa sa masse de graisse lambic sur la banquette arrière du taxi et referma la portière. La grand-messe du rock'n roll était dite. Le taxi jaune s'éloigna.

« Le gros rat quitte le navire, grogna Antonin. Il va se réconcilier avec Ahmet en bouffant des petits fours par paquets de dix. »

Antonin s'estima raisonnablement lucide. 42 se tourna vers Orlando.

« Comment tu te sens ? »

Le loup-garou fronça les sourcils.

« Quoi ?

– Comment tu te sens ? répéta 42.

– Comment je me sens... Qu'est-ce que c'est que cette question à la con ?

– C'est la pleine lune, amigo. Alors je veux savoir si t'as l'intention de sodomiser la moitié de la ville et de bouffer le reste.

– Merde..., souffla Orlando.

– Quoi merde ? »

Orlando découvrit ses dents trop blanches.

« Garde ton p'tit cul au chaud, kid. Je sens que je ne vais plus tarder à avoir la gaule. »

Antonin gloussa nerveusement. La pleine lune se découvrit à nouveau pour éclairer le visage d'Orlando. Cette lumière blafarde paraissait faite pour lui.

« Aucun symptôme ? insista 42.

– Fais pas chier avec tes symptômes, s'énerva Orlando. Et dis-nous plutôt comment sortir de ce pétrin. »

42 évalua rapidement la situation. Au Foreign Office,

l'identité des jeunes gens allait poser problème. Something More allait vraisemblablement prétendre être américain et avoir perdu les papiers de toute la bande. Il était rompu aux méandres de la dérive et ce contrôle de la police new-yorkaise ne devait pas le désarçonner. A moins qu'il ne persiste à jouer les Australiens... Something More pouvait inventer n'importe quoi, ça n'allait pas forcément inciter les flics à les relâcher. Il aurait en revanche davantage de difficulté à expliquer que les papiers de la Buick étaient contenus dans une puce électronique scellée dans la culasse. Et si les poulets faisaient passer une visite médicale à OFF, alors là...

« Vagabondage, vol de voiture, si on ne les arrache pas de là maintenant, on n'est pas près de les revoir... », pronostiqua Orlando d'une voix sinistre.

L'allusion au vol de voiture déclencha une réaction immédiate de 42.

« L'ennui, c'est que ta voiture appartient sûrement déjà à quelqu'un en 1969. Ils vont contrôler les numéros de moteur et de châssis et retrouver son propriétaire. »

Il se tourna vers Orlando.

« Tu ne connais pas son historique ?

– Tu rigoles ? Elle a dû connaître une bonne vingtaine de propriétaires avant d'atterrir dans mon garage.

– Est-ce qu'il va y avoir deux Buick semblables ? demanda Antonin en penchant la tête sur le côté pour chasser un discret retour de migraine.

– Je ne vois pas comment il pourrait en être autrement, décréta 42. Et ça ne change rien. Ils vont être accusés d'avoir maquillé celle-là. Il y a sûrement eu des tas de Buick Electra volées et jamais retrouvées.

– Les équipements ne sont pas d'époque... », murmura Orlando.

42 hocha la tête.

« Si un flic a la mauvaise idée d'essayer la radio, il va avoir une drôle de surprise, ajouta-t-il. Il ne nous restera plus qu'à faire tous les concerts où Led Zeppelin aurait dû se produire en espérant y voir apparaître une Buick. Et encore... Il y a de fortes probabilités pour que ce flic appuie sur le premier bouton et se retrouve à Londres, un mois plus tôt... »

Antonin grimaça. La migraine venait de planter un clou juste au-dessus de son oreille droite. Orlando poussa un grognement curieux. 42 l'observa, inquiet.

« C'est quoi, ce que je viens d'entendre ?

– Je me raclais la gorge. Bon, t'attends que je me mette à hurler ou on tente un truc ? »

– Quel truc ? »

Un flic venait de s'installer au volant de l'Electra. Ses collègues regroupèrent les kids sur la banquette arrière. Les Harley encadraient déjà le cortège.

« Montez dans la Buick dès que j'ai viré le flic..., gronda Orlando.

– Quoi ? »

Antonin se souvint de la force peu commune du jeune loup-garou. Mais qu'espérait-il faire contre six policiers armés ? Un frémissement agitait la mâchoire inférieure d'Orlando tandis que d'impressionnants dorsaux roulaient sous le raffinement désuet de la veste moirée. Antonin fut persuadé d'assister au début d'une métamorphose. Une perle de bave scintilla à la commissure des lèvres du lycanthrope. 42 paraissait plus préoccupé par les modifications morphologiques d'Orlando que par le baroud désespéré qu'il s'apprêtait à livrer.

Le cortège démarra. La Buick était coincée entre les motards et la voiture de patrouille. La formation roulait lentement quand Orlando bondit devant la Buick. Le flic pila net. Son pied écrasait encore la pédale de freins quand la main du loup-garou se referma sur son épaule. 42 et Trafic grimpaient à l'avant tandis qu'Antonin se répandait sur les genoux de ses compagnons. Son visage heurta durement la rotule d'Anita Belon. Le flic chargé de piloter la Buick eut un bref aperçu de l'apesanteur. Orlando l'éjecta d'un bras à plus de dix mètres de la limousine. Il se glissa au volant, eut le temps d'apercevoir un motard dégainer son revolver et alluma l'auto-radio...

7.

Le bus à impériale était exact au rendez-vous. Il projeta une gerbe d'eau et de boue sur la calandre de la Buick. 42 lâcha un long soupir. A l'autre bout de la rue, ponctuel lui aussi, le bobby venait de surgir. Un vilain hématome fleurissait sur la pommette d'Antonin. Il en palpa les contours en grimaçant. Défiguré au moment où il avait une chance de revoir la queue de cheval... Orlando n'attendit pas que le policeman lui recommande le parking près du Marquee. La Buick s'éloigna rapidement.

« Bon Dieu, j'ai vraiment cru qu'on allait croupir quelques années dans une cellule de Rikers Island..., souffla Something More. Ces flics voulaient notre peau...

– Nous sommes recherchés dans un mois », annonça Mirabelle d'une voix lasse.

La phrase parut normale à tout le monde. Mirabelle était blême. La fatigue et la tension nerveuse creusaient douloureusement ses traits. One For Four ne disait rien et Anita, toujours embrumée, croisa les jambes. Elle n'avait rien vu de New York. La Buick prenait de la vitesse et quittait Soho.

« Où tu vas ? interrogea 42.

– A Epsom. James Page y a emménagé avec sa famille à l'âge de huit ans. Il y est peut-être encore...

– Une seconde ! s'insurgea Antonin. J'ai à faire au Marquee... »

La Buick fit une légère embardée et frôla un cycliste. Dans le rétroviseur, le regard d'Orlando croisa celui d'Antonin.

« Il a à faire au Marquee..., répéta Trafic en ricanant.

– Tu veux vraiment te retaper Grant et les Young Rascals ? » s'étonna 42.

Antonin tordit la bouche. Il n'avait pas exactement envie de répondre à cette question.

« Il est mordu de la fille à la queue de cheval », ajouta Trafic dont rien décidément ne pouvait altérer la joyeuse humeur.

42 écarquilla les yeux. La volonté d'Antonin de perdre son pucelage devenait sidérante. Un bond d'un siècle dans le temps n'avait pas fait dévier d'un pouce son désir de s'envoyer une nana...

« Anita n'est plus en état de servir de monnaie d'échange, fit le pirate. Mais dès qu'elle sortira du potage, je te promets de lui demander de faire un geste pour toi... »

Antonin regarda rapidement les jambes découvertes d'Anita, l'éclat ivoirin de ses cuisses, à la lisière des bas, la poitrine généreuse qui tendait le cachemire... L'émotion était intacte. Il eut honte d'avoir un instant l'envie de profiter du coma de la jeune fille...

« T'as un œuf de pigeon sur la pommette », remarqua Trafic.

Antonin hocha la tête. D'accord... Mieux valait pour l'heure renoncer au Marquee. De toute façon, rien ne l'empêchait d'y retourner, ou encore de retrouver la queue de cheval au Lyceum, pour le concert de T. Rex, où elle devait se rendre le lendemain.

« Ça va..., soupira-t-il. J'ai le temps.

– C'est le cas de le dire », gloussa Trafic.

Le regard mauve d'Orlando n'avait pratiquement pas quitté le reflet d'Antonin dans le rétroviseur. L'adolescent, conscient de cette insistance, préféra l'oublier et regarder à nouveau les jambes d'Anita.

« Je crois que je vais mourir... », annonça Mirabelle.

42 se tourna vers Orlando.

« Tu ne penses pas qu'on devrait reporter l'expédition à Epsom et trouver un coin pour dormir ? proposa-t-il.

– Je vous laisserai dormir à Epsom. C'est plus tranquille qu'ici. Je commencerai mes recherches...

– Tu comptes t'y prendre comment ?

– Il y a des annuaires. Si la famille Page est toujours là-bas, je la trouverai. »

Il y avait quelque chose de pathétique dans la quête du

loup-garou. 42 dut le sentir. Il renonça à contrarier les plans frénétiques d'Orlando. A Epsom ou ailleurs, il leur faudrait de toute façon dormir dans la Buick... Le jeune pirate alluma Super Brain et regarda les icônes fleurir sur l'écran. Il sentit les muscles de son cou se détendre, sa respiration s'apaiser, un bien-être tiède ruisseler dans ses veines. Ses doigts pianotèrent sur le clavier, introduisant les événements et les caractéristiques de leur parcours chaotique au XXe siècle. Le disque dur ronronna. Il fronça les sourcils en lisant les lignes qui s'affichaient sur l'écran en scrolling vertical. L'ordinateur lui répondait directement en langage machine. 42 décodait au fur et à mesure.

Disparition envisageable de la matrice où sont gravés les concerts qui n'ont pas eu lieu...

42 gonfla les joues. La machine soulevait immédiatement le paradoxe. Si Led Zeppelin n'existait pas, ils n'avaient participé à aucun des concerts enregistrés dans le programme de la Buick. Boucle classique... 42 pianota encore. L'ordinateur bourdonna.

Altération du continuum en amont de la formation du groupe.

Le micro refusa de délivrer d'autres probabilités et s'abstint de tirer la moindre conséquence. Il annonça qu'il manquait d'informations et passa à une application graphique des rapports espace-temps. 42-Crew connaissait tout cela. Il éteignit la console.

« Qu'est-ce que Super Brain te raconte ? » s'enquit Orlando.

A l'arrière, Antonin, Mirabelle et Something More s'étaient endormis. OFF enregistrait à travers les vitres de la Buick le morne paysage de la banlieue londonienne.

« Que les concerts de Led Zep devraient s'effacer de ton programme musical.

– J'y ai pensé, admit Orlando. Mais ça ne marche pas comme ça, n'est-ce pas ?

– Il faut croire que non. Ou alors les conséquences ne sont pas immédiates... Mais je ne vois pas comment...

– Il connaît la mécanique quantique ?

– Aussi sûrement que le calcul d'un exposant négatif, soupira le pirate.

– Alors tu lui as fait avaler des conneries. L'univers ne fonctionne pas comme il le croit.

– L'ordinateur pense aussi que l'altération a eu lieu en amont de la formation du groupe. »

Orlando resta silencieux. La Buick entra dans les rues furieusement déprimantes d'Epsom...

L'aube se levait et il pleuvait toujours lorsque Antonin s'éveilla. Les pensées confuses et la bouche sèche, il constata du bout des doigts que son hématome s'était dégonflé. Sa seconde réaction fut de constater qu'Anita Belon et Orlando n'étaient plus dans la voiture. 42 dormait sur l'épaule de Trafic, Mirabelle dans les bras de Something More et One For Four et Tomcat ronronnaient en chœur, roulés en boule sur le plancher, coincés entre la banquette et le dossier du chauffeur. Antonin se redressa. La Buick était garée près d'un mur d'enceinte, en lisière d'une petite forêt. Antonin frissonna. L'humidité glacée avait pénétré ses vêtements. Sa combinaison miroir ressemblait à une pellicule de givre. Il posa une main sur l'épaule de 42, le secoua.

« Réveille-toi. Hey ! réveille-toi ! »

42 renifla, s'ébroua, se redressa enfin. Il regarda sans comprendre le jour sale qui se levait derrière le pare-brise dégoulinant.

« Qu'est-ce qui se passe ? » bredouilla-t-il.

Les autres s'éveillaient à leur tour. Trafic s'étira en poussant des rugissements satisfaits. Mirabelle souriait à Something More.

« Orlando et Anita ne sont plus là, annonça Antonin.

– Orlando est parti cette nuit. Il cherche l'adresse des Page.

– Et Anita ?

– Elle est sortie pour dégueuler. Elle m'a marché dessus,

Lulu, déclara One For Four en déployant douloureusement sa formidable masse.

– Et après ?

– Après, j'ai vérifié mes mémoires, Grégoire. J'ai l'impression d'avoir perdu des morceaux du XIe siècle. »

Antonin ouvrit la portière. Un à un, les adolescents s'extirpèrent de la limousine. Le mur d'enceinte longeait l'hippodrome d'Epsom où se déroulait annuellement le fameux derby. Un vent verglaçant couchait les herbes hautes. Anita était invisible. Antonin mit ses mains en porte-voix.

« Anita ! »

Tous joignirent leurs appels au sien. En vain.

« C'est une vraie plaie, cette gonzesse ! » pesta Trafic.

Antonin décida qu'il n'avait décidément aucune chance de s'envoyer un jour cette fille. Perdue dans la banlieue londonienne de 1968...

« Elle n'a pas pu aller bien loin. Elle a dû s'endormir quelque part là-dedans », affirma 42 en désignant le petit bois.

Le club organisa aussitôt une battue approximative, chacun craignant de s'égarer et ne quittant pas des yeux son plus proche voisin. Antonin s'étonna de la variété de la flore. A son époque, seule une variété d'arbres hybrides et géants, surproducteurs d'oxygène, proliférait dans des réserves qui couvraient la quasi-intégralité des zones rurales. Ces arbres ressemblaient à de gigantesques cheminées d'usine couvertes de vivaces comestibles à larges feuilles sombres. Mirabelle enregistrait les structures sauvages des broussailles, les entrelacs d'aubépine et le fouillis aride du buis. Un plan d'architecture germait dans sa tête. Trafic se rapprocha d'Antonin.

« Ça me fait drôle de penser qu'il n'y a plus de contrôle, plus de parcours obligatoire... Aucune carte magnétique à glisser dans des lecteurs-relais... C'est dingue.

– Mais il y a des frontières, des lois et des flics qui réclament des papiers que nous n'avons pas, le tempéra Antonin.

– Ça, c'est que dalle. 42 peut sûrement nous bidouiller des identités bidons. T'as jamais rêvé de vivre les seventies ? »

Antonin haussa les épaules. Pour l'instant, seule la disparition d'Anita l'obsédait. Et l'explosive jeune fille ne s'était apparemment pas endormie dans ce petit bois... Les kids rebroussèrent chemin et se regroupèrent autour de la Buick. 42 paraissait désespéré.

« Remarque, ricana Trafic, con comme elle est, elle va pas créer beaucoup de paradoxes. »

Sa réflexion ne fit rire personne. 42 éternua. Il y avait beaucoup trop de problèmes sans solution pour sa santé. Antonin songea au désespoir de maman Hofa. Comme il avait quitté l'appartement sur une dispute familiale, la malheureuse devait penser à une fugue vers le monde Hors-Jeu. Something More passa son gilet de daim à Mirabelle dont la peau continuait à prendre au contact du froid des teintes très peu épidermiques.

« J'aimerais bien qu'elle soit allée chercher quelque chose à boire..., soupira One For Four. Si ça continue, je vais me siffler l'antigel de la Buick. »

Ça n'était pas si stupide que ça le paraissait. Anita était capable de ce genre d'initiative. Tout le monde se souvenait de son attitude avec Peter Grant.

« Avec un corps comme le sien, on doit pouvoir acheter une caisse de scotch sans argent... », rêva Trafic.

OFF passa une langue gourmande sur ses lèvres.

« On a deux disparus sur les bras, et vous, vous vous demandez s'ils vont vous ramener de la picole ! s'énerva 42. Et si vous deveniez responsables, pour une fois ? »

One For Four haussa les épaules et glissa Tomcat sur ses oreilles. Le chat émit un petit miaulement satisfait. 42 ne le quittait pas des yeux. Il semblait presque sur le point de le gifler.

« Qu'est-ce que t'écoutes ?

– Quoi ?

– Qu'est-ce que Tomcat diffuse comme musique ! ! ! » hurla 42-Crew.

OFF ne comprenait pas. 42 fixait maintenant le chat synthétique comme s'il s'agissait d'un crotale.

« Le dernier disque des Redemption... Le live... »

Une décharge électrique secoua l'abdomen d'Antonin. Les Redemption, le groupe officiel de la Nouvelle Eglise...

« Je m'excuse à Syracuse, Bit Map, bredouilla One For Four. J'aime bien aussi Led Zep, mais le noviciat nous oblige à écouter les Redemption plusieurs fois par jour... »

42 empoigna le col de la tunique du gros robot. Il pleurait et riait en même temps.

« Mais tu comprends pas, espèce de balourd ? Tu comprends pas ce que ça veut dire ? On peut rentrer chez nous, mec ! »

Mirabelle poussa un hurlement d'allégresse.

« Je peux introduire le concert des Redemption dans le programme de la Buick ! continuait 42, exalté. Il a eu lieu quand et où, ce concert ?

– L'année dernière, à l'Agora Nord, répondit Antonin. Je connais le disque par cœur. »

L'Agora Nord était planté à quelques bouquets d'immeubles de la H.L.M. d'Antonin. La nouvelle assomma le groupe. Mirabelle sanglotait dans les bras de Something More. OFF demeurait pétrifié, la bouche ouverte, et Trafic faisait craquer nerveusement ses articulations. 42, hilare, s'arrêta sur la mine déconfite d'Antonin.

« Antonin Hofa, gronda le pirate, je peux savoir pourquoi tu tires cette tronche ? Ne me dis pas que tu as envie de rester ici ? »

Antonin songeait aux Z.Z., à la sonnerie du réveil qui lui rappelait le verre d'alcool posé sur sa table de nuit, à son foie, au Contrôle et à l'avenir binaire qui l'attendait... Il pensait à son dégoût de la vie, à son père, Camille Hofa... Ici, au moins, il lui arrivait d'oublier.

« Ça ne me fait pas plaisir de rentrer », lâcha-t-il dans un souffle.

Un coup de poing en pleine face n'aurait pas eu davantage d'effet sur 42-Crew. Mirabelle et Something More regardaient Antonin. One For Four émit le petit gloussement hystérique qu'on lui connaissait.

« Pas la peine de me regarder comme ça ! De toute façon, on ne peut pas partir sans Anita et Orlando. »

42 secoua la tête.

« Antonin... »

Antonin détestait quand son ami commençait ses phrases par son prénom. C'était invariablement le signe précurseur d'une leçon de morale.

« Antonin, c'était un bel anniversaire, pas vrai ?

– Où tu veux en venir ?

– La fête se termine. On rentre, brother. Notre place est là-bas. Nous sommes de trop ici. »

Antonin découvrit avec stupeur qu'il se sentait, en l'absence de nécessités informatiques, libéré du joug du pirate. Il n'avait plus besoin de lui pour bidouiller les contrôles du collège et les systèmes de sécurité.

« A l'époque du concert des Redemption, j'étais au stage civil de sécurité urbaine, à plus de cinq cents kilomètres de l'Agora Nord. T'y étais aussi, si je me souviens bien. Y a un bug dans ton programme, 42. On peut pas être à deux endroits à la fois. »

42 grimaça.

« Je n'ai pas d'autre concert pour nous ramener... »

Un soupçon de panique perçait dans le vibrato du pirate. L'idée d'être responsable d'un bordel temporel le rendait complètement parano.

« Mais deux Antonin Hofa dans le même siècle, ça me ferait mal », termina-t-il.

Trafic lâcha un rire perlé. 42 n'avait jamais été très expansif et Antonin se rendait compte, d'heure en heure, combien il le connaissait mal. Le pirate avait développé en secret une éthique, une déontologie de la bidouille qui limitait ses interventions sur l'ordre étatique des choses. Trafiquer les systèmes de sécurité, squizzer les contrôles, pirater les banques de données, tout cela faisait partie d'une entropie naturelle. Pas le voyage dans le temps. 42 se révélait terriblement soucieux de la linéarité des civilisations. Il caressa le clavier de Super Brain. Le disque dur bourdonna.

« Quand je pénètre dans un système inconnu, je me mets toujours à trembler. Une vieille peur de commettre une erreur irréparable, de bouleverser des données dont dépend le bon fonctionnement de tout... »

42 était désemparé.

« Ce n'est pas de ta faute si je suis plus heureux ici ! protesta Antonin. Et tu n'as pas inventé non plus ce multi-switcher temporel. Demande aux autres ce qu'ils en pensent. Je ne suis peut-être pas le seul à vouloir rester, après tout. »

42 se tourna vers les autres, visiblement en quête d'une majorité qui l'aurait dégagé de cette douloureuse incertitude. Il ne l'obtint pas. Something More et Mirabelle, comme prévu, désiraient regagner le XXIe siècle. Trafic, lui, hésita un instant avant de déclarer : « Je reste avec Antonin. »

OFF émit une détestable série de bruits métalliques. Antonin lui trouvait un faciès de crapaud.

« Il n'y a pas d'échappatoire, grinça l'andro. Nous devons tous rentrer. Le Malin nous a envoyé un de ses démons. Je le dénoncerai dès que nous serons de retour. »

Antonin fronça les sourcils.

« De qui tu parles ?

– Du loup-garou. Vous ne comprenez pas qu'il a tout organisé ? Je suis là pour vous empêcher de céder à la tentation. »

Antonin lâcha un soupir. Il se tourna vers 42.

« Tu devrais l'initialiser. Il se prend pour un flic du temps. »

42 regarda l'andro qui cliquetait furieusement.

« Tu permets que je regarde ?

– Lecture uniquement », grésilla OFF en relevant sa tunique.

42 hocha la tête. Il brancha Super Brain sur le connecteur multibroches dissimulé dans le nombril de l'andro. Un

listing défila sur l'écran intégré du micro. Le pirate haussa les sourcils.

« Qu'est-ce qu'il a ? s'inquiéta Trafic. Il nous fait un coup de calcaire ?

– Le programme rock est en train de s'effacer, murmura 42.

– Le programme rock ?

– Mon programme, précisa le jeune pirate. L'alcool, le rock'n roll, la dérive, la défonce, tout ça disparaît. Les applications de la Nouvelle Eglise s'inscrivent par-dessus. »

42 pianota sur son clavier. L'inscription *Read Only* clignota sur l'écran et la réaction d'OFF fut immédiate. Sa main se referma sur le câble et arracha brutalement le connecteur.

« Ne recommence jamais ça ! » gronda l'andro.

42, effrayé, recula d'un pas. Les adolescents, médusés, regardaient le robot. C'était la première fois qu'ils voyaient OFF en colère.

« Y avait un dossier caché ? » s'enquit Antonin sans quitter des yeux le gros andro mongoloïde.

42-Crew secoua la tête.

« Non. J'ai tout vérifié. Il reçoit des nouvelles données qui effacent les miennes.

– Ici ? » hoqueta Antonin.

Le pirate renifla. Il désigna Tomcat.

« Le chat, murmura-t-il. Les instructions de la Nouvelle Eglise sont dedans.

– Il faut rentrer, maintenant, bourdonna OFF.

– Est-ce que nous casser la gueule fait partie de son nouveau programme ? demanda Antonin.

– Je n'ai pas tout lu. »

Insensiblement, les garçons s'étaient écartés de l'andro. Dans la lumière grisâtre de la banlieue londonienne, OFF ressemblait à un golem. Trafic s'impatienta.

« Tu ne peux pas déconnecter ce tas de ferraille ? »

OFF se tourna vers lui.

« Vous avez introduit un programme virus dans mes mémoires. Vous serez tous dénoncés ! »

Il ne jouait plus avec les mots mais ponctuait maintenant ses vindictes de gloussements aigus, ultimes avatars du programme rock de 42. L'arrivée d'un taxi noir brisa un instant la tension qui ne cessait de croître près de l'hippodrome d'Epsom. La voiture ventrue s'immobilisa près du mur d'enceinte et Orlando en sortit, trois bouteilles de scotch dans les bras. Le loup-garou rayonnait, heureux de la surprise qu'il prétendait susciter. 42 et OFF lui en réservaient une autre. Orlando rejoignit le groupe tandis que son taxi s'éloignait. Trafic hallucinait sur les bouteilles.

« Où t'as trouvé le fric pour acheter ça ? Et le taxi ?

– J'ai vendu ma montre à un poivrot.

– Ta montre ? sursauta 42.

– Ne t'inquiète pas. Je lui ai juste expliqué les fonctions horaires...

– Je ne m'inquiète pas ! Je suis scandalisé ! siffla le pirate. Tu pourrais aussi livrer la bombe au Moyen Age pendant que t'y es ! »

Orlando souriait toujours. Il haussa les épaules.

« Si ce type est malin, il fera fortune et les montres seront plus performantes un peu plus tôt, voilà tout. Mais ça m'étonnerait qu'il comprenne que le mini-tuner incorporé peut capter des émissions transmises par des satellites qui n'existent pas encore. »

Il tendit une bouteille à OFF.

« Tiens, fer-blanc, arrose tes circuits. »

L'andro commença par tendre la main avant de se rétracter. Il lâcha un ricanement douloureux.

« Je n'accepte rien du démon.

– Qu'est-ce qui lui prend ? »

Trafic et Something More tétaient déjà leur bouteille.

« Le programme de la Nouvelle Eglise reprend le dessus », résuma 42.

Orlando haussa les épaules. Les bugs d'OFF étaient le cadet de ses soucis. 42-Crew prit la dernière bouteille des mains du loup-garou, en but une généreuse gorgée avant de la tendre au robot.

« C'est moi qui te l'offre... », proposa le pirate.

OFF cliqueta un instant avant d'accepter et d'emboucher le flacon. L'andro buvait en faisant le bruit d'un type qui pisse contre un fût de métal. Il parvenait à réciter trois ou quatre versets de la Bible sans desserrer ses lèvres du goulot. Orlando se désintéressa des facéties du robot.

« J'ai trouvé l'adresse de la famille Page, annonça-t-il, radieux.

– Et 42 a trouvé le moyen de nous ramener chez nous », ajouta Antonin, sinistre.

Le sourire d'Orlando s'effaça. Son regard s'assombrit.

« Ah oui ?

– Depuis le début, OFF écoutait un concert des Redemption que lui diffusait Tomcat, expliqua 42. Je peux l'insérer dans le programme de la Buick. »

Orlando baissa les yeux et hocha la tête.

« C'est bien. Le retour est pour quand ?

– Tout le monde n'est pas d'accord pour rentrer. »

Le regard du lycanthrope scintilla.

« Qui ?

– Antonin et Trafic veulent rester.

– Ils doivent rentrer ! » glapit OFF.

Orlando se tourna vers Antonin. Ses yeux exprimaient la reconnaissance. D'autres choses plus troubles, aussi... L'adolescent essaya un sourire. Trafic tambourinait sur la carrosserie de la Buick, plus heureux de minute en minute d'avoir arrêté sa décision. Orlando revint à 42.

« Et toi ?

– Quoi moi ? fit le pirate qui n'ignorait évidemment pas le sens de la question.

– Tu restes, tu pars ?

– Je n'ai pas pris de décision, marmonna 42, contrarié. De toute façon, il faut que quelqu'un fasse l'aller et retour, ramène ceux qui veulent rentrer et revienne avec la voiture au cas où vous changeriez d'avis. Et puis il y a Anita...

– Quoi Anita ? s'inquiéta Orlando.

– Elle s'est tirée, cette nuit. »

Orlando resta silencieux. Mirabelle buvait en écoulement continu et reprenait des couleurs humaines.

« Nous l'avons cherchée dans le bois, ajouta 42 d'une voix lasse.

– C'est le début de la pénitence, Hortense, commenta OFF en pouffant.

– Est-ce que quelqu'un peut le faire taire ? » soupira Orlando.

42 entraîna le loup-garou à l'écart.

« Le programme de la Nouvelle Eglise se développe à toute vitesse dans les mémoires d'OFF, souffla-t-il. Tout à l'heure, il a pris seul la décision d'arracher le connecteur lorsque j'ai essayé de modifier ses accès. Je crains qu'il ne devienne rapidement violent si sa mission lui ordonne de nous faire *tous* rentrer. »

Orlando se mordilla la lèvre inférieure.

« Comment tu vois les choses ?

– Il ne me donnera plus d'accès en écriture et je ne peux pas non plus déconnecter Tomcat. Il faut le ramener avant que les dernières routines rock ne s'effacent.

– Combien de temps il te faut pour trafiquer la Buick ? »

42 fit la moue.

« Une heure maximum. »

Orlando hocha la tête.

« Alors vas-y. »

42 retint le loup-garou par la manche.

« Autre chose...

– Quoi ?

– Il faut que je te dise..., bafouilla le pirate, empêtré. Je sais que tu n'accepteras jamais de rentrer...

– Ça t'ennuie ? C'est pour ça que tu fais la gueule ?

– Peut-être... Tu n'es pas guéri, Orlando. A New York, tu ressentais les premiers symptômes de la crise. Ne me raconte pas de craques. Qu'est-ce que tu vas faire les nuits de pleine lune ? »

L'œil mauve du loup-garou pétilla.

« Je vais donner corps aux légendes.

– Déconne pas, Orlando, grogna 42. Tu vas tuer des gens dans notre passé. »

Orlando accepta de feindre le sérieux. Peut-être l'était-il vraiment...

« Je peux jongler entre les concerts et surveiller le calendrier. Et puis Antonin et Trafic seront là pour veiller au grain. »

42 secoua la tête.

« Tu n'en ferais qu'une bouchée... Je veux que tu me promettes une chose. Une fois que tu auras retrouvé Led Zeppelin, reformé le groupe et assisté à un de leurs concerts, tu rentreras ? »

Le regard du loup-garou s'étrécit légèrement.

« C'est la condition pour que tu me foutes la paix ?

– Disons-le comme ça.

– Alors, c'est un deal, mec. De toute façon, j'ai un paquet de fric qui m'attend au XXIe siècle. »

Il souligna l'accord d'un sourire éclatant qui troubla le jeune pirate.

« Maintenant, demande à Super Brain comment tu vas faire pour combler le jour de retard que tu auras toujours sur nous si tu reviens hier, poursuivit Orlando, enjoué.

– J'y ai déjà pensé. Nous allons retourner hier, devant le Marquee. Je serai de retour avant la fin du concert. Vous m'attendrez. »

Orlando pointa son index vers la poitrine du pirate.

« D'accord, mais attention, 42, pas d'entourloupe. N'essaye pas de nous renvoyer chez les zombes sans notre accord. Je t'aurai bouffé le cœur avant que la Buick n'atterrisse près de l'Agora Nord. »

42 se contenta de hausser ses maigres épaules.

8.

Trente minutes plus tard, 42-Crew avait achevé de bricoler le programme musical de l'Electra. Persuadé que tout le monde s'était enfin décidé à rentrer, One For Four n'avait posé aucune difficulté pour prêter Tomcat et son programme musical. Le chat cracha et hérissa son poil durant toutes les manipulations du pirate. Il aurait probablement griffé et mordu si 42 avait tenté de s'introduire dans d'autres données que celles dont on lui autorisait exceptionnellement l'accès. Les bouteilles de scotch étaient désespérément vides. Seul Orlando n'y avait pas touché. Le concert des Redemption à l'Agora Nord s'insérait entre ceux du Marquee et du Fillmore. Personne ne pouvait prévoir les réactions de l'andro lorsqu'il s'apercevrait que le voyage de retour comportait une étape au cours de laquelle trois membres d'équipage abandonneraient le vaisseau. OFF récitait maintenant l'intégralité de la Bible en 78 tours. Son babil religieux devenait positivement insupportable. Les kids élaborèrent une rapide stratégie. Dès leur arrivée dans le Londres de la veille, Orlando, Antonin et Trafic quitteraient la Buick tandis que 42 lancerait le concert des Redemption. Coincé entre Something More et Mirabelle, OFF n'aurait pas le temps de réagir. Une désagréable appréhension nouait les viscères d'Antonin. Avant de s'installer dans la limousine, il se tourna vers 42.

« Si tu avais le temps de prévenir maman Hofa... », murmura-t-il.

Le pirate secoua négativement la tête.

« Je ne préviendrai personne. J'ai enregistré le concert que Joe Moe Dee a donné au Royal la veille de ton anniversaire. Tu ne seras même pas parti une minute quand tu décideras de rentrer. »

Antonin cligna des yeux. Le temps faisait des nœuds dans sa tête.

« D'accord, mais en ce moment..., bredouilla-t-il. Elle souffre en temps réel, non ? »

42 renifla.

« Je ne pense pas que le fait de savoir que son rejeton se balade dans le Londres de 1968 soit de nature à rassurer maman Hofa. Mais si tu y tiens vraiment, je lui ferai savoir que tu vas bien. »

Antonin esquissa un sourire. Il se sentait à la fois soulagé et misérable. L'appréhension ne le quittait pas. 42 prit place derrière le volant. A son côté, Orlando surveillait l'auto-radio. Trafic avait déjà la main sur la poignée de la portière. Le loup-garou lança la musique...

Hey, girl, stop what you're doin'
Hey, girl, you'll drive me to ruin.

Whooooop

Orlando et Trafic giclèrent de la Buick. La main d'OFF se détendit comme un reptile et crocha le col de fourrure d'Antonin. Le garçon poussa un cri de terreur tandis que Something More tabassait le bras tendu du robot. Le doigt de 42 frémit sur la touche de l'auto-radio.

Hey, girl, I got something I think you ought to know
Hey, babe, I wanna tell you that I love you so.

D'un coup de reins désespéré, Antonin parvint à se dégager en abandonnant sa veste de fourrure dans la poigne d'acier d'OFF. Il roula sur le trottoir trempé. Les voix acidulées du groupe Redemption remplacèrent celle de Robert Plant...

Whooooop

Orlando releva Antonin.

« Saloperie de robot ! jura l'adolescent. Vous avez vu ça ? »

Le loup-garou n'eut pas le temps de répondre. Le bus à impériale les frôla et projeta sur le trio une généreuse trombe de boue. Le bobby apparut à l'autre bout de la rue.

« Ne restons pas là », conseilla Orlando.

Antonin regarda la chaussée vide. La Buick s'était volatilisée. Le jeune garçon se sentit atrocement déprimé. L'air se chargeait de regrets... Antonin se demanda pour quelle obscure raison, lui qui manifestait d'évidence le moins de dispositions naturelles pour l'aventure et l'imprévu, il avait décidé de jouer les prolongations ? Le dernier train à destination du cocon de maman Hofa venait de partir... Et avec lui tout ce qu'Orlando appelait la civilisation des zombis et des alcooliques. En regard du ciel londonien désespérément hostile, ce monde-là avait des relents de paradis. Antonin décida de ne pas céder tout de suite à la déprime. Il sentit sur son biceps la poigne sèche du loup-garou.

« On est libres, mec... », souffla Orlando.

La liberté consistait d'abord à éviter le flic qui avait choisi d'accélérer le pas.

Trafic et Orlando semblaient tout à fait satisfaits de la disparition de la Buick. Le loup-garou était soulagé. Quant à Trafic, il devait simplement considérer que la fête continuait. Antonin décida qu'il jugeait abusivement Trafic. L'apprenti batteur en mailles thermo avait sûrement considéré son avenir plus brillant dans ce passé pluvieux. « Je me suis bourré la gueule un peu trop vite et me voilà en 1968, sans un sou, sans rien, avec deux outlines ravis de la mauvaise plaisanterie qu'ils jouent au monde », songea Antonin. Très cool. L'adolescent se demanda ce qu'en aurait pensé son père.

« Qu'est-ce qu'on fout en attendant que 42 revienne ? » demanda Trafic.

Trafic s'adressait évidemment à Orlando mais le loup-garou se tourna vers Antonin.

« Une heure trente pour aller voir la famille Page à Epsom, c'est un peu jeune. On pourrait peut-être essayer de se faire un peu de fric ? »

Orlando regardait ostensiblement la montre d'Antonin. L'objet avait été offert par maman Hofa et son mécanisme, fonctionnant grâce à la différence de densité de ses composants, était éternel.

« T'as l'intention de t'installer marchand de montres ? » grimaça le garçon.

Orlando leva un œil critique sur Antonin.

« On a besoin d'argent. Faut acheter des fringues. T'as l'air d'un Martien déguisé en panneau solaire. »

Antonin pinça les lèvres et retira sa montre. L'angoisse le glaçait. Les regrets continuaient d'investir sa tête... La montre éternelle de maman Hofa se balançait au bout de ses doigts.

« Il te reste du fric ? demanda-t-il.

– Six livres et des poussières.

– Je t'échange ma montre contre trois livres et ton costume noir. »

Le regard du loup-garou s'arrondit. Un peu plus loin, dans la brume, le pont de Charing Cross se mettait à ressembler à un bâtiment de guerre à la dérive. Des camions rouges collectaient cagettes et détritus abandonnés par le marché voisin. Antonin s'attendait à voir surgir du fog une colonne de z.z...

« On peut savoir ce que tu as l'intention de faire ? » interrogea Orlando.

Une jeunesse un peu trop sage commençait à se rassembler devant la façade noire du 105 Charing Cross Road pour assister au déplorable concert des Young Rascals. Antonin chercha la queue de cheval du regard, mais ne la vit pas.

« Puisqu'il faut rester dans le coin, je retourne au Marquee, expliqua-t-il. J'ai besoin d'argent pour payer l'entrée.

– Il veut revoir la fille à la queue de cheval », ricana Trafic.

Orlando s'abstint de commenter cette décision. Les deux garçons échangèrent rapidement leurs tenues dans l'ombre d'une porte cochère. Le costume noir du loup-garou était un peu large pour Antonin mais le tissu élastique de la combinaison miroir s'adapta sans problème à la morphologie plus musclée d'Orlando. Antonin conserva la casquette des rebelles de Taiwan. Orlando et Trafic avaient l'air de sortir tout droit d'un bal masqué. On ne voyait pourtant pas bien en quoi ils étaient déguisés. Antonin prit les trois billets d'une livre que lui tendait le lycanthrope.

« Ne te fais pas arnaquer, murmura-t-il en lâchant la montre. Maman Hofa n'offre pas de la daube. Une partie du mécanisme est en or blanc.

– Je connais ces montres, se contenta de répondre Orlando. Devant le Marquee, à la fin du concert. Joyeux anniversaire, Antonin. »

Antonin se sentit terriblement seul. Il marcha lentement vers le Marquee. Le costume noir sentait le chien mouillé et l'entrée du concert coûtait deux livres.

La queue de cheval s'appelait Jodie et Antonin la trouva cette fois franchement mignonne. C'était la première fois que le garçon tombait amoureux d'une fille sans couperose. Il se souvint que son père lui avait parlé d'un aïeul de la famille, complètement toqué de l'actrice Jodie Foster, qui envoyait des lettres de menaces à tous les metteurs en scène qui laissaient mourir la star dans leurs films. Antonin trouva d'ailleurs une vague ressemblance entre sa Jodie et la Tallulah du film d'Alan Parker. Il n'eut pas besoin de mouchoir dégradable pour lier conversation. Jodie n'attendait que ça. Elle venait toujours du Kent mais elle n'avait naturellement pas de grands-parents à Londres qui la laissaient sortir le soir. Jodie était une fugueuse mineure qui cherchait désespérément une piaule à Londres. Antonin ne savait pas s'il était déçu ou non. Jodie était sûrement prête à se faire sauter pour une nuit dans un lit.

« Tu habites Londres ? » demanda-t-elle.

Il n'allait pas recommencer le coup des citoyens du monde... Antonin prit conscience que le retour en arrière, le fait de connaître les questions et les réponses, représentait un pouvoir considérable. Il oublia que le bouton *Return* n'était momentanément plus disponible.

« Non. »

Le joli visage de Jodie se froissa.

« Mais j'ai une voiture », ajouta Antonin.

Elle écarquilla les yeux.

« Une voiture ? Tu as quel âge ?

– Dix-huit ans », mentit Antonin.

Il devait au moins faire ça. Le batteur des Young Rascals entamait son pénible solo tandis que le teenager avec le pantalon à carreaux quittait les toilettes, un mégot vissé entre les lèvres.

« Et elle te ramène où, cette voiture ? » insista Jodie.

Antonin trouva la question amusante. Les sifflets de la foule prenaient de l'ampleur. Peter Grant devait manger ses bagues. Antonin se demanda, inquiet, si le concert n'allait pas tourner court.

« Si on allait faire un tour ? proposa-t-il.

– Dans ta voiture ? »

42-Crew et la Buick ne seraient pas de retour avant la fin de la piètre exhibition des Rascals. Mais peut-être que si, après tout ? Le pirate était peut-être déjà dehors... Jodie abrégea la réflexion.

« Ecoute, il faut que je trouve d'abord un endroit pour dormir. »

Elle cherchait déjà du regard un autre garçon à aborder. Antonin paniquait. Son désir devenait furieusement douloureux.

« Mes amis ont de l'argent. Je dois aussi chercher une chambre pour la nuit... »

Sa formulation était maladroite. La méfiance germait sous la queue de cheval. La première cannette de bière explosa aux pieds du chanteur. Le batteur égara son tempo. « Qu'est-ce que je suis d'autre qu'un fugueur ? se demanda

Antonin. Jodie a quitté le Kent pour Londres et moi le XXIe siècle pour les sixties... Le résultat est le même... »

« Demain, je vais voir T. Rex au Lyceum », improvisa-t-il en catastrophe.

L'œil rond de Jodie s'alluma.

« J'avais l'intention d'y aller aussi.

– Relief...

– Hein ?

– C'est génial, non ? »

Ça ne l'était pas absolument, mais Antonin estima qu'il avait en partie corrigé sa bourde. Le garçon glissa une main dans la poche du pantalon d'Orlando et caressa son dernier billet d'une livre. Ça n'autorisait pas des folies...

« Je vois mes amis, je récupère mon fric et on va voir T. Rex ensemble ? »

Jodie fixait Antonin. « Elle va me trouver affreux et insipide », frémit l'adolescent. Jodie pensait à autre chose.

« Je sais où on peut acheter du super libanais rouge », chuchota-t-elle.

Antonin ne savait pas du tout ce que pouvait bien être le libanais rouge mais le ton de Jodie laissait entrevoir délices et interdits. Le garçon se sentait affreusement excité.

« Tu crois que tu auras assez ? s'inquiéta brusquement Jodie.

– Pas de problème », affirma Antonin.

L'horizon en était rempli. Et le premier de la longue colonne s'appelait 42-Crew. A la sortie du concert, le pirate brillait par son absence...

Les nuits mouillées allaient finalement bien à Londres. Bien mieux que les coordonnés blazer-flanelle n'allaient à Orlando et Trafic. Les deux garçons ressemblaient à un couple d'enfants sauvages adoptés par une famille de l'*upper-class* nourrie de traditions et gavée de stéréotypes. Antonin les trouva pathétiques dans leur volonté de se fondre dans le moule de leur nouvel espace.

« Très fort, commenta sobrement le loup-garou. 42 n'est pas au rendez-vous et tu nous ramènes une fugueuse. »

Orlando n'aimait pas Jodie. En fait, il l'avait immédiatement détestée. Antonin ne connaissait pas assez le jeune loup-garou pour analyser les fondements de ses *a priori*. Il n'avait pas non plus envie de poser les questions nécessaires. L'absence de 42 était plus sérieuse que la présence de Jodie. Orlando rendit la montre à Antonin.

« Je n'ai pas eu besoin de la vendre. »

Antonin fixa le cadeau de maman Hofa à son poignet et ne posa pas davantage de questions. Orlando s'adaptait vite. Les conditions de sa survie l'avaient habitué aux situations nouvelles et à l'improvisation.

« Il te reste du fric ? demanda Antonin.

– C'est une manie... »

Antonin haussa les épaules.

« 42 n'est pas là et j'ai l'occasion de coucher avec cette nana. Je dois louer une chambre. »

Orlando jeta un bref coup d'œil vers Jodie qui se tenait à l'écart, avec d'assez visibles envies de fuite.

« Il y a des putains plus propres, plus jolies et plus adroites à Soho, souffla le lycanthrope.

– Je n'ai aucune envie de tirer ma crampe avec une putain ! » s'emporta Antonin.

Jodie avait probablement entendu. Elle ne bougea pas. Trafic s'agitait.

« Il va sûrement venir... Suffit de l'attendre... »

Antonin jeta un regard exaspéré vers Trafic.

« Explique-lui..., souffla-t-il à Orlando. Il n'a pas l'air de comprendre.

– Qu'est-ce que je ne comprends pas ? s'impatienta Trafic.

– Si 42 n'est pas là, c'est qu'il est définitivement impossible qu'il vienne. Il pouvait passer dix ans au XXIe et venir quand même nous rejoindre. Ou il ne veut pas ou il ne peut pas. »

Trafic resta un moment la bouche ouverte. Charing Cross

Road était maintenant presque déserte. Jodie n'avait plus beaucoup d'espoir de changer d'âme sœur.

« Qu'est-ce qui a pu se passer ? demanda enfin Trafic.

– Des tas de choses..., éluda Orlando.

– Quel tas de choses ? »

Trafic paraissait souffrir. Orlando se tourna vers Antonin.

« Il a pu décider de nous oublier ? proposa-t-il.

– 42 ne vivrait pas avec ça, réfuta Antonin.

– D'accord. Alors il n'a plus les moyens de nous rejoindre. »

Jodie regardait un peu trop fixement Orlando.

« 42 est le meilleur bidouilleur du collège ! » protesta Trafic.

Il cherchait à se rassurer mais ça ne marchait pas du tout.

« Le meilleur bidouilleur ne peut pas reconstituer un concert qui n'a jamais eu lieu », lâcha Orlando.

Trafic ne comprenait pas et Antonin se forgeait une vague opinion. La conclusion était de toute façon dramatiquement limpide. Il n'y avait que deux explications.

« Le switcher est tombé en panne ? » proposa-t-il.

Orlando secoua la tête.

« 42 en a un deuxième au *Temps du Twist*.

– Alors c'est le concert du Marquee qu'il n'a plus. »

Le regard du loup-garou semblait satisfait. Trafic ne s'habituait pas tout à fait à l'idée de refaire sa vie en 1968. Tout ce qu'il y avait d'excitant avec le switcher de la Buick s'était évaporé. La linéarité du temps reprenait ses droits. Antonin en conclut qu'il n'avait plus droit à l'erreur avec Jodie. Londres allait également bien avec les yeux d'Orlando.

« Merde ! T'as bien un double de ce concert ? s'énerva Trafic.

– 42 n'a aucune chance de pénétrer chez moi...

– Tu rigoles ? Y a aucun système de protection qui lui résiste. »

Orlando se tourna plus franchement vers Trafic.

« Ma maison est particulièrement conçue pour résister

aux tentatives d'effraction de micro-kids comme 42. Il n'essayera même pas. »

Trafic grimaça. Il avait compris. 42 était un champion mais il existait des limites à ses prouesses de hacker. Il lui faudrait trop de temps pour vaincre la forteresse des Pechelbronn. Il avait forcément choisi une autre solution.

« Le Hors-Jeu Nitro vend des vieux *live*..., proposa Antonin.

– D'accord.

– On dresse la liste de tous les concerts et on sélectionne.

– D'accord.

– Tu connais le libanais rouge ?

– C'est parfois très bien », admit Orlando.

Orlando savait beaucoup de choses sur les années 70. Il annonça par exemple à Antonin qu'il se ferait arnaquer s'il essayait de vendre sa montre à minuit passé. Antonin la céda contre dix livres en billets chiffonnés et deux barrettes de shit. Le spectre de maman Hofa poussa un cri terrible. Le dealer qui accrocha la montre éternelle à son poignet tatoué s'appelait Gaby, avait le visage maquillé, des boucles d'oreilles en forme de scorpions et laissait entrevoir la proche explosion du punk et du militantisme homosexuel. Sa compagne était plus âgée que lui, s'appelait Valérie Solanas, avait rédigé le manifeste du SCUM, Society for Cutting Up Men, le groupe féministe qui voulait les couper aux hommes et venait de tenter d'assassiner Andy Warhol au mois de juin dernier. Sa caution se montait à cinquante mille dollars, elle était en liberté surveillée et n'avait naturellement aucun droit de quitter les Etats-Unis pour Londres ou ailleurs. Gaby ou les hôpitaux psychiatriques la maintenaient sous influence d'une chimiothérapie lourdement incapacitante. Orlando baignait dans l'underground politique avec un ravissement enfantin. Le dealer ne crut naturellement pas un seul instant que la montre d'Antonin fût éternelle et fonctionnât selon le principe des densités synergiques. Le modèle lui plaisait, Jodie aussi, et il voulait faire une partie carrée avec Valérie Solanas. Les nuits londoniennes continuaient à être une avancée sur l'océan des cultures occidentales. Antonin fut surpris d'y trouver en germe tout ce qui allait forger le Grand N'importe Quoi du XXIe siècle. Les caves des marginaux britanniques ressemblaient finalement assez à celles de son propre immeuble. A l'exception de la marginalité qui s'y portait encore comme un flambeau... Le combat dérisoire des *Mods* et des *Rockers*, des enfants d'une *middle-class* exsangue contre ceux d'un prolétariat *sans-issue*, n'était déjà plus au goût du jour. Le monstre hybride du punk se profilait. Il allait durer plus d'un siècle, résistant à tous les enterrements. Le spécialiste du libanais rouge, avec son crâne blond rasé et ses boucles d'oreilles, mariait *ante festum* les derniers avatars de la génération promotionnelle des « psychédéliques » avec celle des « skinheads », définitivement champions du *No Future*. L'histoire, comme toujours, progressait dans les souterrains, entre les mains de gosses qui sniffaient de la colle et inhalaient des quantités industrielles de marijuana.

« Valérie adore les petits gros et ta Jodie a une bouche à tailler des plumes cosmiques, murmura le dealer. Y a un matelas à quatre places dans ma planète. »

Le dealer parlait toujours en murmurant. Les Hors-Jeu parlaient aussi comme ça. Antonin avait un bloc de glace à la place de l'estomac. Jodie en était à son cinquième joint et ne semblait pas très branchée sexe. Elle trouvait à Orlando un air de famille avec Che Guevara, ce qui prouvait qu'elle n'avait pas une vue fameuse et que le libanais rouge était essentiellement hallucinogène. Valérie Solanas regardait Antonin comme une hyène observe une charogne qu'une tribu de félins s'apprête à abandonner. Il était infiniment peu probable que l'égérie des gouines rouges s'intéresse aux partouzes, et encore moins à Antonin. Il y avait quelque chose de malsain et d'incroyablement déterminé dans ses minuscules yeux marron balayés par une frange de cheveux châtains. Elle parut brusquement s'éveiller et décrocha un téléphone Mickey qu'on avait grossièrement maquillé et affublé d'une énorme paire de seins en chewing-gum rose. Elle composa un numéro international. Le dealer s'obstinait à écouter le très approximatif *Hush* de Deep Purple et Antonin commençait à se sentir assez franchement mal. Quelque chose n'allait pas entre son foie saturé d'alcool et le libanais rouge. Cela faisait combien de jours qu'Antonin ne vivait que des nuits ?

« Ecoute-moi, connard ! hurlait Valérie. Je sais qu'Andy est là. Dis-lui que j'vais revenir lui régler son compte. Il me doit du pognon ! Je vais revenir et je le louperai pas. Ouais ! Je veux passer dans le show de Johnny Carson ! Je veux que mon livre soit publié dans le *Daily News !* Ouais ! Passe-moi Andy, connard ! »

La communication fut coupée. Valérie gifla le Mickey travesti et retomba aussitôt dans un état de profonde torpeur.

« Ce qui la rend dingue, c'est pas cette histoire de fric, expliqua Gaby d'une voix lasse. C'est d'avoir raté Warhol dans un placard alors que Shiran-Shiran, deux jours plus tard, descendait Bob Kennedy à bout portant au milieu de la foule. Pub et balistique. »

Trafic tétait avec gourmandise un joint monumental.

« Qu'est-ce qu'il y a comme concerts importants ces prochains jours ? »

Orlando venait de se rapprocher. Le dealer attendait toujours une réponse d'Antonin.

« Quoi ?

– Les concerts ?

– Ah oui... T. Rex, demain au...

– Quoi d'autre ? abrégea Orlando qui était déjà au courant.

– Jethro Tull au Royal Albert Hall.

– Peut-être.

– Flock au...

– Non.

– Dis, j'vends pas de billets. »

Orlando désigna d'un geste large le son qui bourdonnait dans la cave.

« Et eux ? Ils passent où et quand ?

– Deep Purple ? J'en sais rien... »

Le dealer se tourna vers Antonin.

« Mec, faut arrêter de planer. Valérie te fait pas bander ?

– Les Beatles, les Rolling Stones, les Who, ils passent bien quelque part ?

– T'aurais pas quelque chose à boire ? » intervint Trafic, l'œil nébuleux.

Un tic nerveux agitait les joues du dealer. Il se tourna vers Valérie Solanas.

« Mais d'où ils sortent, ces mecs ?

– D'où vous sortez, les mecs ? demanda Valérie

– Du grand futur, pouffa Trafic.

– Putain... », soupira le dealer.

Jodie achevait la première barrette d'Antonin. Elle était complètement stone et les pétards prenaient des formes approximatives.

« Alors, Brando, on se la fait cette partie de jambes en l'air ?

– Il est malade », déclara Orlando.

Les lèvres d'Antonin étaient scellées. Le tressautement de ses paupières devenait essentiellement pénible. L'adolescent conclut sans déplaisir qu'il n'allait plus tarder à vomir.

« Merde... Tirez-vous, soupira le dealer en agitant ses bracelets.

– Je peux rester ? demanda Jodie.

– T'as vraiment rien à boire ? »

Orlando soulevait Antonin. Le dealer avait un fond de bourbon trouble et tiède. Jodie n'était plus dans la course. La pluie glaciale fit un bien fou à Antonin.

« Pour ta première baise, tu viens de louper l'occasion de te sauter deux nanas, murmura le loup-garou. Et sans doute aussi de te faire enculer...

– Jodie..., souffla Antonin.

– C'est ça qui doit plaire à Solanas... Voir un puceau comme toi se faire enculer. Son junk, c'est un clébard. Il doit avoir une queue fantastique. Elle aurait sûrement essayé de te châtrer pendant que son clebs à boucles d'oreilles te défonçait le cul.

– Arrête tes conneries, hoqueta le garçon.

– "Tout ce que les hommes touchent se transforme en merde"... C'est pas moi qui l'ai inventé. Si ta Jodie reste avec cette chiotte humaine, c'est qu'elle est conne comme un bidet. »

Le visage d'Antonin prenait des couleurs improbables. Orlando lui glissa un bras sur les épaules.

« Tu sais ce qui me gênait le plus quand je regardais cette nana ? Je me disais : Tu sais quand et de quoi elle va mourir. Comment peut-on parler à quelqu'un dont on connaît la date et les causes de la mort ? Laisse tomber tous ces fantômes, Tonino. On va retrouver Anita et elle nous pompera tous les trois. »

Trafic lâcha un rire extatique. Le taxi noir se rangea près du trottoir.

« Epsom, ordonna Orlando.

– J'espère que votre copain ne va pas dégueuler sur ma banquette », grogna le chauffeur.

Ce qui fut aussitôt fait...

9.

Le Bed and Breakfast ne coûta que six livres et la maison de la famille Page était une maison de brique rouge parmi d'autres maisons de brique rouge. Deuxième matinée à Epsom. Malgré Anita Belon, la ville était encore debout. Antonin avait rendu tripes et boyaux dans le lavabo de la délicieuse Mme Beefcake et, au matin, l'impression d'avoir dormi dans une essoreuse... Il se sentait formidablement confus. Trafic avait retrouvé son punch. Il se déclara satisfait de vivre enfin un jour qui ne fût pas une nuit. Orlando se liquéfiait au fur et à mesure qu'il approchait de la triste maison des Page. Il y avait des fleurs rouges aux fenêtres du rez-de-chaussée et un voile de dentelle qui descendait jusqu'à mi-carreaux.

« On se demande..., murmura Trafic.

– Qu'est-ce qu'on se demande ?

– Comment on devient Jimmy Page en grandissant là-dedans. »

Orlando évita de demander à Trafic dans quelles conditions il pensait que les guitaristes de rock devaient s'épanouir. Le loup-garou s'approcha de la porte. Le nom des Page était gravé sur la boîte aux lettres.

« J'ai l'impression que je vais m'évanouir. »

Antonin réprima un sourire. Dans la bouillie d'angoisse qui inondait son cerveau, il y avait encore des choses drôles. Le loup-garou était pétrifié de trac.

« Peut-être qu'on ne devrait pas arriver à trois, comme ça... », chuchota-t-il.

Il était un peu tard. Un coin de rideau venait de se soulever, découvrant un visage lunaire.

« Ce serait pire de renoncer », déclara Trafic.

Orlando hocha la tête. Le coin de rideau retomba, un verrou claqua et la porte s'ouvrit sur une toute petite bonne femme souriante. Le loup-garou avait le doigt sur la sonnette.

« Oh ! vous êtes les copains de James ! s'exclama la petite bonne femme. Entrez, votre amie vous attendait. »

Antonin et Trafic échangèrent un regard stupéfait. Anita Belon était installée sur un sofa, devant une tasse de thé au lait et des petits gâteaux secs, et maman Page était une dame admirable. Elle prépara du thé et sortit d'autres gâteaux pour tout le monde.

« Je savais que vous finiriez par arriver ici, expliqua Anita. Où sont les autres ?

– Repartis.

– Repartis ? Tu veux dire...

– Oui. 42 les accompagne. Mais il aurait dû nous rejoindre au Marquee. »

Il y aurait un temps pour les explications. Anita n'en exigea pas davantage. D'apprendre qu'une bonne moitié de la bande était repartie au XXIe siècle sans elle ne semblait pas la bouleverser. Orlando désigna la cuisine d'où provenait des bruits de casseroles et une exquise odeur de pain chaud.

« Qu'est-ce que tu lui as dit ?

– Nous sommes de vieux amis de Jimmy. Je veux l'inviter pour notre anniversaire commun. Je suis née un 8 janvier, moi aussi. »

Anita n'improvisait pas si mal. Jimmy aurait vingt-quatre ans dans quelques semaines. Avions-nous des têtes à avoir cet âge-là ? Maman Page paraissait y croire. Elle revint avec un plateau chargé de pains troués et de beurre fondu. Il s'agissait essentiellement de faire couler le beurre dans les trous.

« Vous n'avez pas de chance. James est reparti avant-hier pour les Beaux-Arts. Il a changé de studio et on ne lui a pas encore installé le téléphone. »

Ça n'était pas forcément de la malchance. Les petits pains au beurre étaient fantastiques.

« Nous lui ferons la surprise, annonça Anita, la bouche pleine.

– Ça lui fera sûrement plaisir. »

Antonin regarda autour de lui. Une goutte de beurre chaud coula sur son menton. Il décida qu'il aurait aimé vivre ici.

« Excusez-moi... James ne joue pas de guitare ? »

Orlando était impatient de savoir. Maman Page parut surprise par la question.

« De la guitare ? Grands Dieux, non ! James est un peintre admirable et ses mains sont précieuses. Pourquoi jouerait-il de la guitare ? »

Il était inutile d'expliquer à maman Page que, dans un continuum voisin, son rejeton était devenu le plus grand guitariste de l'histoire du *heavy metal*. Orlando était un peu trop pâle.

« Vous ne lui avez pas offert une guitare pour ses treize ans ? » insista le loup-garou.

Antonin n'avait jamais bu de thé au lait. Il en conclut dès la première gorgée qu'il n'avait rien manqué. Trafic ne touchait pas à sa tasse.

« Une guitare ? Vous êtes sûr ?

– Je ne sais pas.

– Ah oui, effectivement. C'est son père qui avait eu cette idée. James l'a cassée dès le premier jour. »

Orlando ne respirait plus. Jimmy avait cassé l'objet dont dépendait sa destinée... Maman Page montra ensuite aux invités deux toiles de son fils préféré. Elle n'exagérait pas. Jimmy Page était un peintre sensationnel. Muni de l'adresse de Jimmy, Orlando voulut partir. Il faisait de visibles efforts pour ne rien laisser paraître de son malaise. Sa superbe santé vacillait. Son regard brillait d'une mauvaise fièvre et Antonin eut même l'impression que les joues du loup-garou se creusaient, que ses mains tremblaient lorsqu'il tenait quelque chose. Epsom ressemblait à un cimetière rempli de mausolées de brique rouge...

« Je veux savoir ce qui s'est passé..., murmura Orlando.

– Casser une guitare, ce sont des choses qui arrivent, non ? minauda Anita.

– Ça n'aurait pas dû arriver ! » rugit le loup-garou avec une expression terrible.

Les kids comptèrent leur fortune. Quatre livres à Antonin, trois à Orlando et deux à Anita qui ne voulut pas expliquer comment elle se les était procurées. Neuf livres. Et il ne restait plus grand-chose à vendre. Le moyen terme n'entrait pas dans les préoccupations d'Orlando. Cela faisait assez pour prendre un taxi et se rendre à l'adresse de Jimmy Page. Le reste importait peu. Anita regarda Antonin.

« Ça ne s'arrange pas, on dirait ?

– Il a dégueulé toute la nuit, gloussa Trafic.

– Génial... », soupira Anita.

Aucun taxi à l'horizon. Ils se mirent à marcher. Il ne pleuvait pas encore tout à fait.

« Et toi ? Pourquoi tu t'es tirée de la Buick, au fait ?

– Je n'arrive pas à me souvenir », fit Anita en secouant la tête.

Elle fit mine de réfléchir, haussa les épaules et glissa ses mains sous les bras d'Antonin et Trafic.

« On s'en fout, décida-t-elle. L'essentiel, c'est d'être ensemble. Vous êtes tous des flippés, mais vous m'avez manqué. »

La température d'Antonin grimpa de deux degrés.

Il y avait un taxi devant la gare d'Epsom et probablement des trains pour Londres.

Dans le taxi qui roulait un peu trop à droite, Orlando esquissa d'une voix blanche le compte imaginaire de ce qui subsistait de Led Zeppelin. Jimmy Page aux Beaux-Arts, peintre d'avenir. Robert Anthony Plant devait moisir, comme son père, dans un bureau d'expert-comptable du côté de Birmingham. Mais qu'avait-il cassé, lui ? Pas sa voix quand même... John Baldwin, John Paul Jones, était fils de musicien mais peut-être se produisait-il encore à l'église, lors de l'office du dimanche ? Quant à John Henry Bonham, Orlando n'osa même pas l'évoquer. S'il tapait, c'était sans doute davantage sur des charpentes que sur une batterie.

« Peut-être que le bug ne concerne que Jimmy Page ? » avança Antonin.

Orlando hocha la tête. Ça n'était pas impossible. Il n'avait pas demandé à Peter Grant s'il connaissait Plant, Jonesy et Bonham. Et Led Zeppelin ne pouvait pas exister sans Page. Que les trois autres soient devenus malgré tout des musiciens ne changeait finalement pas grand-chose...

Le taxi s'arrêta devant un vieil immeuble de style victorien. Orlando paya et recommença à pâlir. Le loup-garou n'était plus qu'à quelques mètres de son idole... La rue était sympathique et abritait luthiers, bouquinistes et galeries. En face de l'immeuble, un homme à la moustache biscornue repeignait la vitrine d'un pub fermé. Londres ne perdait pas ici ses dominantes rouges. Jimmy Page paraissait avoir exclu cette couleur de ses peintures.

« On monte à quatre ? demanda Trafic.

– Je n'ai pas fait plus de cent ans pour attendre dans la rue », protesta Anita.

Personne ne souligna qu'elle n'avait pas tout à fait volontairement franchi ce siècle. Jimmy Page habitait au sixième étage et était absent. Orlando se détendit légèrement.

« Je serai mort de soif avant que ce truc-là n'ouvre », annonça Trafic en désignant le pub sur lequel l'homme à moustache dessinait laborieusement un ange avec une chope de bière à la main franchissant un océan.

« On devrait pouvoir trouver une épicerie, ajouta Anita.

– Je ne bouge pas d'ici. »

Inutile d'essayer de convaincre Orlando. Il était là où Jimmy Page devait forcément passer et n'entendait pas en bouger. Trafic hésita. Leurs précédentes séparations n'avaient pas été concluantes.

« On ne peut pas se perdre ! s'énerva Orlando. Je serai ici ou là-haut. »

Il montra les grandes baies vitrées du sixième étage.

« Je reste avec Orlando », décida Antonin.

Le loup-garou lui jeta un regard surpris.

« D'accord. A tout à l'heure », termina Anita en prenant Trafic par le bras.

Antonin les regarda s'éloigner. Anita Belon avait une démarche redoutablement érotique. Le garçon étouffa un soupir.

« Tu l'as sautée ? »

Orlando parut stupéfait.

« Qui ?

– Anita. Quand tu as disparu avec elle pour soigner son épaule... »

Le loup-garou sembla sur le point de se fâcher. Il se ravisa, secoua la tête et se fendit d'un éclatant sourire.

« Je ne baise ce genre de nana que les nuits de pleine

lune. Et encore... Quand je n'ai vraiment rien d'autre à me mettre.

– Tu plaisantes ?

– Oui. Je ne l'ai pas sautée, comme tu dis. »

Antonin hocha la tête. Il ne savait pas s'il était soulagé ou non. Le regard intense du loup-garou l'indisposait.

« Je ne comprends pas pourquoi tu n'es pas reparti avec 42.

– J'avais l'intention de me suicider la nuit de mon anniversaire. »

Le loup-garou resta un instant silencieux. Son teint plus pâle soulignait encore son inquiétante beauté.

« Tu crois que c'est une forme de suicide ? Et continuer à vivre, ce n'est pas le meilleur moyen de ne pas se rater ? »

Antonin haussa les épaules.

« Il y a des urgences... et les problèmes ne changent pas vraiment. »

Il n'en dressa pas la liste. Il venait d'apercevoir à l'autre bout de la rue un autre jeune homme très pâle, les cheveux longs, un costume de velours noir et un foulard crème autour du cou. James Patrick Page marchait vers eux. Orlando suivit le regard de son compagnon et se pétrifia. Son cœur dut sauter quelques mailles. Antonin crut que Jimmy Page allait passer devant eux sans que le loup-garou n'esquisse le moindre geste pour l'intercepter.

« James Page ? »

Jimmy se retourna vers les ados. Sa peau était diaphane, ses traits d'une incroyable douceur. Il ressemblait à un enfant malade.

« Oui ?

– Nous avons vu deux de vos peintures chez votre mère... »

Jimmy Page se déplaçait au ralenti. Seuls ses yeux ne parvenaient pas à rester en place et glissaient alternativement d'Orlando à Antonin.

« Comment va-t-elle ?

– Très bien. »

Il hocha la tête. Ses boucles brunes masquèrent un instant

son visage. Le cœur d'Antonin battait à un rythme dangereux. Celui d'Orlando ne devait plus battre du tout.

« Nous voulions vous rencontrer... »

Jimmy Page était le négatif de Peter Grant. Il était maigre et aimable. Un gentilhomme aux manières désuètes et au sourire désarmant. A tel point qu'Antonin se demanda s'il avait réellement devant lui le monstre qui allait électrifier les scènes du monde entier. Jimmy invita les deux adolescents à monter dans son appartement. Il venait d'emménager et s'excusa du désordre qui y régnait. Le jeune peintre habitait un loft flanqué d'une cuisine tout en longueur. Un redoutable capharnaüm encombrait le plancher. Jimmy avait encore en commun avec son fantôme guitariste le goût des choses anciennes, des formes alambiquées et du style « nouille ». Il dégagea deux caisses et proposa aux garçons de s'y asseoir. L'admiration d'Orlando n'était naturellement pas feinte mais elle semblait disproportionnée. Jimmy s'en étonna.

« Mon travail vous impressionne à ce point-là ?

– Oui. »

Orlando détourna les yeux et regarda un petit meuble vitré sur lequel reposaient deux candélabres fleuris de bougies noires. Dans le petit meuble, de très vieux ouvrages sur la magie en général et Aleister Crowley en particulier... La musique n'était donc pas à l'origine de la passion de Jimmy pour l'occultisme. En revanche, Orlando n'apercevait nulle part d'instruments, de disques ou de pick-up.

« Vous n'aimez pas la musique ? » bredouilla le loup-garou.

Les yeux de Jimmy s'arrondirent.

« La musique ? Pourquoi n'aimerais-je pas la musique ?

– Quel genre de musique aimez-vous ? »

Jimmy Page restait passablement étonné.

« Mozart, essentiellement... », laissa-t-il tomber.

Et l'enclume tomba précisément sur la tête d'Orlando. Jimmy Page aimait Mozart essentiellement. Les phalanges du loup-garou craquèrent. Antonin prit le relais.

« Et le rock'n roll ? »

La bouche de Jimmy composa une moue délicieuse.

« Il m'arrive d'en entendre. C'est un peu frustrant, non ? »

Orlando fronça ses sourcils épais.

« Frustrant ?

– Il y a quelque chose d'aberrant dans le fait d'écouter du rock'n roll, expliqua doucement Jimmy Page. C'est une musique de... »

Il hésita sur le mot.

« ... soulèvement ? » proposa-t-il enfin.

Il ne sembla pas vraiment satisfait de son explication.

« Et puis il y a beaucoup de choses sans intérêt. Mais je suppose que c'est la malédiction de tout grand mouvement artistique que d'être éternellement rependu. »

Orlando était frénétiquement d'accord. Il y avait une toile inachevée sur un chevalet, près de la baie vitrée. L'esquisse représentait un vieil homme brisé sous la charge d'un monstrueux fagot.

« Je ne suis pas non plus très content de ça », commenta Jimmy Page, surprenant le regard du loup-garou.

Orlando se racla la gorge. Antonin sentit qu'il allait mettre les doigts dans la plaie.

« Que s'est-il passé le 8 janvier 1957 ? »

Les yeux toujours à demi fermés de Jimmy s'agrandirent.

« Le 8 janvier... Je suppose que c'était mon anniversaire. Pourquoi cette question ?

– Votre père ne vous avait pas offert une guitare ? » insista Orlando.

Jimmy tressaillit.

« Comment savez-vous ça ?

– Je vous en prie, avez-vous eu une guitare ce jour-là ? »

Une ombre apeurée traversa le regard du peintre. Il se tourna une seconde vers le petit meuble vitré.

« Oui.

– Comment l'avez-vous cassée ? »

Jimmy lissa sa chevelure. L'événement ne lui rappelait visiblement pas de très bons souvenirs.

« Je ne l'ai pas cassée..., murmura-t-il.

– Qu'est-ce qui s'est passé ? » l'encouragea Orlando.

Le loup-garou y allait peut-être un peu fort. Les mains de Jimmy Page tremblèrent légèrement.

« C'est curieux que vous me rappeliez ce souvenir. J'ai eu du mal à l'oublier. C'était une guitare espagnole, sans valeur, mais j'étais fou de joie. Après le goûter d'anniversaire, je suis sorti pour la montrer à un copain qui habitait trois maisons plus loin... »

Sa voix s'étrangla. Il releva la tête et chassa une mèche sur son front.

« Mais pourquoi voulez-vous savoir ça ? Ça n'a aucune importance.

– Je vous assure que si. »

Le ton d'Orlando était trop sincère et dramatique pour que Jimmy le mette en doute.

« Un type énorme avec un chat sur l'épaule est sorti d'une grosse voiture rouge, raconta précipitamment Jimmy. Il s'est précipité sur moi, m'a jeté par terre et a brisé la guitare en morceaux. Il l'avait prise par le manche et il tapait comme un dément sur le mur, sur le trottoir. J'ai cru qu'il allait me tuer. J'ai cherché à protéger ma tête. Quand je me suis relevé, le type énorme était parti et ma guitare était en miettes. Je n'ai même pas osé raconter ça à mes parents et je me suis fait engueuler. Voilà. »

Orlando restait la bouche ouverte, tétanisé.

« Vous vous souvenez du type énorme ? » demanda Antonin.

La réponse était évidente.

« Il a habité mes cauchemars pendant dix ans et il m'arrive de le revoir. A chaque fois que je suis malade. Je ne risque pas de l'oublier. Il ressemblait à un géant chinois et... »

Il marqua une nouvelle pause et secoua la tête.

« C'est ridicule..., soupira-t-il.

– Un géant chinois ?

– Il récitait des chapitres de la Bible, je crois, et il faisait des bruits bizarres avec son ventre. Le chat n'avait pas l'air très normal non plus.

– One For Four..., souffla Orlando.

– Pardon ? »

Le loup-garou se dressa, halluciné, les veines du cou incroyablement gonflées.

« Orlando...

– Saloperie de robot de merde ! aboya le lycanthrope. Je vais lui faire bouffer sa mémoire, fondre ses circuits !

– Qu'est-ce qu'il dit ?

– Rien. Orlando, arrête !

– J'vais le démonter, l'éparpiller, le transformer en presse-purée !

– Il parle de qui, là ?

– De personne. Orlando, s'il te plaît... »

Antonin secoua le loup-garou qui hurlait ses injures au plafond de l'atelier d'artiste. Jimmy Page commençait à regarder un peu trop souvent en direction de la porte. Orlando était dans un état de fureur ahurissant.

« Qu'est-ce qu'il a pris ? » demanda Jimmy.

Orlando se jeta aux pieds du peintre.

« Jimmy, il faut me croire. Si ce... ce géant chinois n'avait pas brisé votre guitare, vous seriez devenu un monument du rock'n roll, un guitariste légendaire ! »

Orlando avait perdu toute mesure. Antonin renonça à le calmer.

« Vous auriez formé un groupe baptisé Led Zeppelin qui a pulvérisé les records de vente et d'affluence. On vous écoute encore cent ans plus tard. C'est de là que nous venons. De votre futur. Et le géant chinois faisait partie de notre bande. »

Le jeune homme très pâle regardait le loup-garou agenouillé. Jimmy secoua la tête.

« Je ne sais pas ce que vous avez fumé, mais ça a l'air fort.

– Il dit la vérité, intervint Antonin. C'est un peu brutal, mais c'est la vérité. »

C'est à peu près à cet moment-là qu'on sonna à la porte.

Jimmy se leva lentement pour aller ouvrir. Il regarda Trafic et Anita pétrifiés sur le seuil de son atelier.

« Vous êtes avec les deux autres. »

C'était une affirmation. Trafic la confirma d'un hochement de tête.

« J'suis tombé sur un nid... », murmura Jimmy Page en s'effaçant pour laisser entrer les arrivants.

Trafic regarda le loup-garou toujours agenouillé, les tempes luisantes de sueur.

« Il lui a tout dit, expliqua Antonin.

– Ah..., commenta Trafic.

– Et il me prend pour un fou ou pour un camé », gémit Orlando.

Anita se tourna vers le peintre. Elle était impressionnée mais Jimmy Page feignait très bien de ne pas la trouver sensationnelle.

« Vous ne nous croyez pas ? »

Jimmy caressa son foulard du bout des doigts.

« Je n'ai pas tout à fait dit ça, mais qu'est-ce que ça change ? Après tout, pourquoi pas ? Vous venez du futur. D'accord. Mais je n'ai jamais eu envie de devenir un guitariste de rock'n roll. Ni hier ni aujourd'hui. Et probablement pas demain, à moins qu'un autre géant chinois ne surgisse du néant pour me faire avaler une Gibson.

– Un géant chinois ? s'étonna Anita.

– OFF a pris la Buick, a trafiqué le programme musical pour remonter jusqu'en 1957 et y réduire en miettes la première guitare de Jimmy, résuma Antonin.

– Merde..., commenta encore Trafic.

– Si ça ne vous ennuie pas, j'aimerais que vous partiez, demanda doucement Jimmy. Je ne me sens pas très bien. »

Trafic se redressa, gonfla la poitrine et récita lentement :

Been dazed and confused for so long it's not true ;
Wanted a woman, never bargained for you.
Lots of people talkin', few of them know ;
Soul of a woman was created below.

Les yeux de Jimmy s'arrondirent tout à fait. Le jeune loup-garou lâcha un soupir tandis qu'une étincelle de fou rire scintillait dans son regard.

« Ça lui prend souvent ? demanda le peintre.

– Ce sont les paroles d'un titre du premier album de Led Zeppelin, insista Trafic.

– Il ne les a pas écrites..., fit Orlando.

– C'est signé Jimmy Page ! s'insurgea Trafic.

– Oui, mais l'auteur est Robert Plant. Il était encore sous contrat avec une autre boîte.

– J'pouvais pas deviner... », grogna Trafic.

Jimmy regarda les quatre jeunes gens, l'un après l'autre.

« Votre numéro est parfait.

– Je vous jure qu'il ne s'agit pas d'un numéro. »

Jimmy Page n'était pas convaincu. Il expliqua qu'il lui arrivait d'écrire des choses comme *Dazed and confused* qu'il consignait sur un cahier d'écolier. Il souffrait parfois d'insomnie et ne peignait qu'à la lumière du jour. Il lisait la plupart du temps et rédigeait rarement de bien médiocres poèmes. Il s'en excusa et répéta son envie d'être seul.

« Vous accepteriez de me laisser lire vos textes ? » demanda Orlando.

Jimmy rejeta ses cheveux en arrière. Il paraissait fatigué.

« Je ne crois pas avoir envie de faire ça, soupira-t-il. A moins que vous n'ayez l'intention de faire publier mes poésies dans le futur... »

Il accorda son dernier et triste sourire.

« Il faudrait que les éditeurs fussent devenus aveugles. »

La porte était ouverte et Jimmy Page, le jeune peintre d'avenir, serra quatre mains anéanties.

L'absence de 42 devenait donc moins énigmatique. OFF avait disjoncté et décidé, dans sa tête folle, que l'anéantissement de Led Zeppelin pouvait annuler tout ce qui s'était passé depuis cette nuit d'anniversaire. Il avait surveillé 42 lorsqu'il avait introduit le live des Redemption dans le programme de la Buick et appris les manipulations qu'il fallait faire. Le reste n'était que mécanique. Se débarrasser de 42 et des autres, voler la Buick Electra, bondir d'un siècle vers un concert quelconque de Led Zep, se procurer un disque live antérieur, le brancher et remonter le temps jusqu'au 8 janvier 1957, dans une rue d'Epsom. Le plan du robot fou n'avait pas fonctionné. Led Zeppelin avait été rayé de l'histoire mais les quatre adolescents n'avaient pas réintégré leur époque... One For Four devait s'en être rendu compte et avoir inventé une nouvelle technique. Il restait un androïde dément qui se baladait dans le temps au volant d'une somptueuse Buick rouge, quatre jeunes gens paumés dans le Londres de 1968 et 42-Crew quelque part en train d'essayer de réparer les dégâts. Orlando respirait fort.

« Je vais le fumer, répétait-il. Je vais le fumer. »

Ce qui était une curieuse formule. Elle concernait évidemment le robot fou. Le pub était toujours fermé. La bande des quatre quitta le quartier des artistes. Antonin réfléchissait et arrivait à des conclusions désastreuses. Il décida de les partager.

« C'est idiot de chercher un concert où 42 va peut-être atterrir. A sa place, je me débrouillerai pour arriver avant le 10 décembre pour nous rejoindre devant le Marquee.

– Ah..., fit simplement Trafic dont le vocabulaire paraissait se restreindre au fur et à mesure que son taux d'alcoolémie fléchissait.

– Ce n'est pas si simple de trouver des vieux disques, déclara Anita. Ma sœur a cherché un album du Blue Oyster Cult pour l'offrir à son mec. N'importe quel album. Elle n'en a même pas trouvé un chez les Hors-Jeu. »

Anita avait donc une sœur. Une sœur qui fricotait avec un type qui aimait Blue Oyster Cult. Ça ne faisait pas vraiment avancer les choses.

« 42 n'a peut-être rien trouvé en amont de suffisamment proche du concert du Marquee », proposa Trafic.

Il y avait environ une tonne de peut-être. Et pas grand-chose d'objectif. Sinon un robot fou qui remontait le temps au volant d'une Buick rouge et qui, sans doute, allait chercher à remettre la main sur les quatre adolescents...

Trafic avait acheté une bouteille de Jack Daniel's pendant qu'Anita volait dans la vitrine des mignonnettes d'alcools divers. Orlando rattrapa le temps perdu en sifflant trois ou quatre de ces petites bouteilles colorées.

« Jimmy Page ne m'a pas déçu », affirma-t-il en acceptant une dernière gorgée de Jack Daniel's.

Il y avait beaucoup de vieux Anglais dans ce quartier de Londres. L'un d'eux regardait les jeunes gens vider les bouteilles en essayant de paraître consterné. Trafic sortit encore un rouleau de papier de sa veste. L'affiche annonçait un concert des Who pour dans trois jours à l'Empire Pool de Wembley. Deux ans avant leur fameux concert de Leeds. On ne savait pas très bien pourquoi mais les Hors-Jeu appréciaient les Who. Vers la fin de sa vie, sourd comme une lampe-torche, Peter Townshend avait écrit des choses essentielles sur le rock'n roll et les années 70. Trafic partageait avec les Hors-Jeu l'amour du groupe de Townshend. 42 le savait et avait pu, à défaut de Led Zeppelin au Marquee, choisir ce rendez-vous. Ça paraissait de toute façon plus crédible que Bolan au Lyceum. La bouteille de Jack Daniel's avait vécu. La fortune de la bande s'élevait à 1 livre, une barrette de shit, quelques fringues et autres colifichets sans valeur. Les trois jours qui séparaient les kids de l'Empire Pool et des Who ne s'annonçaient pas grandioses.

« On aurait dû essayer de taper Jimmy », constata Anita.

Orlando la fusilla d'un battement de paupières. Les jeunes gens s'installèrent dans un de ces lacs de verdure autour desquels Londres paraît avoir été bâti et attendirent l'heure de T. Rex. Avec l'alcool, le moral était revenu à Trafic.

« C'est quand même marrant d'être ici sans pognon alors que des tas de mecs donneraient une fortune pour être à notre place. »

Dans sa tête de magouilleur devaient germer les fondations d'une agence de voyages organisés. « Visitez les sixties à bord d'une Cadillac Eldorado » ; « Promo sur les seventies et Woodstock »... La dernière livre suffit à acheter quatre club-sandwiches débordant de tomate et de salade verte. Ils mangèrent lentement en regardant défiler des colonnes de jupes plissées, de blazers noirs et de gilets rouges. Au-delà du monstre d'angoisse qui sommeillait en eux, les adolescents du futur savouraient des tas d'impressions délicieuses...

10.

42-Crew n'était pas devant le Lyceum. Antonin Hofa ne se sentit pas particulièrement désappointé. Il venait d'apercevoir sa queue de cheval préférée. Valérie Solanas et le dealer amateur de parties carrées ne l'accompagnaient pas.

« T'es parti avec le teush, fit aussitôt Jodie en reconnaissant Antonin. Il t'en reste ? »

Antonin avait déjà une main dans sa poche. Orlando le devança.

« Oui, il nous en reste. C'est même tout ce qui nous reste pour tenir trois jours. »

T. Rex attirait des nuées de jeunes gens étranges. L'ambiance était très cool, presque mystérieuse aussi. Il y avait quelque chose qui planait autour de ce groupe. Antonin n'ignorait pas la mort prématurée de Marc Bolan. Le groupe s'appelait encore officiellement Tyrannosaurus Rex et faisait débarquer le glamour dans la marmite agitée du rock'n roll. Ils en étaient à *My people were fair and had sky in their hair but now they're content to wear stars on their brows*. Dans deux ans, ils feraient exploser les charts avec *Hot Love* et *Get it on*. Un peu plus tard, Bolan mourrait. L'idée d'aller voir des jeunes filles se pâmer devant un type qui n'allait plus tarder à disparaître ne plaisait pas beaucoup à Antonin.

« On ne sait pas où dormir, insista Orlando.

– Oh... Gaby est parti en Hollande avec Valérie. Il m'a laissé sa cave. Vous pouvez venir si vous voulez. Il y a des tas de matelas. »

Jodie avait dû en essayer quelques-uns. Ça ne l'avait visiblement pas traumatisée. Antonin regarda le flot de joues délicatement strassées, de bouches peintes, de regards soulignés, de pantalons à pattes d'éléphant et de bracelets tintinnabulants qui s'écoulait à côté de lui pour confluer vers l'entrée du Lyceum. Il regretta sa combinaison miroir. Il observa aussi Jodie et décida que l'amour en groupe ne salissait décidément rien. Jodie et Anita étaient intensément resplendissantes. Antonin sortit de sa poche la casquette des rebelles de Taiwan et la vissa énergiquement sur son crâne. Orlando lui jeta un coup d'œil surpris.

« Qu'est-ce que ça représente ? s'étonna Jodie en désignant le micro-ordinateur fendu d'un coup de hache.

– Tu ne vivras jamais assez longtemps pour le comprendre », pouffa Anita.

Un peu plus loin, Trafic était planté devant une affiche représentant la silhouette solarisée de Marc Bolan devant un amplificateur géant. Antonin se demanda s'il allait vraiment passer trois jours sur les matelas souillés de Gaby le dealer...

« Qu'est-ce que ça veut dire : “Je ne vivrai jamais assez longtemps pour le comprendre” ?

– Ça ne veut rien dire du tout, intervint Orlando. T'as des exos pour le Lyceum ?

– Non. Vous n'avez vraiment plus de fric ? »

Le loup-garou se tourna vers Antonin. D'une voix étonnamment douce, il expliqua :

« Pour ton anniversaire, j'aurais pu t'offrir le 10 octobre 1969 à Paris. Concert ordinaire mais les Français venaient juste de décider de politiser le rock et d'entrer gratuitement en force dans les salles. J'aurais voulu t'offrir Jean-Paul Sartre au palais des Sports, en avant-première des Rolling Stones qui ne comprenaient rien, le Châtelet entièrement détruit par les fans de Mott The Hoople et du Grand Funk

Railroad, Vive La Révolution acclamant Ten Years After après avoir envoyé plus de cent C.R.S. à l'hôpital et Alvin Lee aveuglé par l'éclat des grenades qu'il prenait pour des flashes, les communistes privant tout un département d'électricité pour empêcher les Who de jouer plus de trois heures et de déclencher une émeute... Je t'aurais emmené aux premiers rangs d'Altamont, cette nuit où l'Amérique tout entière se cherchait un abri pour ne pas ressembler à Nuremberg. Et les Stones qui ne comprenaient toujours rien. Tu te serais endormi dans cette boue des festivals qui se transformait en lave l'espace d'une heure, d'un accord, d'un hurlement. La boue des corps et des âmes enchevêtrés sur la paillasse de l'utopie. Tout ça et Led Zeppelin, du premier au dernier concert, celui de Philadelphie, celui du Band Aid, où des dizaines de milliers d'hommes et de femmes avaient ressorti leurs oripeaux des années de flammes, calé leurs enfants sur leurs épaules et étaient venus en larmes rendre un dernier hommage au Zeppelin... Une nuit d'anniversaire, Antonin. »

La voix enivrante d'Orlando fit vaciller le garçon. Il tenta de fuir le regard mauve qui le fixait sans ciller. Sous sa casquette, le ciel se déchirait.

« Tu savais que la Buick était équipée du switcher temporel ? murmura Antonin.

– Ne dis pas de sottises. J'aurais prévu de quoi vivre comme des nababs. »

Antonin baissa les yeux et hocha la tête.

« Mais 42 le savait..., souffla-t-il.

– Peut-être. 42 est comme tous les grands développeurs. Du génie et peu de talent. Chez eux, c'est l'erreur qui fait progresser. Ils pensent avoir raison, ils se trompent et une fois sur dix, le résultat est encore meilleur que ce qu'ils espéraient. Ils se mentent en permanence pour tenir le coup. 42 se réveille cinq, six fois par nuit avec des illuminations. Il se précipite sur sa bécane et il tape ce qu'il croit être le listing idéal. Il y a des larmes dans les cristaux liquides de son micro. »

Antonin était persuadé d'avoir une grimace niaise figée sur le visage. Il ne fit aucun effort pour s'en débarrasser. Il se contenta de cligner des yeux, comme s'il était ébloui par les déclarations du lycanthrope, et de regarder autour de lui. Le Lyceum avait terminé d'engloutir les fans éthérés du T. Rex. Jodie et Anita discutaient avec un vigile. Trafic avait disparu et le Lyceum n'était pas radicalement étanche.

O Girl
Electric witch you are
Limp in society's ditch you are
Visually fine
Oh yes you are
But mentally dying.

« Qu'est-ce que tout ça veut dire ? »

Antonin avait lâché sa question en regardant Orlando extirper deux barres chocolatées de la poche de son veston.

« Qu'est-ce qu'un garçon comme 42 peut apprendre de ce passé-là ? »

Orlando répondait à une interrogation par une autre interrogation mais sa voix avait cessé d'être séduisante. Antonin se demanda si les filles ressentaient cette sensation étrange et délicieuse, déresponsabilisante, lorsqu'un garçon leur faisait la cour. Il avait envie qu'Orlando lui parle encore. Il prit le Crushie que le loup-garou lui tendait et déchira mécaniquement l'emballage orange. Jamais il n'avait ressenti une telle sensation de sécurité, de bien-être infantile...

« A quoi ça ressemble ? termina Orlando avec dans la voix une pointe de désespoir qu'Antonin ne lui connaissait pas.

– A un pet vitrifié enrobé de chocolat au lait », répondit l'adolescent en mordant dans son Crushie.

Orlando lui renvoya un regard vaguement agacé.

« Est-ce que tu peux réfléchir plus loin que le bout de ta queue ?

– Ça m'est difficile », admit Antonin.

Le loup-garou exhala un soupir exaspéré et fonça brusquement sur Anita. Il s'excusa hâtivement auprès du vigile qui promettait à la jeune fille de lui présenter Marc Bolan à condition qu'elle l'accompagne dans les coulisses et entraîna Anita à l'écart.

« Ecoute, je crois que le pucelage rend notre ami complètement idiot. Ça t'emmerderait vraiment de tirer un coup avec lui ? »

Anita jeta à Antonin un regard indifférent.

« Ça va *vraiment* le rendre plus intelligent ? s'étonna-t-elle.

– Ça ne peut pas le rendre plus stupide. »

Anita fit mine de réfléchir, ce qui représentait de loin son rôle de composition le plus médiocre.

« Ton copain a une tête à tomber amoureux et je n'aime pas baiser avec des types qui tombent amoureux.

– Merde, Anita, je te demande un service...

– Il va me coller.

– Tu préfères te faire sauter par ce gros con à moustaches ? s'énerva le loup-garou en désignant le vigile du Lyceum.

– Oui, répondit Anita, sans hésitation. Il jouit, éventuellement il me fait jouir, et basta ! Pas de parasites dans mon network. Et surtout pas un puceau romantique qui me demandera en mariage simplement parce que je l'aurai autorisé à tremper sa nouille. Tu saisis les données ? »

Orlando gonfla les joues.

« Je crois que oui... »

Anita se composa une moue délicieuse. Ses seins frôlaient la poitrine du lycanthrope.

« Par contre, toi, c'est quand tu veux... Je serai ta chienne. »

Un grand rire secoua la carrure du loup-garou. Il revint près d'Antonin qui finissait de mâchouiller son Crushie tandis qu'Anita retournait à son vigile.

« D'accord. Tu fais une croix sur Anita et tu penses à toutes les autres filles qui respirent sur cette terre. Ça fait encore un paquet. »

Antonin se suçota bruyamment une dent creuse. Un peu plus loin, Anita faisait signe à Jodie de s'approcher tandis qu'un deuxième vigile venait d'apparaître.

« Ouais...

– Quoi ouais ? s'inquiéta Orlando.

– Ouais rien. Pourquoi Led Zeppelin ?

– Quoi Led Zeppelin ?

– Pourquoi tu n'aimes *que* Led Zeppelin ? Y a une autre raison que leur musique, non ? »

Orlando fronça les sourcils. Il était d'une beauté stupéfiante.

« Tu fais chier avec tes questions à la con ! maugréa-t-il en s'éloignant de quelques pas.

– Moi, quand on me demande de réfléchir, je réfléchis... », murmura Antonin en roulant en boule l'emballage de sa barre chocolatée.

Il n'eut pourtant pas à réfléchir plus longtemps. A l'autre bout de l'avenue venait d'apparaître une Aston Martin brinquebalante. Le pot d'échappement du poussif coupé crachait une inquiétante fumée noire. Crispé sur le volant, 42-Crew s'efforçait d'empêcher l'engin de transgresser les lois de la ligne droite...

42, empêtré dans une double ceinture de sécurité, se débattait comme un moucheron pris dans une toile d'araignée.

« Détachez-moi, vite ! Magnez-vous ! »

Le pirate paraissait positivement paniqué. Plus il s'agitait et plus les ceintures vrillaient sur sa poitrine. Orlando échangea un regard interrogatif avec Antonin.

« Restez pas plantés là, merde ! Aidez-moi ! » s'époumona encore 42.

Le bidouilleur du club des taudis avait changé. Antonin ne mit pas immédiatement le doigt sur la nature de ce changement. Il s'était empâté tandis que des dizaines de nouvelles rides étaient apparues autour de ses yeux qu'il ne protégeait plus avec ses fameuses lunettes de soudeur.

Ses cheveux avaient poussé jusqu'à recouvrir une partie de ses épaules. Orlando se rua vers la portière.

« Qu'est-ce que tu transportes ? Une bombe ?

– J'suis coincé... », gémit 42.

Les deux ceintures croisées sur le buste du pirate s'étaient entortillées et un des mécanismes d'ouverture ne fonctionnait plus. Orlando empoigna le tenon qui clouait 42 à son siège. L'Aston Martin dégageait une forte odeur d'huile brûlée et Antonin, impuissant, ne comprenait pas la logique de cette panique.

« Mais qu'est-ce que tu fous, bordel ? Tire ! »

Sous l'effort, la musculature du loup-garou devenait franchement excessive. La plaque boulonnée sur laquelle était fixé le mécanisme d'ouverture émit une plainte métallique avant de céder brutalement. 42 bouscula Orlando et jaillit hors du coupé.

« Bon Dieu, 42, qu'est-ce qui te prend ? » râla Orlando en massant son bras endolori.

Le pirate ferma les yeux et inspira une longue goulée d'air londonien.

« Vingt secondes de plus et je repartais avec trois tonnes d'acier sur les épaules... », soupira-t-il.

Antonin écarquilla les yeux. Il voyait mieux 42, à présent.

« 42... Tu... Je... Merde, t'as chiément vieilli ! »

Le bidouilleur hocha la tête.

« De cinq ans. Cinq ans pour mettre au point le Jokari et vous rejoindre. »

42 regarda à son tour plus attentivement les kids. Une moue ennuyée désenchanta son visage.

« Et vous, si je me gourre pas, vous avez tout juste pris vingt-quatre heures depuis la dernière fois ?

– Tu devais nous retrouver à la sortie du Marquee ! fit Antonin sur un évident ton de reproche. Qu'est-ce qui t'est arrivé ? Et qu'est-ce que c'est que ce foutu Jokari ?

– Pas le temps de vous expliquer. Vous trouverez un tas de trucs dans le coffre de l'Aston Martin. Elle est en règle. Faites gaffe au robot, il vous cherche et il est en train de foutre le bordel.

– Quel bordel ? »

Whoooop.

Antonin cligna des yeux. De 42 ne subsistait sur le trottoir qu'un minuscule tas d'objets métalliques : cinq boutons-pression, une fermeture éclair, l'aiguille d'une seringue et un double des clefs de l'Aston Martin. Orlando les ramassa soigneusement. Il se redressa, pensif, fit jouer les objets dans sa paume et regarda Antonin.

« C'est un peu agaçant, non ? »

Antonin approuva. Il demeurait pourtant davantage sous le coup du vieillissement de son ami que de sa disparition.

« Cinq ans... C'est dingue, non ?

– Pas beaucoup plus que de faire un bond d'un siècle en arrière en écoutant Led Zeppelin. Je te propose un truc... On regroupe les autres, on trouve un coin tranquille et on fait l'inventaire du coffre de cette poubelle en fumant ce qu'il nous reste de shit.

– Ça me va. »

Le plus dur fut finalement de retrouver les éléments manquants du club. Trafic avait réussi à entrer au Lyceum, s'agitait au premier rang avec un buvard de L.S.D. dans l'estomac et trouvait tout ce qu'on lui racontait « absolument dément ». Le mal du pays lui était passé. Anita surgit du backstage en enfilant maladroitement sa jupe. Jodie resta introuvable et il fut impossible à Antonin de convaincre Orlando qu'il devait attendre qu'elle réapparaisse.

« Tu connais son adresse », avait tranché le loup-garou en prenant d'autorité le volant de l'Aston Martin.

L'Aston Martin calait à tous les carrefours, n'avait plus de seconde et perdait quelque chose à chaque cahot. Orlando se battait avec le volant.

« On dirait qu'il y a un peu de jeu dans la direction, fit remarquer Antonin.

– Un peu de jeu dans la direction ? s'étrangla le loup-garou. Ce tas de boue fonctionne entièrement en *random walk*, oui ! »

Les papiers qu'Antonin trouva dans la boîte à gants paraissaient en règle dans la mesure où on pouvait se fier au caractère officiel des tampons. Orlando décida de ne pas s'éloigner de Soho. Il parvint à faire franchir le pont Waterloo à sa guimbarde et se rangea près du National Theatre. Trafic regarda le ciel se refléter dans la Tamise et demanda pourquoi il y avait tant d'étoiles. Le coffre de l'Aston contenait une valise et un grand sac de toile frappé du logo des brigades de contrôle des z.z. qu'Orlando porta jusqu'au Riverside Walk où un groupe de hippies faisaient tourner un shilom en fredonnant des airs de Creedence Clearwater Revival. Si les flics débarquaient, ils s'occuperaient d'abord des hippies. La valise contenait Super Brain, la console de 42, quatre bouteilles de spiritus Light Sky, cinq cents livres en billets usagés, une lettre, deux calendriers, un de 1968 et l'autre de 69, et une pile d'exemplaires de *Timeform*, un quotidien spécialisé dans les courses de chevaux. Le sac camouflait deux boîtiers, un collier indien, un bracelet orné de pierres d'améthyste et une grenade défensive à fragmentation. Ils commencèrent par se partager les bouteilles.

« Je me demande si ça va faire du bien à mon nouveau karma..., murmura Trafic avant d'emboucher vigoureusement son flacon.

– Pourquoi il nous envoie ça ? s'étonna Anita en désignant les journaux hippiques.

– Regarde les dates », répondit Orlando en dépliant la lettre noircie de l'écriture serrée de 42.

Mes amis,

Le Jokari ne me permet pas des bonds répétés et la dureté des retours fatigue mon organisme. Ce sont surtout les yeux qui supportent difficilement les vibrations du voyage. Je n'ai pas encore trouvé de parade et je dois faire attention à ne pas perdre la vue. Je vous donne donc rendez-vous dans six jours exac-

tement à Covent Garden, au coin de Saint James Street, à midi pile. Ce jour-là, à midi moins cinq, vous appuierez sur le bouton bleu du boîtier que vous avez trouvé dans le sac et qui ressemble à une télécommande. Ne touchez à rien d'autre du contenu de ce sac. OFF est devenu complètement fou. Dès notre arrivée à l'Agora, il s'est débarrassé de nous et est reparti avec la Buick. Mirabelle a été légèrement blessée. Je sais qu'OFF a déjà réussi à empêcher Led Zeppelin de se former. Il espérait sans doute rayer du continuum notre part d'histoire afférente au groupe. Mais aucun des mathématiciens et des physiciens de la quatrième dimension n'avait raison... Les espaces pluridimensionnels existent, mais ils ne sont pas superposés comme les feuilles d'une ramette de papier. Comment vous résumer cinq années de recherches ? Imaginez l'univers comme un gigantesque disque dur d'ordinateur, un disque dur de milliards de gigaoctets. Le temps et les événements qui s'y enregistrent se développent comme dans la mémoire d'un traitement de texte dont les pages écrites ne seraient plus accessibles. En principe, rien ni personne ne peut en altérer la linéarité puisqu'il est impossible de revenir en arrière. C'est pourtant ce que nous avons fait. En supprimant Led Zeppelin du continuum, OFF a créé ce que je pense être le PREMIER *univers parallèle. Il a jeté Led Zeppelin à la poubelle, et la suite du grand roman de l'univers s'est modifié en fonction de cette altération. Mais le fichier Led Zeppelin existe toujours sur le disque dur. Caché. Seules les premières données du directory ont été supprimées. En principe, plus personne n'y a accès. Un univers parallèle où Led Zeppelin existe s'est donc développé de façon invisible, souterraine. Pourquoi le programme musical de la Buick n'a pas été modifié ? Précisément parce qu'il vient de cet univers où Led Zeppelin a existé. Le switcher de la Buick agit comme un scanner capable de reconstituer les directories détruits et d'ouvrir une porte géotemporelle sur les univers dissimulés dans le disque dur. La création d'un nouvel univers n'est pas sans conséquence. Comme vous le savez, les données d'un ordinateur effacées du desktop ne sont conservées dans le disque dur qu'en fonction de la place disponible. L'univers « accessible », en se développant, écrase les univers « invisibles ». Vous êtes dans l'univers accessible. En revenant au XXIe siècle où Led Zeppelin a existé, nous avons atterri dans un univers invisible, un univers parallèle. Notre monde est menacé par le développement de votre univers dominant. Hier soir encore, l'Amérique du Sud a disparu. La queue des Etats-Unis s'arrête désormais au Nicaragua. Le continent américain est devenu anoure. Ces « gommages » peuvent être spectaculaires – un bloc géographique entier disparaît de l'histoire – ou infimes. Un objet, un membre d'une famille, une philosophie, une idéologie, une couleur disparaît et la mémoire collective se réorganise en fonction de cette disparition. Personne ici ne se rend compte de cette érosion du monde. Je suis obligé d'effectuer de fréquents et brefs aller et retour dans le passé pour combler ces fissures dans ma mémoire. Je dois presque tous les jours rapprendre l'histoire d'un univers qui ne cesse de fondre comme une flaque de neige au printemps, et je me demande avec une terrible angoisse si le prochain matin ne va pas se lever sur ma propre disparition. Sans doute renaîtrais-je d'ici une centaine d'années dans l'univers accessible, mais cette forme originale de métempsycose me terrifie. Je n'ai pas envie de mourir dans cet univers-là, même s'il est enfoui dans ce putain de disque dur ! OFF a dû refaire ses calculs. Je ne sais pas où il en est. J'ai eu l'occasion, en le bidouillant, d'étudier ses roms et de constater que sa bibliothèque physique et mathématique était parti-*

culièrement remarquable. Il a pu parvenir aux mêmes conclusions que moi. Malgré cela, il n'a peut-être pas renoncé à une intervention physique sur vos personnes. J'ignore ce qu'il prépare mais restez sur vos gardes. N'allez pas où il peut imaginer que vous allez être. Au cours de mes quelques bonds dans l'univers accessible (je ne m'en accorde que rarement tant ils sont morphologiquement éprouvants), j'ai pris l'habitude d'acheter les journaux internationaux. Je les consulte régulièrement afin de localiser le robot s'il tente encore d'altérer le continuum et de créer encore un nouvel univers parallèle. J'ai noté deux événements curieux. Malgré leur apparence banale, je suis certain qu'ils n'appartiennent pas au cours normal de votre histoire :

– Une agence de voyages de New Bond Street propose pour le réveillon le survol du Triangle des Bermudes avec grande fiesta dans le Jumbo Jet. Le prix de cette excursion originale est très élevé mais je n'en ai trouvé nulle trace dans les archives du Bizarre de l'université de Cap-Espérance. Cette agence s'appelle One For Fun. Je suis sûr que vous en tirerez les mêmes conclusions que moi.

– Il y a un scandale autour d'un nouveau joueur de golf, l'Italo-Indien Fershid Panizza, qui rafle tous les tournois du grand schelem avec un drive extraordinaire qu'il effectue en état de lévitation. Les autres joueurs réclament l'interdiction de ce coup mais rien dans les tablettes de la fédération n'oblige un joueur à avoir les deux pieds sur terre. Panizza a fondé une secte : L'Eglise de la Rédemption et de la Nouvelle Conscience. Son livre, Comment se repentir dans la joie, atteindre à la lumière et baisser son handicap au golf, *est en tête des ventes dans plusieurs pays du monde. Je ne vois pas comment la seule disparition de Led Zeppelin pourrait justifier la naissance de cet étrange champion. Il y a forcément de l'OFF là-dessous.*

Toutefois, si vous décidez d'enquêter de ce côté-là, soyez vigilants. Il est possible qu'il s'agisse de pièges destinés à vous attirer. Il faut empêcher ce robot de transformer le monde. Nous avons un rendez-vous avec lui à Epsom, le 8 Janvier 1957. Il ne s'agira pas de le rater. Ma vie actuelle en dépend. En attendant, gagnez de l'argent. Nous en aurons besoin. Je vous joins les adresses des bookmakers où vous irez jouer les chevaux gagnants. Ne jouez que ceux dont j'ai souligné les noms et évitez les autres bookmakers. Lorsque vous aurez ramassé une somme suffisante, louez une maison ou un grand appartement dans Soho, le plus près possible de Piccadilly Circus. Vous ferez rapidement capitonner et insonoriser une des pièces. Brûlez les Timeform *dont vous n'avez plus besoin.*

A bientôt, mes amis, et soyez prudents.

« Putaaaain... », souffla Trafic.

Orlando posa la lettre sur ses genoux. Anita épluchait un exemplaire de *Timeform.*

« Dites, il y a les gagnants de demain là-dedans ! »

Le loup-garou avait l'air songeur.

« Pourquoi est-ce qu'il nous demande d'insonoriser une pièce ? » demanda Antonin.

Orlando se fendit d'un sourire essentiellement maussade.

« Pour moi. Ce cher 42 se soucie de ma santé et surtout de celle des Londoniens. Il a dû souligner les jours de pleine lune sur ses calendriers.

– Exact, confirma Trafic qui feuilletait les calendriers. La prochaine tombe le 25 décembre.

– Noël... », soupira Antonin en songeant vaguement à maman Hofa, menacée d'éradication, s'il avait correctement compris la lettre de 42, dans l'univers parallèle où elle lui avait donné le jour.

« Ça nous laisse quelques jours avant ma crise de boulimie et de priapisme », ricana Orlando, amer.

Ses trois compagnons tentaient vainement de masquer leur gêne. La lettre de 42 les ramenait brutalement à une réalité dont ils avaient, depuis vingt-quatre heures, quelque peu égaré les principes. Orlando restait une aberration génétique. L'oublier pouvait se révéler mortel...

« Cinq cents livres..., glouss a Anita. On pourrait commencer par se faire un palace, prendre un bain plein de mousse et commander tout un wagon de bonnes bouteilles... »

Antonin se racla la gorge. La diversion d'Anita n'était pas fameuse. Un peu plus loin, une des filles du groupe de hippies chantait et dansait autour d'un brasero de fortune. Sa voix était extraordinairement claire et devait porter loin sur le quai Victoria. Sa silhouette et ses cheveux blonds ondulaient dans les lueurs orangées du brasero. Ses compagnons marquaient le rythme en frappant dans leurs mains. Antonin retomba amoureux.

I see a bad moon rising

I see a trouble on a way

« Pourquoi est-ce qu'ils chantent ça ? Hein ? s'énerva brusquement Orlando. Font chier... »

Orlando dégageait des vibrations violemment négatives. Sous l'emprise du L.S.D. et du spiritus, Trafic se recroquevillait et commençait à flipper. Anita hallucinait sur l'argent de 42 et Antonin était magnétisé par la silhouette blonde qui chantait *Bad moon rising*. Une risée rabattit la fumée du brasero sur le quatuor. Le loup-garou se mit à tousser. Les hippies avaient répandu de l'encens sur les braises.

« Quelle saloperie ! jura Orlando. Tirons-nous.

– On ne devait pas fumer ? grogna Antonin.

– On fumera ailleurs. Demain matin, on doit faire les bookmakers. »

Tout en dansant, la chanteuse blonde s'était sensiblement rapprochée d'eux. Le loup-garou referma la valise et se redressa, comme s'il cherchait à conserver une distance de survie entre cette fille et lui. Anita l'imita, sans quitter la valise des yeux. Trafic se balançait d'avant en arrière, le menton emprisonné entre ses genoux.

« T'as l'intention de passer la nuit ici ? » s'impatienta Orlando.

Il ressemblait à un loup en cage, trottinant d'une grille à l'autre. Il jeta un regard traqué en direction de la chanteuse qui continuait à se rapprocher. Antonin ne lui connaissait pas cet état. Une panique incompréhensible rongeait les nerfs du loup-garou.

« Qu'est-ce qui te prend ? s'inquiéta Antonin.

– Hello ! » s'exclama joyeusement la chanteuse blonde.

Trafic releva la tête et cessa de se balancer. Il y avait quelque chose de fascinant chez cette fille. De grands yeux clairs lui dévoraient le visage, un foulard blanc barrait son front et ses cheveux blonds, tirés en arrière, étaient plantés trop haut sur son crâne. Elle était anatomiquement quelconque mais l'ensemble de ces défauts formait une sculpture émouvante. Le cœur d'Antonin se mit à battre un peu plus vite.

« Je m'appelle Erica. Mes amis et moi venons de Suède. Nous allons au Redemption Day pour voir le Maître. Il y a plein de gens qui viennent de partout pour le voir. Nous allons après à Saint Andrews où il va jouer et gagner beaucoup d'argent pour notre Eglise. Peut-être vous ? »

Elle parlait anglais comme une enclume, ce qui la rendait sans doute encore plus séduisante.

« Nous partions », répliqua sèchement Orlando.

La chanteuse et le loup-garou s'observaient. Antonin avait l'impression d'assister à un combat dont il ne comprenait ni l'enjeu ni la nature des armes.

« Quel Maître ? demanda Trafic en clignant des yeux.

– Le Maître de la Nouvelle Conscience, expliqua doucement Erica sans cesser d'épier Orlando. Nous donnons tout à l'Eglise de la Rédemption. Nous marchons vers l'union des corps et des âmes, vers le Tout sacré. Pourquoi ne pas nous rejoindre ? »

Antonin se sentait fondamentalement pour l'union des corps.

« Le Maître nous dit qu'il y aura un dernier combat entre le jour et la nuit, le soleil et la lune, le bien et le mal, poursuivit la Suédoise. Le prince des Ténèbres surgira quand la lune sera pleine. Nous devons aider le Maître à le vaincre. »

Un sourire étrange et menaçant fleurissait lentement sur les lèvres du loup-garou.

« Et comment le reconnaîtrons-nous ? »

Erica s'accorda une pause qu'elle parut exclusivement consacrer à l'étude du visage d'Orlando.

« Le Maître le décrit comme un jeune homme fort et beau, avec des yeux couleur de nuit. Il inspire la confiance et la sécurité pour mieux tromper ses ennemis. Le Prince cherchera à détruire le Maître. Peut-être au Redemption Day, ou à Saint Andrews. Nous allons pour l'empêcher. Mais la lumière du Maître nous guide et c'est possible de croiser la mauvaise route du Prince et de ses Cavaliers.

– Ses cavaliers ?

– L'apocalypse. La peste, la folie et la guerre. Avec le Prince, deux garçons, une fille. Ils sont jeunes. Le Maître dit qu'il faut les empêcher de prendre des forces. »

Le sourire d'Orlando s'accentua légèrement. Plus loin, les hippies s'étaient éloignés du brasero et coupaient la route vers l'Aston Martin. Leurs silhouettes se découpaient en ombres chinoises dans les brumes dorées de la Tamise. Ils n'avaient plus du tout l'air de babacools rouleurs de pétards. Antonin frissonna.

« Vous voulez nous aider ? » demanda encore Erica en souriant.

Trafic se prit la tête à deux mains, lâcha un bref gémissement avant de se redresser et d'inspirer profondément.

« J'ai assez entendu de conneries pour ce soir, décida-t-il.

– Vous ne voulez pas rester ? » insista Erica.

Antonin se redressa à son tour, lentement. Quelques heures plus tard, avant de s'endormir, il n'était encore pas sûr d'avoir vraiment vu les événements qui suivirent. Une lame à cran d'arrêt avait fleuri dans la main blanche d'Erica. Trafic, tendu à mort par les amphétamines mélangées au L.S.D., l'avait aussitôt assommée d'un coup de bouteille.

Antonin avait vu avec horreur deux des hippies se détacher du groupe et se ruer vers eux. Ils brandissaient des machettes longues comme l'avant-bras ! Orlando esquiva le plus rapide, l'empoigna et le balança directement dans la Tamise. L'adorateur du champion de golf décrivit une élégante parabole d'une vingtaine de mètres avant de plonger dans les eaux noires et glacées du fleuve. Anita se mit à tourner sur elle-même, sa valise à bout de bras. Antonin sautillait frénétiquement sur place en poussant des cris de Sioux. Il se sentait prodigieusement inutile. Le deuxième hippie, complètement allumé, le regard brûlant de fièvre, parvint, de la pointe de son insensé coupe-coupe, à balafrer la joue de Trafic. Orlando fut une nouvelle fois le plus prompt et terrassa l'agresseur d'une terrible manchette dans la pomme d'Adam. Même si Trafic et le loup-garou savaient se battre, il était clair qu'ils ne pourraient rien contre le nombre. Fort de cette première escarmouche, le groupe de hippies, qui paraissaient subitement encore plus nombreux qu'autour du brasero, se décida à avancer d'un seul pas. Dans leurs poings luisaient des lames assassines. Antonin avait envie de pleurer et de hurler qu'il n'avait pas envie de mourir ici, sur les quais d'une Tamise glaciale, dépecé par une horde de beatniks défoncés, et à une époque où il n'était même pas né...

Orlando plongea sur le sac de 42 et empoigna la grenade. La goupille céda avec un petit claquement innocent.

« Couchez-vous ! » hurla le loup-garou.

Antonin était déjà allongé. La déflagration lui meurtrit cruellement les tympans. Il sentit passer sur son dos l'haleine brûlante de l'explosion. Si les hippies poussèrent des cris, il n'en entendit aucun. Il demeura ainsi, tétanisé, face contre terre, jusqu'à ce qu'Orlando le secoue.

« Relève-toi. C'est fini. »

Antonin se redressa. Tout vibrait autour de lui. Un petit cratère fumant entouré d'un lac d'herbe carbonisée, jonché de colifichets, de baskets crasseuses et de morceaux de chair, marquait l'emplacement de la tombe des adorateurs de Panizza.

« On ferait mieux de se tirer d'ici..., murmura le loup-garou.

– Qu'est-ce que tu dis ? »

Trafic porta ses doigts sur son visage et regarda le sang couler sur sa paume.

« Putain... J'suis défiguré..., murmura-t-il, défait.

– C'est rien, ricana Anita. Avec une balafre comme ça, j'connais plus aucune fille qui pourra te résister. »

Antonin constata amèrement qu'il n'était pas blessé. Pas la plus petite égratignure. Trafic ramassa la bouteille de spiritus qu'il n'avait pas tout à fait terminée et en versa le contenu sur sa joue déchirée. Il n'accorda pas le moindre gémissement à la morsure de l'alcool.

« Je commence à en avoir vraiment plein le cul de ce robot de merde...

– Tu crois que Fershid Panizza et lui, c'est... »

Il joignit l'index et le majeur pour souligner sa question.

« Je n'ai jamais vu OFF léviter », remarqua Antonin.

Orlando haussa les épaules.

« Ce tas de ferraille maîtrise parfaitement les hologrammes et d'autres techniques de trompe-l'œil. C'est derrière l'image de cet enfoiré de gourou qu'il se cache. En attendant, on a toute une armée de connards mystiques sur le dos. Les concerts rock, les endroits branchés et les tournois de golf, c'est terminé pour nous. On change de look et on ne se balade plus ensemble. »

Personne ne songeait à discuter les conclusions du loup-garou. OFF avait fondé une religion et lancé ses adeptes à leurs trousses. En regagnant l'Aston Martin, Antonin se sentit brutalement déprimé. Il se rapprocha d'Orlando.

« Dis... Pour les hippies... T'as tout de suite deviné ?

– *Blue Moon*, *Moondancer* et *Bad Moon Rising*, ça faisait quand même beaucoup pour n'être qu'une simple coïncidence. Tu ne sais pas ce que c'est d'être né gibier. Peut-être que les proies finissent par développer un sixième sens, par savoir interpréter les signes et sentir le danger... »

Antonin hocha la tête. Un goût d'amertume poissait sa bouche.

« J'aimerais bien avoir ce sixième sens pour savoir si toi, tu es dangereux pour moi. »

Le loup-garou lui renvoya un sourire désarmant.

« A ton avis, tu es la peste, la folie ou la guerre ? »

Antonin Hofa s'installa dans l'Aston Martin sans répondre. Il pensait que le jeune loup-garou pouvait très bien interpréter les trois rôles à la fois...

Ils louèrent quatre chambres dans un hôtel très discret et très cher du quartier chic de Knightsbridge. Ici, on ne lisait que le *Financial Times* et l'*Investor's Chronicle*, et sûrement pas les élucubrations d'un joueur de golf italo-indien. A ce prix-là, on ne pose pas de questions mais Orlando jugea utile de préciser qu'ils étaient français. Le réceptionniste cessa aussitôt de s'étonner, remit les clefs et précisa que les quatre chambres étaient réservées pour le lendemain et que l'hôtel serait malheureusement complet pour plusieurs semaines. Orlando promit de rendre dès midi les locaux dans l'état où il les avait trouvés, ce qui ne fit naturellement pas sourire l'austère britannique.

« Merde... On lui file un paquet de pognon et il nous crache à la gueule, maugréait Trafic. Pourquoi tu lui as dit qu'on était français ?

– Ici, ça excuse toutes les fautes de goût, expliqua Orlando. Ça lui évitera d'appeler les flics. J'ai demandé qu'on nous réveille à neuf heures. »

Les chambres étaient simples, festonnées de pompeuses colonnades, et totalement insonorisées. Antonin se retrouva seul avec son angoisse. Il prit un bain, rêva d'Anita, Jodie, Valérie Solanas, Erica et se masturba dans la mousse. Il se sentit minable et doucha vigoureusement le sperme qui collait aux poils de son pubis. Les envies de suicide affluaient, plus pressantes. Il s'allongea sur un lit un peu trop dur et regarda le plafond. Il se releva dix minutes plus tard, en proie à un fulgurant vertige existentiel, et fonça vers le mini-bar dissimulé dans une commode de chêne ouvragé. Les mignonnettes de sherry, de scotch, de vodka, de gin qu'il mélangea dans un verre à dents ne lui permirent pas davantage que la masturbation de trouver le sommeil. Le silence devenait accablant. Il ouvrait le quart de litre de champagne français quand on gratta à sa porte. Peur et espoir. Anita peut-être ? Il regretta d'abord de s'être branlé quelques minutes plus tôt avant de s'en féliciter. Il éjaculerait moins vite après cet exercice.

« Qui est-ce ?

– Trafic. »

Dégringolez, chimères... Antonin étouffa un soupir et ouvrit la porte. Trafic avait conservé de sa tenue originelle un caleçon en cuir dentelé de poches destinées à recevoir les ampoules de tout-en-un vendues par les Hors-Jeu. On pouvait également y glisser des chevrotines pour la chasse aux z.z. Une bouffée de nostalgie embrasa l'adolescent. Il commençait à comprendre comment les G.I.'s avaient pu regretter le Viêt-nam et les Hors-Jeu l'interminable guérilla de Taiwan...

« Je t'ai réveillé ?

– Non.

– Personne n'arrive à dormir. On est dans la chambre d'Orlando.

– Anita aussi ?

– Ouais, Anita aussi... »

Antonin enfila la sortie de bain en coton de l'hôtel et suivit Trafic jusqu'à la chambre du loup-garou.

Orlando avait fait monter deux bouteilles de rhum blanc, des jus de fruits, du vin français, du scotch et une colline d'amuse-gueule multicolores mêlés à de minuscules et délicieux club-sandwiches fourrés au saumon, au concombre et à la groseille. Cet en-cas avait dû éroder une part appréciable du pécule de 42. Personne ne songea à en faire le reproche au loup-garou tant les kids étaient heureux d'être réunis. Ils ne s'étaient pas quittés depuis plus d'une heure... Ils retrouvaient l'ambiance parfumée de complots et d'interdits de leurs caves. Sans doute était-ce leur premier vrai moment de détente depuis le « grand saut »... Antonin s'extasiait devant les étiquettes de vin français. La famille Hofa était une des dernières à en boire encore régulièrement. Les bons vins valaient une fortune. Chassés des villes, les z.z. pullulaient dans la campagne et rendaient la viticulture délicate. Seuls quelques grands domaines, transformés en forteresses, continuaient le travail de la vigne et empêchaient les alcools de synthèse, à base de soja et d'algues, de conquérir la totalité du marché. Antonin songea qu'ils auraient pu, avec la Buick, mettre sur pied un énorme trafic de vins et de café, signes extérieurs d'une incroyable richesse à l'époque du rétrovirus Zapf. Les adolescents s'amusèrent quelques minutes à imaginer les rouages de ce marché noir.

« Pourquoi se fatiguer à transporter des caisses de vin et des sacs de café quand on peut devenir milliardaire avec ça ? » intervint Anita en agitant un exemplaire de *Timeform*.

Anita devenait affreusement cupide. Elle avait consacré son heure de solitude à étudier le résultat des courses et à additionner des chiffres. Ses conclusions étaient vertigineuses.

« 42 veut nous faire jouer petit bras », expliqua-t-elle, le regard fiévreux. « Il n'a sélectionné que des favoris. Moi, j'ai noté des gagnants qui rapportent plus de trente livres pour une. Vous vous rendez compte ? En une semaine, on se fait plus d'un milliard chacun. C'est pas relief ?

– C'est surtout relief pour nous faire repérer par les books, la doucha Orlando. Ils ne sont pas si nombreux et ils travaillent en cheville. Je n'ai pas envie de répandre le bruit que quatre gosses inconnus sortent à coup sûr les toquards de leur chapeau. »

Anita grimaça. Trafic dévorait les club-sandwiches quatre par quatre.

« Moi, je dis que 42 n'a pas envie qu'on devienne vraiment riches ! Regardez mes calculs. On peut se faire une vie formidable avec ça. »

Orlando n'avait pas envie de polémiquer avec Anita. Il promena son regard irrité sur les deux garçons.

« Qu'est-ce que vous en pensez, vous ? »

Trafic, la bouche pleine, haussa les épaules. Saoul et rassasié, il se moquait de tout ce qui n'émargeait pas au plaisir immédiat. Antonin fit claquer sa langue et reposa son verre de vin. Orlando attendait sa réponse.

« Un bon coup de temps en temps ne peut pas faire de mal », décida-t-il, péremptoire.

Trafic éclata de rire. Orlando secoua la tête. Il se dirigea vers la fenêtre et écarta les rideaux. La vitre était poisseuse de buée et le loup-garou avait l'air morose.

« J'suis venue à cet anniversaire pour m'éclater ! trompetait Anita. Pas pour picorer dans ce passé de merde en faisant attention de pas piétiner le gazon.

– Ouais ! éructa Trafic.

– Pognon, rock'n roll, pognon, défonce ! J'vais devenir la reine des années 70... J'vais rendre cette époque complètement maboule...

– Ouais !

– Putain, ils vont sentir passer le courant !

– Ouais ! »

Orlando se retourna. Il souriait tristement.

« Le robot ne te laissera jamais faire tout ça. N'oublie pas que tu es une tache dans *son* univers. »

Anita ouvrit la bouche mais ne trouva pas immédiatement une repartie satisfaisante. L'overdose d'alcool commençait à sérieusement engluer les esprits. Trafic s'allongeait de plus en plus sur la moquette.

« Qu'est-ce qu'on fait pour l'agence de voyages et le joueur de golf ? » bafouilla Antonin.

Orlando s'installa en tailleur sur son lit. Il semblait satisfait d'avoir interrompu le délire d'Anita.

« Le joueur de golf, c'est pour la propagande, pour recruter et dresser une armée de Branquignol contre nous. Mais l'agence ? Qu'est-ce qu'il veut foutre avec ses chargements de gros connards au-dessus des Bermudes ? »

Personne ne trouva de réponse mais tout le monde s'accorda à penser qu'il pouvait s'avérer dangereux d'aller y voir de plus près.

« Je trouverai un déguisement et je me ferai passer pour un client », proposa Trafic.

OFF avait sûrement les moyens de percer tous les déguisements. Mieux valait suivre les directives de 42 et attendre son retour. Anita n'était naturellement pas d'accord.

« On prend un maximum de blé et on se tire dans une île.

– Les îles sont pleines de hippies. »

Trafic s'était endormi après un dernier bâillement. Anita continua à marmonner des propositions de *dolce vita* qui n'intéressaient plus personne. Orlando s'allongea sur le flanc. Il respirait très vite. « Comme un chien... » songea Antonin avant de s'endormir à son tour, appuyé contre la porte de la chambre. Le vin français avait finalement eu raison de son insomnie. Anita berça tout le monde de son débit monocorde où il était essentiellement question de chiffres, de pays mystérieux où le champagne coulait des robinets, s'arrêta brusquement sur un hoquet, partit vomir dans le lavabo et se coucha dans la baignoire.

« Vraiment très cool... », murmura Antonin dans son sommeil.

Personne ne sut à quoi il rêvait à ce moment-là. Pas même lui.

11.

Le quatuor fut réveillé le lendemain par le réceptionniste. Ils s'ébrouèrent, constatèrent les effets immédiats d'une respectable gueule de bois et regagnèrent leurs chambres pour y prendre une douche. Les petits déjeuners anglais étaient décidément sublimes. Orlando avait dressé un premier plan de bataille. Il remit à chacun une fiche avec les chevaux à jouer et les endroits où les jouer. Anita, moins spectaculairement sensuelle au réveil, n'émit pas la moindre protestation. Il s'agissait également de ne pas laisser aux books l'opportunité de contester la validité des paris en arguant de l'âge des joueurs. Orlando et Anita, avec une tenue vestimentaire adéquate, pouvaient afficher une majorité pénale peu contestable. Trafic avait sa carrure athlétique pour lui. Il décida de se laisser pousser la moustache et de larges rouflaquettes pour dissimuler la plaie qui cicatrisait sur sa joue. Restait le problème Antonin qui conservait une petite taille et une bouille de poupon étoilée d'acné. Beaucoup d'imagination ne suffisait pas à lui accorder le statut d'adulte.

« Si tu baisais plus souvent, tu perdrais peut-être ta gueule de gosse attardé, avança Trafic.

– Si je baisais au moins une fois, je pourrais peut-être te répondre », répliqua sèchement Antonin.

Anita ne parut pas avoir entendu. Elle mangeait des cuillerées de céréales tout en se vernissant les ongles. Orlando agita les mains en signe d'apaisement.

« Le problème ne se pose pas quand on joue, mais quand on veut toucher ses gains. Antonin jouera et nous irons encaisser à sa place chacun notre tour. »

Antonin s'attendait qu'Anita ajoute : « Encaisser des clopinettes... », mais elle se désintéressait obstinément de la discussion.

« J'ai pensé qu'on devrait aussi jouer quelques perdants, ajouta Orlando. Ça détournerait les soupçons. »

Trafic, dégrisé et attentif, approuva d'un hochement de tête. Anita ne réagissait toujours pas. Elle passait une dernière couche de rouge sur l'ongle de son pouce droit. Dans cette entreprise, Orlando affichait un sérieux qu'Antonin ne lui connaissait pas. Il avait visiblement décidé de suivre à la lettre les consignes de 42, alors qu'il le soupçonnait encore, deux jours plus tôt, de mollesse ludique. Les contradictions du loup-garou généraient d'inextricables arborescences. Rien chez lui ne paraissait clair et défini, pas même sa sexualité dont Antonin continuait à tout ignorer. Orlando distribua l'argent, conseilla à Antonin et Anita d'acheter de nouveaux vêtements et donna rendez-vous à tout le monde pour midi tapant dans le pub qui faisait face à l'immeuble de Jimmy Page. Il se chargeait de trouver un autre hôtel avant que le groupe ne réunisse suffisamment d'argent pour louer un appartement. Avant que les quatre ne se séparent, il leur conseilla encore d'acheter des sacs de voyage et de se mettre résolument dans la peau de touristes américains. La bizarrerie des Français était ici notoirement désapprouvée mais elle n'expliquait tout de même pas qu'Anita et Trafic pussent ignorer leur propre langue. Antonin n'en possédait que quelques rudiments. Seul Orlando le parlait couramment, imitant même à la perfection plusieurs accents régionaux. Les Américains étaient incontestablement mieux vus.

Antonin se retrouva seul dans le métro londonien, l'underground, qui lui parut être la plus diabolique des machines. Il n'y avait aucune chance pour qu'un beatnik en maraude reconnût en lui l'un des quatre Cavaliers de l'Apocalypse décrits par le golfeur Fershid Panizza mais il éprouva malgré tout l'impression torturante que tous les usagers l'observaient, se retournaient sur lui, se chuchotaient des choses à son propos... Il essaya d'être cool. Il s'installa sur une banquette latérale, croisa les jambes, sifflota un air des Beatles en claquant dans ses doigts, mais ça ne marcha pas du tout. L'angoisse prit même de telles proportions qu'une panique irrépressible l'obligea à quitter prématurément le métro pour finir son trajet à pied.

Il devait jouer son premier gagnant dans une petite officine, Highgate Sports, près de Waterloo Park. Sur son parcours, il trouva la boutique d'un tailleur juif chez qui il acheta trop cher un costume gris flanelle d'occasion qui ne lui allait pas du tout et lui donna l'allure d'un enfant pauvre qui héritait des vieux vêtements de son père. Le costume avait au moins le mérite d'être incontestablement anglais et Antonin se sentit mieux avec ce déguisement sur les épaules. Il vérifia son papier. Le premier gagnant qu'il devait jouer s'appelait June Run et courait dans la deuxième à Doncaster. En poussant la porte d'Highgate Sports, il se sentit instantanément perdu. Des colonnes de chiffres s'alignaient sur des dizaines de tableaux accrochés aux murs, des employés en jaquette rouge allaient et venaient, retranchaient des chiffres, en ajoutaient d'autres tandis que des parieurs à la mine soucieuse traquaient l'outsider dans les pages de *Timeform* ou de *Sporting Life*. Il n'y avait pas de guichet. Rien qu'un long comptoir où l'argent semblait littéralement se volatiliser. Antonin résista à une bouffée de panique semblable à celle qui l'avait contraint à quitter le métro. Il s'approcha du comptoir. Personne ne s'occupait de lui. Il fit mine de consulter les tableaux auxquels il ne comprenait rien, prit sa respiration et intercepta un employé. L'homme portait une moustache drue qui dissimulait péniblement une bouche ronde et plissée comme un trou de cul. Il s'arrêta miraculeusement devant Antonin, malgré son air pressé et la faiblesse de l'appel de l'adolescent.

« Quel match ? » demanda-t-il.

C'était son job. Il croisait les gens dans la vie en leur disant : « Quel match ? », comme d'autres s'enquièrent de la santé de leur interlocuteur. Quel match ?

« Je voudrais jouer June Run dans la deuxième course à...

– Je m'occupe du football », coupa l'employé en soulignant du pouce son badge qui représentait précisément un ballon de football à damier noir et blanc.

Antonin se sentit tout à fait confus. Comme il ne bougeait pas, l'employé répéta :

« Quel match ? »

Seigneur, je ne connais pas un seul résultat de ces foutus matchs... 42 avait dû oublier qu'on pouvait ici parier sur absolument tout. Antonin se recula d'un pas et secoua la tête.

« Non, merci... », bafouilla-t-il.

L'homme à la moustache haussa les épaules et s'éloigna vers un autre parieur qui l'appelait. Antonin se morigéna. Merde... C'est vraiment pas la peine de vouloir tirer un coup si tu n'es pas capable de parier sur un de ces putains de canassons ! Le parallèle n'était pas évident mais l'angoisse du garçon battit sensiblement en retraite. Il repéra l'employé qui portait un badge en forme de cheval de course. Il lui parut presque aussi jeune que lui et Antonin s'en trouva presque totalement rassuré.

« Je voudrais jouer June Run dans la deuxième course à Doncaster. »

Le jeune employé avait un visage étrangement féminin. Il jeta un bref coup d'œil sur un tableau avant de lâcher d'une voix fatiguée :

« Combien ?

– Trente livres.

– Trois et demi contre un. Ça te va ?

– Euh... Oui. »

Antonin attendit que quelque chose se passe. L'employé semblait attendre aussi. Au bout de quelques secondes, il rejeta la tête en arrière comme s'il souffrait du cou.

« Ici, le crédit était déjà mort avant que mon père ne rencontre ma mère. »

Antonin mit encore quelques secondes à comprendre. Son visage s'éclaira enfin. Il fouilla précipitamment la poche intérieure de sa veste et sortit les trois billets de dix livres qu'il avait préparés. Le jeune homme les escamota, griffonna quelques signes indéchiffrables sur un papier à liséré rouge et jaune qu'il tendit à Antonin.

« Le quatre dans la deux à Doncaster. Trois points cinq », récita l'employé d'une voix lasse.

Il était déjà reparti vers un autre parieur. Antonin aurait normalement dû jubiler. Qui n'a pas rêvé un jour de se trouver dans la peau de celui qui connaît à l'avance le résultat des courses ? Il aurait dû regarder les autres parieurs avec cette condescendance que confère la certitude du résultat. S'amuser de leurs mines perplexes devant la liste des partants et le tableau des cotes. Glisser – pourquoi pas ? – le nom de June Run à ce petit homme rouquin qui avait l'air de ne pas avoir mangé à sa faim depuis des lustres et qui parcourait fiévreusement les pronostics des spécialistes. Au lieu de ça, de cette sortie triomphale,

Antonin quitta l'office du bookmaker comme un voleur, le rouge aux joues et la chamade au cœur. Il n'eut pas non plus le courage de reprendre le métro pour redescendre vers Regent's Park, dans Albany Street, où il devait jouer Olympia Lou dans la quatrième à Newmarket. La marche ne le mit pas en avance sur son horaire et lorsqu'il rejoignit le pub avec ses deux tickets gagnants en poche, midi était passé d'un bon quart d'heure et les trois autres l'attendaient déjà.

Tout s'était déroulé sans problème. Anita avait troqué sa tenue yéyé contre un pull et un pantalon noirs, une perruque de cheveux bruns, longs et raides, qui la faisait brusquement ressembler à une Christa Paffgen qui se serait shootée aux silicones. Trafic, qui paraissait s'amuser beaucoup, n'avait pas choisi la discrétion en faisant l'emplette d'une chemise à jabots et d'un « patte d'ef » en cuir avec des soufflets latéraux en daim bleu. Antonin n'était finalement pas très fier de son vieux flanelle gris. Pourtant, Orlando le félicita.

« Tu ressembles de plus en plus à un cockney. Tu devrais te teindre les cheveux en roux. »

Antonin désapprouva d'une grimace. Il n'était déjà pas terrible... Orlando fit la collecte des tickets gagnants. Ils mangèrent des sandwiches et burent de la bière en se racontant leurs découvertes de la matinée. Anita sortit de son inquiétante réserve pour déclarer que Londres était une ville absolument sublime et qu'elle avait la ferme intention d'y finir ses jours. « Dans la peau d'une excentrique et richissime lady... », précisa-t-elle, ce qui laissa Orlando formidablement songeur. Trafic se prit d'une passion définitive pour la Guinness. Le loup-garou s'était placé de façon à pouvoir, à travers la vitrine, surveiller l'entrée de l'immeuble de Jimmy Page.

« T'as l'intention de le revoir ? » s'inquiéta Antonin.

Orlando cligna des yeux, un peu fâché sûrement d'avoir des intentions si transparentes.

« Je réfléchissais..., murmura-t-il. Jimmy est un peintre épatant. En enlevant sa guitare espagnole à l'enfant Jimmy, OFF a donné une nouvelle étoile au monde de la peinture. Si nous parvenons à rendre à l'enfant sa guitare...

– Le peintre James Page n'existera jamais mais tu retrouveras Led Zeppelin.

– Ce n'est pas à ça que je pensais. Je me demande dans quel univers il sera le plus heureux, lui... », précisa-t-il en désignant la porte close de l'immeuble.

Trafic agita son sandwich en direction du loup-garou.

« En attendant, tu devrais faire attention. Jimmy Page est tout à fait le genre de type qui pourrait être tenté de lire *Comment se repentir dans la joie, atteindre à la lumière et baisser son handicap au golf* ».

Anita pouffa.

« Il ne manquerait pas de faire le rapprochement entre les Cavaliers de Fershid Panizza et nous », termina Trafic.

Orlando resta silencieux. Les kids terminèrent de manger et de boire en devisant de leurs projets pour l'après-midi. Il s'agissait essentiellement de préparer le saut vers 1957 en achetant encore des vêtements. A la vérité, seul Trafic devait impérativement s'en procurer de nouveaux. Orlando, de son côté, s'occuperait de trouver un nouvel hôtel et commencerait à chercher un appartement à louer. Antonin se rendit compte qu'après cette matinée solitaire le groupe paraissait avoir hâte de se séparer à nouveau. Il y avait probablement des libertés nouvelles qu'on préférait d'abord goûter seul, prudemment. Antonin ne protesta pas. Il avait aussi un projet qu'il entendait ne partager avec personne. Anita partit la première, avec des intentions de balade, de shopping et de cinéma. Rendez-vous même endroit, autour d'une bière fameuse, vers 7.30 p.m. Trafic avait envie de renifler l'air du côté de Kensington Market et des producteurs indépendants.

« Il y a toutes les boutiques des hippies, là-bas », l'avertit Orlando.

Trafic se mit à rire et se leva en écartant les bras.

« Franchement, dites-moi tout, est-ce que j'ai l'air d'un Cavalier de l'Apocalypse ? »

Orlando dut admettre que non.

« Profites-en pour essayer de savoir si Plant, Jones et Bonham existent quelque part dans le showbiz. »

Trafic dressa le pouce et quitta le pub d'une démarche allègre. Antonin resta seul avec le loup-garou. Sa chope de bière était vide. Il regrettait déjà de n'être pas parti en même temps que Trafic.

« Et toi, ton programme, c'est quoi ? »

Antonin haussa les épaules.

« La dérive. Je redécouvre le plaisir de marcher. »

Les yeux violets d'Orlando se plissèrent.

« Marcher du côté des caves de Gaby le dealer ?

– Ça se pourrait..., marmonna le garçon, contrarié.

– Tu tiens vraiment à cette fille... Comment elle s'appelle déjà ?

– Jodie.

– C'est une fille à problème, une fugueuse. Les flics la recherchent. Et ce Gaby m'a tout l'air d'être une donneuse.

– Les flics ne me recherchent pas, moi. »

Orlando s'apprêtait à répondre lorsque son regard se porta vers la vitrine du pub. Il sursauta et quitta aussitôt sa chaise. Jimmy Page venait de sortir de son immeuble. Il nouait un foulard blanc autour de son cou.

« Fais gaffe. Y a des pièges partout pour nous dans cette ville », termina brusquement le loup-garou avant de se diriger précipitamment vers la sortie.

Antonin commanda une autre bière.

Il y avait quelque chose d'absolument fantastique à dériver dans un Londres datant d'un siècle. Antonin prenait plaisir à se mêler aux groupes d'Anglais qui, dans les squares, parlaient de George Best, de Bobby Charlton et de tas de gens dont il ignorait absolument tout. L'ignorance et la découverte étaient un émerveillement permanent. Des divisions de majors Thompson croisaient des légions de jeunes chômeurs, hooligans en herbe, à cheval entre le pop art et la croix gammée, la bouche pleine de hot-dogs badigeonnés de condiments. Antonin se découvrit effectivement une ressemblance avec les cockneys. Ceux-là ne changeraient jamais. « Please, guv', another one ! » Ils n'avaient que leur ennui à arroser; la pluie se chargeait du reste. Londres avait un goût de fer. Iron flavour. Beans, ketchup, apple pie, Coca-Cola, Antonin traversa d'autres squares où tout le monde mangeait des choses ahurissantes. A chaque carrefour, il s'attendait à voir surgir lord Byron et Peter Cushing, ivres morts, bras dessus bras dessous, brandissant un drapeau anglais maculé de bière et chantant à tue-tête *All together now* et *We shall overcome*... Tout ici semblait pouvoir se passer mais la ville tout entière prenait un malin plaisir à accumuler les retards sur le reste du monde. Antonin, vaguement grisé, éprouva l'absurde tentation de grimper sur un banc et de se mettre à hurler : « Hey, les gars ! Je viens du futur. Là-bas, on se bourre la gueule du matin au soir pour pas devenir des zombis. On crève à trente ans ou on crève jamais. Je sais votre avenir ! Il sent déjà la charogne ! Alors bougez votre cul ! »

Antonin souriait. Il approchait, ravi, de la planque de Gaby le dealer où Jodie Queue de Cheval venait tout juste de mourir d'une overdose...

Orlando avait renoncé à l'hôtel et choisi une délicieuse pension de famille à Twickenham, à un soupir du stade de rugby. L'endroit était un peu éloigné de la City mais présentait l'avantage de la discrétion. Les quatre jeunes gens étaient d'ailleurs les seuls clients de Mister Harold Eaton, vieux bâtard d'une famille d'aristocrates déchus, héritier de cette pension désuète qu'il avait vainement tenté de transformer en lupanar. A défaut d'y être parvenu, il fréquentait assidûment ceux de King's Cross. Mister Harold Eaton n'appréciait guère la clientèle et aurait d'ailleurs refusé tout net celle des jeunes gens s'il n'avait aperçu, par-dessus l'épaule d'Orlando, la silhouette d'Anita Belon.

Dès lors, le club des taudis élut domicile dans la pension Eaton où, dès le premier soir, Antonin prit une monumentale muflée pour oublier Jodie... Il fit, dans son sommeil éthylique, un curieux rêve où des milliers de jeunes hommes d'affaires en chemise blanche se pressaient près d'un terril de cocaïne. Ils se ressemblaient, portaient à la main, comme une excroissance naturelle, un attaché-case de marque souillé par des autocollants publicitaires. Hommes d'affaires made in Japan qui plongeaient religieusement leur visage dans la colline de coke avant de repartir d'un pas décidé vers un luna-park géant dont le nom s'affichait en lettres de néon sur près de cent mètres de long : *Make Money Is Fun !* Entre le terril et la fête foraine, les dynamiques jeunes gens échangeaient des certitudes. Un bateleur juché sur un trapèze les haranguait : « Vous êtes les meilleurs ! Vous allez gagner ! Ne prenez plus le temps de vivre, vivez avec votre temps ! L'argent est bon ! A quoi sert de dormir ? Les autres font de l'argent pendant que vous dormez ! » Un va-et-vient incessant ondulait entre le luna-park et le terril de coke. Le cauchemar d'Antonin zooma sur le visage des hommes d'affaires. La peau décharnée tendue entre les arcades et les pommettes leur donnait des têtes de singes morts. L'adolescent se redressa sur son lit, suffoqué. Il entendit le rire étouffé d'Anita dans le couloir, puis la voix grasseyante d'Harold Eaton. Antonin lâcha un soupir, plongea son visage dans l'oreiller, versa sans doute une larme et laissa tranquillement germer la plus fabuleuse gueule de bois de toute son histoire...

Les deux journées suivantes se déroulèrent sans histoire. Les jeunes gens suivaient chaque matin l'itinéraire tracé par Orlando, jouaient et gagnaient. Pour apaiser la cupidité d'Anita – qui n'en parlait pourtant plus – Orlando les autorisa à augmenter sensiblement les mises. Les gains s'accumulaient. Le loup-garou avait repéré un superbe appartement près de Leicester Square, face à la National Gallery. Le loyer était excessivement élevé, 500 £ per week, mais Orlando n'eut désormais, après l'avoir visité, plus de cesse d'y habiter. Il promit au propriétaire un règlement cash de huit semaines d'avance et une caution de six mille livres. Le propriétaire n'en réclamait pas la moitié. Orlando devait avoir sa réponse dans la soirée. Il était seul à avoir visité l'appartement mais personne ne tempéra son enthousiasme. La maison qu'il habitait un siècle plus tard laissait clairement entrevoir ses goûts en matière d'habitat. C'est à la mi-journée, dans Fleet Street, au *Ye Old Chesire Cheese* où ils achevaient un déjeuner farouchement arrosé, qu'Anita lâcha d'une voix distraite le premier symptôme des catastrophes à venir :

« Je crois que j'ai été suivie. »

La cuillerée de beignet aux airelles se pétrifia à quelques centimètres de la bouche du loup-garou. Trafic toussota et relégua à la périphérie de son assiette les vestiges d'une tarte au citron. Antonin essaya de calmer le frémissement nerveux qui contractait ses maxillaires.

« Mais j'ai sauté dans un taxi et j'ai largué ce type », s'empressa Anita.

Orlando reposa lentement sa cuillère.

« Quel type ? »

Il y avait probablement des tas de types qui suivaient Anita dans la rue, aimantés par la mini-jupe de skaï bleu qui avait remplacé l'austère pantalon noir. Mais qu'elle décidât d'en parler prouvait qu'elle s'en inquiétait. Elle haussa les épaules, comme pour dédramatiser l'énorme pétard qu'elle venait de poser au milieu de la table.

« Je l'ai repéré chez Ladbroke. Je crois qu'il essayait de savoir quel cheval je jouais. »

Trafic repoussa son assiette.

« Continue.

– Après je suis allée à Highgate Sports pour toucher les gagnants d'hier, et le type est arrivé pendant que j'empochais l'argent. Cette fois, il essayait de se planquer, mais je l'ai vu quand je suis ressortie. »

Antonin étouffa un soupir. C'était pire que ce qu'il avait imaginé. Dès le quatrième jour, leur belle combine était déjà éventée.

« Comment était le type ? demanda calmement Orlando.

– Un petit gros, avec des poils sur les mains, un costume rayé et des chaussures bicolores, noir et blanc. Il transpire tout le temps et il a un mouchoir blanc grand comme un drap pour s'éponger le front.

– Peut-être qu'il la suivait juste pour se rincer l'œil ? proposa Trafic sans y croire vraiment.

– Anita, j'ai besoin de savoir...

– Savoir quoi ?

– Tu n'as vraiment joué que les chevaux indiqués par 42 ? »

Anita feignit maladroitement de s'offusquer.

« Evidemment ! »

Orlando n'insista pas.

« Il vaut mieux que tu n'ailles plus chez les books pendant quelques jours. Je t'enverrai plus tard un peu plus loin du centre. »

Anita ne protesta pas, ce qui n'était guère son genre. Preuve, s'il en était besoin, que le petit gros avec des poils sur les mains l'avait salement impressionnée. Orlando répartit rapidement les nouvelles tâches. Antonin, Trafic et lui se chargeraient de trois books au lieu de deux. Ça n'était absolument pas insurmontable. Mais, au cours de ce lunch, Anita n'était pas la seule porteuse de mauvaises nouvelles. Trafic annonça qu'il avait retrouvé la trace de Robert Plant. Orlando faillit en tomber à la renverse.

« Il chante, expliqua Trafic sans enthousiasme. Il chante même encore avec le *Band of Joy*.

– Génial..., soupira Orlando.

– Attends ! Le groupe vivote toujours du côté de Birmingham. Petit succès dans des boîtes minables. On lui prêtait des velléités de séparation jusqu'à la semaine dernière encore... »

Le loup-garou fronça ses épais sourcils. Il venait seulement de comprendre que Trafic n'était pas en train d'annoncer une nouvelle réjouissante.

« Qu'est-ce qui s'est passé la semaine dernière ? demanda-t-il, subitement sur ses gardes.

– Un contrat. Le *Big Deal*. Le stade de Wembley pour

eux seuls, devant cent mille spectateurs. Un concert monstre à l'occasion du Redemption Day organisé par Fershid Panizza. »

Les épaules du loup-garou s'affaissèrent lentement.

« Le concert aura lieu la nuit de Noël, le 25 décembre. »

Il n'eut pas besoin d'ajouter « à la pleine lune », tout le monde avait compris.

12.

Les kids emménagèrent dans la maison de Leicester Square la veille du rendez-vous avec 42-Crew. Le propriétaire conservait le grenier pour y entasser de vieux meubles, mais le reste de la bâtisse aurait pu abriter une colonie de vacances. Si la superficie était impressionnante, Antonin fut affreusement déçu par le décor vieillot et l'ordonnancement sinistre des pièces. La maison avait visiblement été laissée à l'abandon pendant de longues années. Les chauffages d'appoint au gaz et le poêle à charbon encastré dans une fausse cheminée semblaient incapables de réchauffer cette glacière. Les murs et les portes armoriées dégageaient une atmosphère de fin de siècle et de lassitude désabusée. Antonin s'assit sur sa valise et cessa de lutter contre la déprime. Qu'est-ce qui avait pu séduire le loup-garou dans cette demeure d'un autre temps ? Le garçon regarda le plancher irrégulier de la pièce principale, un frigo de cent mètres carrés, et les traces des lés de tissu qui décoraient autrefois les murs. Tout était ici effroyablement mélancolique et froid. Antonin décida qu'il n'y avait rien de pire que d'emménager dans une maison qui portait les marques indélébiles d'une vie passée et morte. On ne pouvait jamais vraiment en prendre possession. Ça restait à peu près aussi personnel que la salle d'attente de la gare Victoria... Désincarné et ennuyeux.

« C'est un peu moins rock qu'un ministère des finances », lâcha Anita, une moue délicieuse et écœurée sur les lèvres.

Orlando papillonnait de pièce en pièce, émerveillé et ravi. Il ouvrait et refermait les fenêtres, remarquait la trace délavée de deux arquebuses croisées, essayait de déchiffrer les armoiries...

« On doit pouvoir devenir neurasthénique en moins d'une semaine », insista Trafic qui partageait d'évidence le point de vue d'Anita et Antonin.

Le loup-garou s'impatienta.

« Vous vous attendiez à quoi ? A un loft factory où on aurait pu inviter tous les lèche-culs du pop art ? A un garage, un studio d'enregistrement ? Une villa à consommer sur place ? Vous ne sentez pas ? Le cœur de Londres est ici... »

Il passa le bout des doigts sur un mur défraîchi.

« Ce sont les pierres de Whitechapel... Jamais la gomina ne pourra en laquer l'histoire.

– Est-ce qu'il y a l'électricité dans toutes les pièces ? » demanda Anita.

Orlando renonça à faire partager son goût pour l'austère demeure.

« Choisissez-vous une chambre. Il est temps d'aller parier. Je ferai livrer des meubles cet après-midi. Rendez-vous à l'Overseas à midi et demi. Anita, je préférerais que tu ne sortes pas d'ici là. »

L'Overseas était le pub près de chez James Page. Trafic et Anita grimpèrent à l'étage. Antonin posa sa valise dans la première pièce venue, une chambre carrée percée d'une alcôve et d'une autre fausse cheminée. L'unique et immense fenêtre donnait sur une minuscule cour pavée avec un réverbère planté en plein milieu. Tout cela semblait assez peu vraisemblable. On s'attendait à y voir surgir une calèche. Antonin secoua la tête. De toute façon, le garçon en avait assez de la pension de Twickenham et de l'insupportable halètement d'Anita que le vieux Harold Eaton besognait maintenant deux fois par nuit. Le battant intérieur de la porte en bois massif supportait curieusement un énorme heurtoir de cuivre. On avait probablement placé là une porte qui était initialement destinée à une entrée. L'adolescent observa ensuite la ceinture de marbre qui festonnait l'alcôve. Les veines du marbre paraissaient dessiner deux serpents noirs enroulés dont les têtes se rejoignaient sur un impressionnant anneau de fer. Antonin se dressa sur la pointe des pieds, tenta de soulever l'anneau mais la pièce de métal résista. Le temps avait fini par le souder à la pierre.

« Toine ! Tu te charges de Brixton's Sport ? » cria une voix dans le couloir.

L'immensité des pièces vides entraînait un phénomène acoustique désagréable. L'écho quadruplait et déformait les sons. Antonin ne reconnut pas la voix qui l'appelait. Ni Trafic ni Orlando ne l'affublaient du diminutif « Toine ». Dans le doute, il répondit quand même affirmativement. La tête du loup-garou s'encadra dans l'embrasure de la porte au heurtoir.

« Tu m'as répondu quelque chose ? s'inquiéta-t-il.

– Oui, j'ai répondu oui. »

Orlando hocha la tête.

« C'est ce que j'ai cru entendre, mais je n'étais pas sûr. Alors ? Elle est pas formidable, cette baraque ? »

Antonin se mordilla la lèvre inférieure.

« Faut me laisser le temps de l'apprécier... », marmonna-t-il.

Orlando ne parut pas convaincu.

« Tu veux voir ma piaule ? »

Antonin suivit le loup-garou et comprit pourquoi il avait choisi cette grande bâtisse glaciale et déprimante. Il s'immobilisa sur le seuil de la pièce et laissa le frisson lui givrer l'échine. La chambre était sombre et les murs en pierre apparente. Il semblait y faire encore plus froid qu'ailleurs. Orlando désigna la meurtrière percée en hauteur sur le mur du fond.

« Même s'il n'y avait pas de barreaux, je crois que je ne pourrais pas passer », déclara-t-il, hilare.

De semblables barreaux avaient été installés dans le judas de la porte. Le regard d'Antonin glissa sur les balafres qui déchiraient le battant intérieur de la porte et les murs. L'inclinaison du sol avait été calculée pour drainer les écoulements vers une petite bonde grillagée. Un lichen verdâtre à l'odeur entêtante se développait entre les pierres. Un porte-bouteilles en fer forgé occupait tout un pan de mur et témoignait de la dernière utilisation de cette pièce horrible.

« Tu... Tu ne vas pas dormir là ? bafouilla Antonin.

– Pourquoi ?

– Enfin, Orlando ! Le proprio s'en servait comme d'une cave, mais c'est une putain d'ancienne cellule ! Merde, une foutue prison, oui ! »

Le jeune loup-garou se fendit d'un sourire qu'Antonin n'aima pas beaucoup.

« Je la décorerai à ma manière. Tu verras, ce sera la piaule la plus chouette. Et puis, quand je dors, je n'aime pas la lumière... »

Antonin posa une main sur le mur, observa sa paume recouverte de moisissure.

« Regarde-moi ça. C'est complètement pourri, mec ! Humidité et salpêtre. Ton petit nid d'amour, c'est le festin des pneumocoques. »

Orlando haussa les épaules.

« Ça disparaîtra avec le chauffage. »

Avant de sortir, il tapota la grosse clef enfoncée dans la serrure.

« J'ai vérifié, murmura-t-il. Elle fonctionne... »

A treize heures, Antonin en était à sa troisième bière et Anita Belon n'était toujours pas arrivée à l'Overseas. Orlando comptait les billets qu'avait rapportés la journée précédente. Ça commençait à faire un paquet. Pour l'instant, Orlando planquait le magot dans la maison de Leicester, mais le problème du stockage et de la sécurité n'allait plus tarder à se poser. Le ventre de Trafic émit un gémissement de tuyauterie entartrée.

« Qu'est-ce qu'elle fout ? J'ai la dalle, moi... »

Anita était trop capricieuse et fantasque pour que les garçons s'inquiètent déjà de son retard. Il suffisait qu'elle croise une vitrine alléchante pour oublier l'heure.

« Pourquoi est-ce qu'elle baisait avec ce vieux vicieux d'Harold Eaton et pas avec moi ? » s'interrogea Antonin.

La question n'était pas formellement destinée aux deux autres et elle n'exigeait pas non plus de réponse. Trafic lui en fournit une.

« Justement parce qu'il était vicieux.

– Je me sens complètement vicieux ! » protesta Antonin.

Le regard du loup-garou était d'une douceur absolue. Antonin allait encore ajouter quelque chose quand un petit gros, avec du poil sur les mains, un costume rayé et des chaussures de golf noir et blanc entra dans le pub. Il se vissa au comptoir, commanda une bière, sortit un gigantesque mouchoir blanc de sa poche et s'épongea le front. Les yeux d'Orlando changèrent imperceptiblement de couleur tandis qu'Antonin suppliait son cœur de reprendre un rythme normal. Trafic vida sa chope et recueillit du bout de la langue la moustache de mousse que la bière avait laissée sur sa lèvre supérieure.

« Qu'est-ce qu'on fait ? murmura Antonin.

– Rien. »

Le barman posa la bière devant le petit gros. Il l'enveloppa dans sa main velue et se dirigea directement vers la table des kids.

« Vous permettez ? »

Orlando hocha vaguement la tête. Le petit gros se laissa tomber sur la banquette, près d'Antonin, s'épongea encore le front et sortit un bristol de sa poche. Il le fit glisser sur la table des garçons. Antonin pencha la tête pour en déchiffrer le libellé.

Alec Vicars
Private Investigations

« La typographie est un peu ringarde, s'excusa le petit gros. A l'époque, j'avais trouvé que ça en jetait et je m'en étais fait faire cinq mille. J'en ai pas épuisé la moitié. Je peux vous en donner une chacun si vous voulez ?

– Celle-ci suffira », laissa sèchement tomber Orlando.

Le regard injecté de sang d'Alec Vicars s'attarda un instant sur le loup-garou. Il n'avait posé qu'une question anodine et il savait désormais qui menait la danse dans le groupe. C'était ce qu'il cherchait.

« Au début, je croyais que le boulot de privé consistait essentiellement à vider des bouteilles et à remplir des filles... »

Il ricana grassement de sa piètre plaisanterie.

« Si on en venait au fait ? » trancha Orlando.

Le sourire du petit gros s'effaça.

« Aujourd'hui, il n'y a plus de créatures de rêve qui franchissent le seuil de mon bureau. De toute façon, les filles ne m'ont jamais eu à la bonne. Alors je me suis mis à travailler uniquement pour les bookmakers. Ces gars-là sont tellement paranos qu'ils s'imaginent toujours qu'un petit malin va débarquer et trouver une combine pour les mettre sur la paille. Et ils dépensent un pognon fou pour éviter que le petit malin ne passe à travers. Vous jouez aux courses, les p'tits gars ? »

Les périphrases d'Alec Vicars devenaient franchement pénibles. Trafic n'était plus très loin de lui fracasser sa chope vide sur le crâne.

« Où voulez-vous en venir ? » gronda Orlando.

Le privé jeta un regard dégoûté sur sa bière.

« Je supporte pas la bière... »

Il haussa les épaules.

« Mais qu'est-ce qu'on peut boire à cette heure-ci sans être raide mort avant le dîner ? Je dois être vigilant. Les books ne me garderaient pas longtemps si je laissais passer trop de petits malins.

– Vous croyez qu'on fait partie de ces petits malins parce qu'on a touché une poignée de favoris ? »

Vicars lâcha un gloussement écœurant. Il rangea son

mouchoir et sortit de la même poche encombrée un carré de papier qu'il déplia lentement. Difficile de savoir si sa bouche dessinait un sourire ou une grimace.

« Narcotic, 24 contre 1. Blue Violin, 40 contre 1. Warning, 18 contre 1. Tom Fool, 63 contre 1. Celui-là, les spécialistes l'appellent Castagnettes. Il est tellement cagneux que ses genoux font un boucan terrible dès qu'il se met au galop. Qu'est-ce qui lui a pris, ce jour-là ? »

Il poussa un soupir terrible.

« Je supporte pas les chevaux. Mais votre copine, mince, cent livres gagnantes sur ce rat-mulot ! »

Vicars ponctua son exclamation par un bref sifflement admiratif.

« Au total, huit tocards dans la musette en cinq jours. Les books ont un barème compliqué pour repérer les petits malins. Dès que quelqu'un franchit les limites de ces probabilités, ils m'appellent pour me dire qu'un autre de ces enfoirés vient de trouver le moyen de les baiser. Alors, je me bourre de vitamines pour émerger de ma dernière cuite, j'enfile un costard et je commence mon enquête à la con. En dix ans de turbin, j'ai appris les ficelles. Les arnaques, je crois les connaître à peu près toutes. Mais les petits malins inventent tellement de trucs... Y a pas de répit. Faut sans arrêt se recycler. Si les books font appel à mes services, c'est qu'on me prête un minimum de compétence. J'ai toujours réussi à démonter les combines. Toutes. Sauf la vôtre, les p'tits gars. Là, je dois avouer, y a quelque chose qui m'échappe. C'est fascinant, non ?

– Très, admit Orlando, morose. Qu'est-ce que vous avez fait d'Anita ? »

La bouche du privé amorça encore une moue approximative.

« Enlèvement, interrogatoire, penthotal, la routine... Je déteste ça. C'est le dernier recours. Mais il existe des petits malins encore plus malins que les autres petits malins. On peut entraîner quelqu'un à résister au sérum, soit en induisant un blocage, soit, au contraire, en favorisant un délire où la vérité se noie dans un déluge d'informations fantaisistes. Là, je dois reconnaître que le résultat est impressionnant. Cette nana raconte vraiment n'importe quoi. »

Antonin ne savait plus très bien s'il était furieux contre Anita qui n'avait pas respecté les consignes de prudence de 42 ou s'il était terrifié par Vicars.

« Bon Dieu, elle est mûre pour l'asile ! soupira le privé. Et si je continue à l'écouter, je prendrai la même ambulance. Ce matin, elle a joué Ocean Queen à Newbury. Deux cents livres à 45 contre 1. Ocean Queen, merde ! Pas une fois classée dans les trois premiers en onze courses. Et cette trottinette va gagner, n'est-ce pas ?

– Je suppose que oui... », admit Orlando dans un souffle.

Ainsi, Anita avait aussi transgressé les dernières consignes d'Orlando. La cupidité avait eu raison de sa frayeur. Elle avait dû attendre que le trio ait quitté la maison pour filer jouer son toquard chez le book le plus proche.

Vicars hochait doucement la tête. Il sortit son mouchoir pour éponger la sueur qui recommençait à perler sur son front.

« Si je vous demande de me parler de votre combine, là, comme ça, vous n'allez sûrement pas me la révéler. Une arnaque pareille, ça doit demander du temps à mettre au point...

– Un peu plus d'un siècle. »

Le regard du privé se voila un instant. Ses mâchoires se crispèrent. L'expression qui se figea une seconde sur son visage démontrait que Vicars n'était absolument pas le type désinvolte et aimable qu'il feignait d'être. Alec Vicars était sûrement plus dangereux qu'un serpent à sonnettes.

« On pourrait vous promettre d'arrêter de jouer ? proposa Antonin.

– C'est déjà ça..., soupira Vicars. Mais je ne sais pas si mes employeurs vont se contenter de cette promesse. Ces gars-là ne sont pas commodes. Votre copine leur a raflé un paquet de fric.

– Ils veulent qu'on les rembourse ? » demanda calmement Orlando.

Antonin sentit que ce calme-là préludait aux orages meurtriers. Vicars devait le sentir aussi. Il ne quittait plus le loup-garou des yeux.

« O.K., les p'tits gars... Jouons cartes sur table. Vous avez trouvé une combine pour baiser le Tote. D'après ce que je sais, vous aviez décidé de jouer les canassons en vue pour pas vous faire repérer, mais votre copine a voulu faire sauter la banque... »

Il ricana de nouveau.

« La nana qui fait foirer la belle combine... Jusque-là, on est dans le cadre d'un polar classique, non ? Arrive le flic. Le flic, c'est moi. Vous lui proposez d'arrêter l'hémorragie et peut-être même de rembourser. Bon. Le flic va raconter ça à ses employeurs. Qu'est-ce qu'ils vont lui répondre ? Hein ? Mon pauvre Vicars, les p'tits malins vous ont fait un enfant dans le dos. S'ils ont une combine pour enfiler le bookmaking et ramasser du beau pognon sans se fouler, ils se gratteront pas pour recommencer. Et même s'ils ne le font pas, d'autres s'en chargeront. Ce qui nous intéresse, et c'est pour ça qu'on vous paye, c'est de connaître la nature de l'arnaque. Y a un loup dans le système. Ne venez plus nous raconter qu'il mordra plus personne, flinguez-le. »

Orlando se massait lentement les tempes.

« Ils vous payent combien ? »

Vicars avait une inépuisable provision de sourires tordus.

« Manque de bol, les p'tits gars, vous êtes tombés sur le premier privé incorruptible de toute l'histoire des privés. J'ai un appartement à Londres, une baraque dans le Kent et une autre en France, sur la côte bretonne. On me file largement de quoi entretenir tout ça et me payer plus de bouteilles que je ne pourrai en boire. Quand le cendrier de ma bagnole est plein, je la change contre le dernier modèle. Je sais même pas quoi faire de mon pognon. Alors qu'est-ce que vous voulez que je fasse du vôtre ?

– Je peux vous dire ce qui va vous arriver..., répondit le loup-garou en martelant les syllabes. Quelles nanas vous allez baiser, et si vous virez pédé, quel genre de queues vous sucerez ! Je peux vous dire comment repérer les arnaqueurs sans même quitter votre plumard. Je peux vous dire aussi comment vous finirez par crever, qui va vous descendre, quand et pourquoi vous finirez avec une balle dans le ventre ! Voilà ce que je vous propose ! Une lecture de votre avenir... »

Vicars ouvrit des yeux ronds.

« Vous faites dans la bonne aventure, les p'tits gars ? Alors pourquoi vous aviez pas prévu que votre copine vous ferait marron et que je vous tomberais sur le râble ? Y a des parasites dans votre boule de cristal ?

– On ne s'était pas penchés sur le problème. »

Le petit gros secoua la tête. Il jeta un coup d'œil sur sa montre.

« Bon, j'peux pas vous consacrer toute la journée. J'ai une autre bande de petits malins dans le collimateur. Ça n'arrête pas. Voilà ce que moi, je vous propose. Je garde votre copine au frais. Demain, même heure, même endroit. Vous vous pointez avec tous les détails de votre combine et le pognon que vous avez piqué aux books.

– Demain, on ne peut pas. On a un autre rendez-vous. »

Le privé hocha la tête, faillit sortir son mouchoir avant de se raviser.

« D'accord. Alors ce soir, chez vous. Je vous laisse payer ma bière. »

Alec Vicars quitta la banquette, esquissa un bref salut et sortit du pub d'un pas pressé. Il laissait derrière lui l'impression désastreuse d'un cyclone. Orlando prit la carte de visite entre ses doigts et la plia lentement en deux, comme s'il s'agissait de l'échine du privé.

« Ce coup-ci, cette conne nous a vraiment foutus dans la merde ! grogna Trafic.

– Peut-être pas..., souffla Orlando. Ce Vicars est un type dangereux quand il est dans le camp adverse, mais il peut devenir précieux s'il accepte de nous aider. »

Trafic gonfla les joues.

« Mais tu l'as entendu comme moi, cet enfoiré ! Il se fout du fric, il se fout de son avenir, il se fout de tout !

– Il a forcément un point faible. Ce n'est pas à nous qu'il a donné quelques heures pour réfléchir, mais à lui-même. Sinon il serait venu directement avec les gorilles des books.

– D'accord, d'accord », admit frénétiquement Trafic avec l'air de celui qui cède davantage par lassitude que par conviction. « Vicars accepte de nous aider. Qu'est-ce que tu veux foutre avec ce type ?

– Le lancer sur les traces d'OFF... », murmura Orlando en pliant encore une fois la carte de visite.

Ce soir-là, dans la maison glaciale de Leicester, personne ne put se résoudre à rejoindre sa chambre. Le poêle, gavé d'anthracite, vibrait comme une chaudière de locomotive sans parvenir à seulement tiédir l'ambiance. Orlando avait fait livrer quatre lits, une table monumentale flanquée de deux bancs, une cuisine équipée et une chaîne hi-fi. Il avait également dévalisé un traiteur et acheté trente grammes de black bombay, du hachisch très sombre persillé d'opium. Le dealer, flairant la belle affaire, avait insisté pour lui fourguer de l'acide et de la cocaïne à prix discount. Orlando avait cédé pour vingt cristaux de purple rain. Le dealer lui en avait refilé vingt-deux et s'était gardé sa coke. Orlando avait un discours très véhément sur la cocaïne. Pour lui, elle restait la drogue phare des années 80-90, l'énergie vicieuse du grand show « Business and Money ». Elle avait transformé une dizaine de générations en piles électriques à cravates, la grande armée du Prêt-à-Consommer, les aficionados de la culture jetable, les réformistes de la survie dorée, les marchands de sommeil et de savonnettes... L'environnement médiatique et la coke avaient concentré la formidable intelligence de ces générations nées des matrices bouillonnantes des années 70 sur des objectifs méprisables et éphémères. Plus que jamais, la réussite se sanctionnait en jetons de prestige, en monnaie de patron et en wagons d'excitants et de tranquillisants. Rien n'était alors plus à la mode que le cynisme et la confusion des genres où toutes les valeurs additionnées équivalaient à zéro. Dans un système où les créateurs se carbonisaient les neurones pour vanter les mérites d'une lessive, Orlando se demandait pourquoi la cocaïne n'avait pas été rendue obligatoire. Pour le loup-garou, qui se transformait volontiers en tribun dès qu'il s'agissait d'évoquer cette période de l'histoire, les années 90 marquèrent le début de l'ère des zombis, l'irréversible holocauste intellectuel des pays industrialisés.

A part ça, Orlando appréciait toutes les autres drogues, et tout particulièrement le L.S.D. qu'il consommait comme des sucrettes, en le diluant dans son thé.

« Tu crois qu'il connaît notre adresse ? demanda Antonin.

– Qui ça ?

– Vicars, le privé. »

Le loup-garou secoua la tête.

« Qu'est-ce que tu t'imagines ? Je te parie que Vicars savait qu'on allait habiter ici avant même qu'on y emménage. »

Antonin mangeait et buvait beaucoup mais n'avait tiré que deux ou trois bouffées du formidable pétard roulé par Trafic. L'ambiance n'impliquait pas nécessairement une défonce sereine. L'anxiété d'un mauvais trip, en revanche, ne paraissait pas affecter Trafic qui s'était avalé deux acides et dont la bouche se transformait en chaudière à shit. La perspective de revoir Vicars l'amusait énormément. Orlando avait posé des exemplaires de *Timeform* sur la table...

« Tu vas lui montrer les journaux ? s'inquiéta Antonin.

– Je n'ai aucune autre preuve à lui fournir. »

En apprenant ce gâchis, 42 allait sûrement piquer une crise de nerfs et se ramasser une sinusite de tous les diables. Antonin se surprit à envier ceux de ses amis qui avaient choisi de réintégrer leur époque. Il frissonna et piocha une succulente huître au lait quand quelqu'un laissa retomber le lourd heurtoir de la porte d'entrée. Le propriétaire avait fait installer un carillon mais Vicars semblait vouloir respecter l'ordonnance et les usages de la maison. Orlando lui ouvrit. Le petit gros entra et jeta un coup d'œil sur la table chargée de victuailles.

« C'est une maison épatante, non ? Je connais un type qui voulait habiter ici, mais le proprio en demandait trop cher. C'est vrai que le pognon n'est pas votre problème.

– Pour l'instant, notre problème, c'est vous. »

Vicars retira sa veste et lâcha un soupir satisfait.

« Enfin un endroit frais. Je ne sais pas d'où ça vient, mais je crève toujours de chaud. Mes dernières vacances, je les ai passées en Finlande. Je peux ? »

Il tendait la main vers des toasts aillés et une colline de tranches de rôti. Sans attendre de réponse, il se confectionna un club-sandwich à quadruple épaisseur. Tout en badigeonnant la dernière tranche de condiment au citron, son regard inquisiteur enregistrait la disposition des lieux. Il accrocha un instant les exemplaires de *Timeform*...

« Avec toutes ces histoires, on n'a jamais le temps de manger tranquillement. Vous faites le papier ?

– Il est déjà fait », répondit Orlando.

Vicars jeta un coup d'œil inexpressif en direction du loup-garou et s'approcha des quotidiens hippiques.

« Le journal d'après-demain..., murmura-t-il. C'est drôle, non ?

– Tous les gagnants de demain y figurent. Il suffit de choisir.

– Naturellement... »

Le visage de Vicars ne trahissait aucune émotion particulière. Il mordit dans son monstrueux sandwich. Orlando colla un purple rain sur sa langue et l'y laissa fondre. Trafic lâcha un ricanement nerveux. Du bout de ses doigts graisseux, le privé feuilleta distraitement un *Timeform* des jours suivants.

« Mince ! C'est Native Dancer qui va se goinfrer le Grand Prix... Qui aurait pu deviner ? »

Il lâcha un soupir désabusé et referma le journal.

« Ces satanées bestioles n'en font qu'à leur tête... »

Il se laissa choir sur le banc et regarda alternativement les trois adolescents.

« Quatre mômes pleins de came et de sirop qui connaissent les résultats à l'avance. J'peux sûrement pas aller raconter ça aux paranos du bookmaking. Y a quelque chose à boire de frais dans votre frigo, là ?

– Champagne, vodka...

– Et trois bouteilles de sauternes », ajouta Antonin.

Vicars hocha la tête.

« O.K... Vous êtes prêts à me raconter votre histoire. J'ai intérêt à boire un coup avant. »

Le privé descendit cinq verres de vodka pendant qu'Orlando lui racontait l'histoire du club des taudis humains, ce groupe d'ados qui avait fait un bond d'un siècle en arrière en revenant d'une fête foraine holographique et en voulant écouter du Led Zeppelin. Il avoua tout avec une précision d'historien, n'omettant finalement qu'un détail : sa propre nature génétique.

Alec Vicars reposa son verre vide. Il fit claquer sa langue et accorda un œil morne à Trafic qui achevait au goulot la bouteille de vodka.

« Finalement, je prendrais bien du champagne... », murmura-t-il.

Orlando plongea le tisonnier dans le poêle et remua vigoureusement l'anthracite. Antonin se demanda où le loup-garou avait bien pu voir et apprendre ce geste.

« Alors votre copain arrive demain du XXIe siècle ? Et qu'est-ce qu'il va nous ramener ce coup-ci ? »

Orlando haussa les épaules.

« On ne sait pas. Peut-être un moyen de vous faire disparaître... »

Vicars lâcha un gloussement vaguement éméché.

« En flinguant mon père avant qu'il ne fourre son gros truc dans le ventre de ma mère ?

– Ça se pourrait. »

Le sourire de Vicars s'évanouit. Il fixa encore attentivement les garçons, comme s'il cherchait sur leurs visages un argument pour ne pas croire à toute cette histoire. Il secoua la tête, consterné, et fit sauter le bouchon de champagne.

« Où avez-vous rendez-vous avec votre copain ?

– Ça, vous allez avoir du mal à nous le faire dire. »

Vicars gonfla les joues.

« On ne peut pas me refuser grand-chose, soupira-t-il.

– D'accord, vous nous faites tous disparaître, admit Orlando en balançant dangereusement son tisonnier. Qui pourra vous accuser d'avoir fait assassiner quatre ou cinq jeunes gens qui n'existent pas ? Restent le robot et son foutu chat.

– Et la Buick », ajouta Vicars.

Orlando fronça les sourcils. Il regarda le privé et son visage s'éclaira.

« C'est la Buick qui vous intéresse !

– Je n'ai peut-être pas besoin de vous pour mettre la main dessus. L'agence Vicars dispose des meilleurs donneurs de tout le pays.

– Ah oui ? Dans ce cas, expliquez-moi comment vos hommes vont pouvoir repérer une bagnole qui n'est peut-être même pas à l'époque où ils la cherchent ? »

Vicars abandonna un soupir dans sa coupe de champagne.

« Il y a des tas de possibilités. Je pourrais aussi vous laisser vous démerder, garder la drôle de fille en otage et vous l'échanger contre la Buick... Mais j'imagine que vous n'auriez pas beaucoup de mal à remonter de quelques jours dans le temps pour m'empêcher de la kidnapper. Vous pouvez même avoir déjà décidé de me liquider. A douze ans, je n'étais pas vraiment méfiant. On ne sait plus très bien qui tient l'autre, hein ? »

Une ombre frôla le visage du loup-garou.

« Vous avez pris vos précautions ? »

Vicars balaya la question d'un geste négligent.

« Une petite intramusculaire de rien du tout..., soufflat-il. Une espèce de poison retard que m'a refilé un Pakistanais en cavale. D'ici quatre jours, votre copine sera un peu dérangée, dans huit elle sera très malade et trois jours plus tard elle sera morte. Si on administre l'antidote avant cette échéance, ça ne laisse que le souvenir d'un bref tracas intestinal. Je ne sais pas très bien comment fonctionne votre balade dans le temps, mais me tuer n'enlèvera peut-être pas le poison que la fille a dans les veines... »

Trafic se dressa, la bouteille vide de vodka en main. Un joli Derringer à deux coups et à crosse nacrée fleurit entre les doigts boudinés du privé.

« Ne tentez pas de sottise avec moi, prévint calmement Vicars. Asseyons-nous, buvons et essayons de trouver une solution digne pour tout le monde. »

Trafic tremblait. En l'observant, Antonin se rendit compte qu'il tremblait lui aussi depuis un bon moment déjà. Dans l'ensemble, pourtant, tout le monde était d'accord pour boire et négocier. Le Derringer décrivit un arc de cercle et pointa ses canons superposés vers la poitrine du loup-garou.

« Mon ami, j'aimerais mieux que vous abandonniez cette barre de fer... »

Orlando posa le tisonnier près de la fausse cheminée, piocha une bouteille de sauternes dans le réfrigérateur et vint s'assoir à la table, face au privé.

« Pourquoi voulez-vous la Buick ? »

Vicars grimaça. Le champagne n'était peut-être pas fantastique...

« Je pourrais vous raconter que c'est par nostalgie, par envie de revoir des anciens amis, des parents disparus. Tout un tas de conneries que vous pourriez gober ou non. Ça n'a pas d'importance. Alors disons que j'aime bien ce modèle. »

Si la Buick était vraiment un moyen de diriger le monde, Antonin se demanda s'il ne valait pas mieux l'abandonner aux neuroprocesseurs d'OFF...

« En échange, reprit le privé, je peux vous fournir les moyens de rester dans cette époque. J'ai toujours pris soin de mes relations. Elles vous assureront une existence légale. De mon côté, je vous offrirai une petite rente qui vous permettra de vivre tranquillement à cette époque jusqu'à la fin de vos jours.

– Grand seigneur... », persifla Orlando.

Vicars mordit dans une nouvelle montagne de toasts. Un filet de condiments coula sur son menton.

« Voilà comment je vois les choses, postillonna-t-il. Votre copain va sûrement vous aider à remonter en 57 pour récupérer la Buick. Vous liquidez le robot et son greffier et vous revenez me livrer la bagnole. Vous retrouverez votre copine dès que les choses seront rentrées dans l'ordre.

– Et vous vous occuperez aussi de Fershid Panizza ? »

Vicars se leva et se torcha les lèvres d'un revers de sa main velue.

« Je manie mieux le revolver que le paradoxe mais ça m'étonnerait que votre golfeur à la noix parvienne à exister si vous interceptez le robot en 57. Il n'est de bonne compagnie qui ne se quitte, les p'tits gars. J'ai encore des gens à voir. Je dois organiser mon nouvel avenir. »

Il lâcha un rot satisfait et quitta l'appartement. Il prenait donc l'habitude d'abandonner derrière lui une atmosphère consternante...

13.

Midi n'était sans doute pas la meilleure heure pour donner un rendez-vous à Covent Garden. Confit dans une monumentale migraine, le manque de sommeil accumulé en sacs d'humeur sous les yeux, Antonin était planté au coin de Saint James Street. Il n'avait dormi que trois heures et se trouvait exactement à ce point de déséquilibre douloureux entre l'ivresse et le sevrage. Orlando traînait dans les parages, avec la télécommande dont il avait pressé le bouton bleu à l'heure prévue. Rien ne s'était passé. Le loup-garou n'avait lâché que quelques mots depuis la visite de Vicars et était allé s'enfermer dans sa cellule humide. Il croyait pouvoir contrôler le privé mais s'était, en finale, laissé manipuler comme un enfant. Il digérait visiblement très mal les principes de ce renversement de situation. Trafic, lui, optimisé par quelques verres ingurgités au réveil, laissait à 42 le soin de débrouiller l'affaire et était allé acheter quelques vêtements moins temporellement ciblés qu'un pattes d'ef et une chemise à jabot. Antonin secoua la tête. Est-ce que tout cela ressemblait vraiment à une nuit d'anniversaire ? Et son monde, là-bas, avec maman Hofa dedans, qui s'effaçait... Dans la glu éthylique qui alanguissait ses pensées, il songea à l'univers sous forme de disque dur. Le disque dur était Dieu sur lequel les hommes enregistraient leur destin... Antonin s'ébroua. 42-Crew, petit pirate souterrain, charmeur de microprocesseurs neuroniques, avait découvert le secret de la vie. Merde... L'Amérique du Sud s'était fait la paire... Il allait se diluer jusqu'où, cet univers ? Jusqu'à la fin ? Antonin frissonna. A tout prendre, il préférait encore sa situation à celle de 42.

« Antonin ? »

Le garçon pivota et regarda la jeune fille qui venait de l'aborder. Elle ressemblait à une de ces délicieuses élèves du Royal Opera House qui jouaient parfois les ouvreuses pour financer leurs études. Une frimousse ronde, piquée d'étoiles rousses, encadrée par une cascade ambrée qui roulait sur ses épaules, et des yeux gris-vert générateurs d'infarctus. Elle portait un angora bleu sur une mini-jupe de cuir blanc et un large sac de peau à franges en bandoulière. Toujours en proie aux affres des lendemains d'excès, Antonin ne s'étonna pas immédiatement de voir une inconnue l'appeler par son prénom. Il commença d'abord par tomber amoureux.

« Me regarde pas comme ça ! grogna la sublime. On dirait que c'est la première fois que tu vois une fille. »

Antonin gonfla les joues. Il balaya d'un geste nerveux la mèche qui lui barrait le front.

« On... On se connaît ?

– T'as rendez-vous avec moi, imbécile. Je suis 42. »

Antonin ouvrit la bouche. Il regarda plus attentivement la jeune fille avant de lâcher un ricanement.

« Ça, ça m'étonnerait ! pouffa-t-il.

– Tu te souviens quand la petite antisèche auditive que je t'avais bricolée est tombée en rideau en plein contrôle du cours de géopolitique ? minauda la mignonne.

– Merde, 42... C'est vraiment toi ?

– Où sont les autres ? » demanda impatiemment 42.

Antonin secoua la tête.

« Mais tu... tu ne peux pas être 42 !

– J'ai pris le corps de cette petite pouf pour pas devenir aveugle et pour combattre l'attraction de mon univers. J'ai amélioré le Jokari mais malheureusement pas au point de choisir mes vecteurs. Je prends ce qui me tombe sous la main. »

Antonin fit claquer ses doigts et fourragea sa chevelure clairsemée, en proie à la plus grande confusion.

« Putain, mec... C'est dingue ! »

Antonin se rendit compte qu'il appelait « mec » une jeune fille d'une quinzaine d'années.

« Tu sais que t'es vraiment gironde ? »

42 toussota.

« Où sont les autres ? » répéta-t-il.

Orlando était précisément en train de traverser Saint James Street. Il se dirigeait vers eux.

« Et la fille ? demanda Antonin.

– Quelle fille ? »

Antonin désigna de l'index la poitrine de 42.

« La fille qui était là-dedans avant que tu ne prennes sa place... »

Le pirate renifla. Preuve que la question soulevait un problème qu'il n'avait pas tout à fait résolu.

« Elle est là. Elle gueule et ça me file la migraine..., murmura-t-il.

– Elle gueule ? » souffla Antonin en écho.

Orlando s'approcha. Il portait toujours son masque des

mauvaises heures et jeta un coup d'œil irrité sur la jeune fille. Il choisit de l'ignorer.

« Tu l'as vu ?

– Oui. »

Le loup-garou fronça les sourcils.

« Où est-il ?

– Là ! » répondit Antonin en désignant la fille au pull angora.

Orlando émit un bref grognement.

« Tu crois vraiment que c'est le moment de picoler ? T'as fini le stock de pills ou quoi ?

– Salut, Orlando », fit 42.

Le lycanthrope accorda un regard courroucé au pirate et lui renvoya une superbe grimace.

« Bonjour. Excusez-nous, mais on attend quelqu'un.

– Je sais bien que tu m'attends, Orlando Pechelbronn ! s'impatienta 42. Sois gentil, Antonin, explique-lui. J'ai pas envie de passer la nuit ici. »

Antonin se racla la gorge.

« C'est 42... Dans cette fille... Euh... »

Trafic, tourmenté par un inextinguible fou rire, se tapait sur les cuisses. 42 regardait sur la table les reliefs du festin alcoolique de la veille. Les exemplaires du *Timeform* étaient souillés de mayonnaise et de ketchup.

« Et tu peux rester là-dedans aussi longtemps que tu veux ? s'étrangla Trafic qui avait troqué sa tenue de baba contre un costume de velours vert.

– En principe, oui. Au moins tant que cette enveloppe sera apte à survivre. Est-ce qu'il reste quelque chose à boire ?

– Une bouteille de sauternes. Peut-être un fond de vodka ou de spiritus...

– Va pour le sauternes. Le spiritus ferait exploser comme une grenade le foie de cette petite conne... »

Trafic ouvrit le frigo sans cesser de ricaner. Antonin ressentait un inexprimable malaise. L'adolescente habitée par 42 était réellement superbe, et le garçon avait un mal fou à associer cette irréprochable plastique au petit pirate avec ses lunettes de soudeur.

« 42... Je... Enfin, je... »

Ça ne s'arrangeait vraiment pas.

« Qu'est-ce qu'il a ? s'inquiéta le bidouilleur.

– Sa foutue virginité, soupira Orlando.

– 42, tu ne parlais pas comme ça avant ! » s'empressa Antonin.

La fille posa sur lui un regard mi-amusé, mi-irrité.

« J'ai trois ans de plus depuis la semaine dernière, expliqua-t-il d'une voix douce. Ça me fait vingt-cinq ans. Neuf ans de plus que toi, amigo. »

Les épaules d'Antonin s'affaissèrent légèrement. Trafic posa la bouteille de vin blanc liquoreux devant 42 qui l'emboucha vigoureusement, but deux longues gorgées avant de s'étrangler et d'en recracher une partie.

« Merde ! C'est dégueulasse ! »

Orlando esquissa un triste sourire.

« La petite devait se la faire au milk-shake. Faut te faire une raison, 42. T'es dans un corps sain.

– Chiotte... », pesta 42.

Orlando s'accouda à la table.

« Qu'est-ce qui a encore disparu depuis ta dernière apparition ? »

42 renifla, regarda autour de lui.

« Le surréalisme, Jules Verne, Cuba, le crapaud-buffle, les morilles, une moitié de l'Ukraine, un bout du Japon et le procédé d'enregistrement V.H.S..., murmura-t-il. Des tas d'autres trucs aussi. C'est chouette comme appartement.

– On est dans la merde, 42.

– Je sais. »

Trois rides sillonnèrent le front du loup-garou.

« Tu sais ?

– Ben oui... Vous êtes dans la même merde que moi. »

Antonin et Orlando échangèrent un regard surpris.

« Je comprends pas. »

Le pirate regarda les trois garçons.

« Vous n'avez pas lu ma lettre ?

– Si... Bien sûr que si. Qu'est-ce que ça a à voir avec notre problème ? »

42 écarquilla ses yeux sublimes. Il secoua ses boucles rousses.

« Vous n'avez pas compris..., souffla-t-il. Vous êtes dans l'univers accessible, mais vous appartenez à l'univers parallèle ! Comme moi, comme OFF, comme la Buick. Vous êtes aussi menacés d'écrasement. »

Le cœur d'Antonin cessa de battre. Trafic ne riait plus. Le regard du loup-garou devint franchement lie-de-vin.

« Tu déconnes ? murmura Trafic.

– Je pensais que vous saviez lire, marmonna 42, maussade.

– Excuse-nous, s'emporta Trafic. On n'a pas eu trois ans de mieux pour réfléchir. Juste une semaine avec des tas d'emmerdements. Un gros tas, mec ! Ça ne t'étonne pas de ne pas voir Anita ? »

42 dessina une jolie moue avec sa bouche.

« Je pensais qu'elle avait disparu, gommée du disque dur et donc effacée de vos mémoires. Exactement comme si elle n'avait jamais existé. Ce n'était pas la peine de vous en rappeler le souvenir. »

Antonin se mit à fixer obstinément le dos de sa main, guettant l'apparition d'une improbable transparence, symptôme d'une proche éradication.

« Eh bien non, 42 ! siffla Trafic. Anita est toujours vivante, mais pas pour longtemps. Une espèce de porc maître chanteur a découvert la combine. Il veut la Buick et il a collé un poison retard dans les veines d'Anita. Qu'est-ce que tu dis de ça ? »

Le pirate haussa les épaules. Le pull angora remonta légèrement sur son ventre.

« Qu'est-ce que ça change ? Si nous ne parvenons pas à détruire OFF avant qu'il n'altère le continuum, tout ce qui vient de notre univers de départ s'effacera. Anita comme le reste. Ce que je crains... »

Il s'arrêta et loucha sur la bouteille de sauternes.

« J'en ai besoin ou j'en ai envie ? s'interrogea-t-il.

– Ce que tu crains ?

– Si OFF est arrivé aux mêmes conclusions que moi, il sait qu'il va disparaître. Mais il peut, lui, construire un double de lui-même, introduire ses mémoires et son programme dans une autre machine. Ce clone restera dans l'univers accessible lorsque l'univers parallèle sera totalement effacé. OFF survivra à l'éradication définitive de notre monde d'origine. »

Les mâchoires du loup-garou étaient douloureusement crispées.

« Comment pourrait-il effectuer les mêmes calculs que toi ? Il ne peut pas savoir que notre univers s'efface...

– C'est notre dernière chance, approuva 42 en rejetant sa chevelure en arrière. Il faudrait pour ça qu'OFF n'ait pas eu la curiosité de retourner au XXIe siècle en appelant sur l'auto-radio de la Buick le concert des Redemption. Son programme, celui de la Nouvelle Eglise, inclut le prosélytisme. Il a déjà commencé sa guerre sainte par l'intermédiaire de Fershid Panizza. Vous avez appris du nouveau de ce côté-là ?

– On a failli se faire écharper par ses adeptes », grimaça Trafic.

Orlando résuma brièvement les circonstances. 42 hocha la tête.

« Tout ça doit lui prendre beaucoup de temps..., murmura-t-il. Et il ne doit pas imaginer que nous puissions être dangereux pour lui. Il s'est contenté de vous inclure dans ses icônes du Mal. Ses fidèles se chargent du boulot. L'univers qu'il nous prépare va être terrible. »

Il resta un instant silencieux avant de s'ébrouer et de réclamer le sac de toile des brigades de contrôle. Orlando le lui remit, avec le boîtier qui ressemblait à une télécommande, ou à une calculette scientifique sans écran.

« Et la grenade ? Qu'est-ce que vous avez fait de la grenade ? s'inquiéta le pirate.

– J'ai dû m'en servir pour calmer les ardeurs des fans de Panizza. »

42 grimaça et haussa les épaules.

« De toute façon, j'avais prévu ça pour le cas où vous auriez des problèmes physiques avec OFF. On dirait que c'est ce qui s'est passé... »

Il oublia les hippies en charpie et sortit du sac le bracelet orné d'améthystes, du toc comme devaient en vendre tous les hippies de Kensington Market.

« Mirabelle travaillait avec moi sur le projet Jokari, mais sa grand-mère maternelle était d'origine argentine. Elle a disparu en même temps que le continent sud-américain... »

La nouvelle creusa un gouffre dans l'estomac d'Antonin.

« Attends une seconde, l'arrêta Orlando. Comment pouvons-nous nous souvenir de Mirabelle ? Sa disparition aurait dû l'effacer de nos mémoires. Et toi, comment te souviens-tu de cette fille ? »

42 poussa le sac à franges de la jeune fille qu'il habitait. Un tube de rouge à lèvres s'en échappa et buta contre la bouteille de vin blanc.

« Vous vous souvenez de Mirabelle parce que vous vous trouvez en amont de son éradication. Moi, je préserve ma mémoire grâce à ça... »

Il saisit le deuxième boîtier qu'il avait apporté dans l'Aston Martin. Celui-là ressemblait à un petit transfo de bakélite noire, absolument lisse, sans potentiomètre ni prise. Une de ses faces portait quatre aimants ronds.

« Vous avez une télé ? demanda 42.

– Non.

– Qu'est-ce que vous avez ici qui fonctionne avec un moteur électrique ?

– Le frigo, répondirent en chœur Antonin et Trafic.

– Ça ira. »

42 se dirigea vers le réfrigérateur et y plaqua le boîtier noir. Il glissa sur son crâne ce qu'Antonin avait tout d'abord pris pour un collier indien.

« J'ai placé une balise en amont des premières disparitions, expliqua le pirate. Cet appareil contrôle ma mémoire et la compare avec les données de la balise. Il me signale tout ce qui s'est effacé de ma tête... »

42 laissa échapper un petit cri.

« Shit ! La Lune vient d'être engloutie ! Avec les murènes, l'épilation électrique et Pablo Picasso. »

Trafic se tourna vers Orlando.

« Dis, si la Lune n'existe plus, peut-être que tu n'es plus un...

– Je me souviens très bien de la Lune, maugréa le loup-garou. A ta place, je ne compterais pas trop là-dessus. »

Il désigna le bracelet et la télécommande.

« Et ce bazar, c'est quoi ? »

42 se débarrassa du casque, détacha sa mémoire du frigo et revint vers la table.

« Ça, c'est le Jokari, expliqua-t-il en prenant la télécommande. Le switcher de la Buick fonctionne avec l'empreinte sonore, l'écho des ondes envoyées par notre univers. Le principe du Jokari est sensiblement différent. C'est un scanner spatio-temporel. Plus précisément, il calcule la position de la Terre dans l'espace à chaque instant. C'est bien plus compliqué que le switcher sonore mais c'est infiniment plus précis et moins susceptible d'erreurs. Mirabelle m'a beaucoup aidé à le mettre au point. C'était une fille formidable. Sans elle, je n'y serais jamais arrivé...

– Arrête tes conneries ! » grinça brusquement Orlando.

Les yeux gris-vert de 42 s'arrondirent. Il lâcha un hoquet.

« Qu'est-ce qui te prend ?

– Ce n'est plus l'heure de faire du cinéma, 42. Le programme que tu as monté sur la Buick et ce truc-là, Nitro n'a pas pu te les vendre. Cet enfoiré de Hors-Jeu n'a jamais vendu autre chose que des gadgets made in Taiwan. D'où ça vient ? »

Un frémissement nerveux agita la joue de la jeune fille. Antonin, fasciné, ne la quittait plus des yeux. Cela faisait déjà quelques minutes qu'il n'écoutait plus l'exposé scientifique de 42. Il se demandait simplement s'il pouvait raisonnablement sauter cette fille formidable avec son ancien copain à l'intérieur...

« Du *Temps du Twist* », avoua le pirate dans un souffle.

Il regarda ses ongles recouverts d'un léger vernis nacré.

« Je les ai trouvés sur le vieil homme vert. Le Jokari s'était brisé dans sa chute.

– Sa chute ?

– Il est tombé du haut de la Grande Roue. Vous vous souvenez de la portion manquante ? »

Les kids hochèrent la tête.

« C'est la porte par laquelle le vieil homme est arrivé. Je suppose qu'il s'est trompé dans ses calculs, ou que le programme musical du luna-park a agi sur le scanner comme un leurre. Le *Temps du Twist* diffusait *Like a Rolling Stone* à ce moment-là. C'est aussi le seul morceau qui était programmé sur son switcher. *A priori*, il n'avait donc pas l'intention de retourner à son époque. Je ne sais pas. Il est peut-être parti du haut d'un immeuble...

– Mais d'où il sortait, ce type ?

– Du futur, j'imagine, murmura 42.

– D'un futur où les vieux sont tatoués comme du bétail ? grimaça Antonin.

– De quel vieux vous parlez ? » s'impatienta Trafic qui n'avait pas vu le vieil homme vert.

Antonin imagina un monde où les z.z. avaient fini par s'organiser, par prendre le contrôle de la planète et se lancer dans l'élevage. C'était une des explications possibles du tatouage du vieil homme. La plus évidente. Mais il y en avait probablement d'autres. De moins réjouissantes...

« Comment des hommes qui ont mis au point le déplacement dans le temps n'ont-ils pas songé à effacer du disque dur les atrocités de l'histoire ? » souffla-t-il.

Le regard que 42 posa sur Antonin était bouleversant.

« Rien ne dit qu'ils n'aient pas essayé et que le résultat ne se soit avéré pis encore, avança le pirate. Mais je ne crois pas. Je suppose qu'ils savaient qu'en modifiant le continuum, ils allaient créer un nouvel univers accessible et que le leur allait être irrémédiablement écrasé. Et eux avec. C'est une forme de suicide. Le destin, le hasard et leurs arborescences sont tels qu'il leur était interdit d'espérer renaître un ou deux siècles plus tard. Imagine qu'un de ces hommes kamikazes soit expédié dans les années 1920 pour y tuer Hitler. Premièrement, rien ne permet d'affirmer que la Deuxième Guerre mondiale n'aurait pas eu lieu sans Hitler. Mais deuxièmement et surtout, les bouleversements et les projections suscités par cette guerre autorisent à conclure que les probabilités pour que la partie de ton arbre généalogique vivante à l'époque demeure intacte sont infimes. Ton existence découle d'un infini de hasards. Une seconde, un regard, une danse, un verre de trop, un rendez-vous manqué, une succession de hasards, de riens, avec, au bout de la chaîne, toi.

– Ça me donne envie de vomir, décréta Trafic avant de s'envoyer deux lampées de sauternes.

– Je peux te poser une question ? demanda Antonin.

– Oui ?

– Est-ce que tu es encore pucelle ? »

L'estomac délicat de la jeune fille refusait obstinément l'alcool. 42 avait tenté de l'habituer en mélangeant le vin à l'eau. Rien n'y faisait. Chaque gorgée lui arrachait de terribles nausées.

« Faudra bien qu'elle s'y fasse ! » pestait le pirate avant une nouvelle et infructueuse tentative.

Antonin observait le bracelet indien. Les améthystes paraissaient tièdes au toucher.

« Comment ça fonctionne ?

– C'est un élastique. Si tu le portes, il te reliera à moi lorsque je réglerai le Jokari sur 1957. Exactement comme si tu étais à bord de la Buick. A une différence près...

– Quelle différence ?

– Tu ne te déplaceras pas physiquement », lâcha 42 en faisant tourner son verre de vin baptisé entre ses doigts. Tu me rejoindras simplement dans le nouveau corps que j'aurai investi. J'aurais pu essayer de dupliquer le Jokari mais il y a dans le processeur un minéral inconnu. Sans doute découvert après notre époque. De toute façon, les "voyages" physiques sont terriblement éprouvants. L'attraction de l'univers d'origine est plus puissante que la force centrifuge. Au-delà de deux minutes, votre vue se brouille, le sang envahit les oreilles, le rythme cardiaque s'affole... Nous n'aurions jamais le temps d'intercepter OFF dans ces conditions.

– Tu veux dire que nous allons nous retrouver à deux dans le même corps ?

– Arrête de me regarder comme ça ! Je n'ai aucune envie de t'aider à perdre ta virginité. »

Antonin rosit et décida qu'il était temps de commencer à boire.

« Est-ce que nous allons nous retrouver à plusieurs dans le même corps ? répéta Trafic.

– Oui. J'ai déjà essayé l'élastique avec Mirabelle.

– Comment ça se passe ? Nos mémoires vont se mélanger ?

– Non. Sauf si vous acceptez d'en libérer l'accès. Je ne vous conseille pas de faire ça. C'est un peu comme si vous preniez cent trips d'un coup. On s'en remet difficilement et on doit finir par ne plus très bien savoir quoi appartient à qui. Sinon, c'est moi qui ai les commandes du nouveau corps.

– T'es le chauffeur du bus, quoi, gloussa Trafic.

– C'est à peu près ça. Dites, ça caille autant que dans nos caves, ici.

– Pourquoi il n'y a qu'un bracelet ? » s'inquiéta Antonin.

Orlando ne disait rien. Il quitta la table pour activer le poêle. Le salon de l'appartement ressemblait de plus en plus désespérément à la salle d'attente d'une gare de province.

« Entre les deux squatters et le propriétaire de l'enveloppe, ça fait déjà trois esprits dans le même corps. Et c'est déjà assez de bordel. De toute façon, je ne pouvais pas retirer davantage de minerai au Jokari sans le déstabiliser.

– On se demande même pourquoi tu tiens à ce qu'un d'entre nous parte avec toi », intervint le loup-garou.

42 se tourna vers Orlando.

« Pour le cas où les choses se passeraient mal. Certaines enveloppes sont plus résistantes et parviennent à parasiter le contrôle. On est pas trop de deux pour les calmer. Et s'il arrive quelque chose au corps-vecteur de cette fille, je serai aspiré par mon corps réel. Je retournerai au XXIe siècle. Il me faudrait trop de temps pour paramétrer un nouveau voyage. Vous, vous reviendrez ici. Dans l'univers d'OFF. L'univers directement accessible. Il n'y a que là qu'il est vulnérable. Et il faut un témoin pour raconter ce qui s'est passé. »

Il but une gorgée de vin. La jeune fille grimaça mais ne recracha pas.

« On part quand ? demanda Orlando.

– Dès que nous aurons décidé qui vient et qui reste. Le Jokari est réglé sur le 7 janvier 57, la veille de l'anniversaire de Jimmy Page. J'espère que ça nous laissera le temps de nous procurer une arme.

– Une arme ? suffoqua Trafic.

– Je n'ai pas l'intention de discuter avec OFF. Dès qu'il sera sorti de la Buick, je le désintègre. Et il y a peu de chance pour que l'enveloppe dans laquelle nous tomberons là-bas soit armée. »

Une expression amusée décrispa enfin le visage du loup-garou. Son sourire n'était pas réapparu depuis la visite de Vicars. Il souhaitait visiblement faire partie du voyage.

« Qui prend l'élastique ? »

Orlando se porta naturellement volontaire. 42 regarda Trafic et Antonin. Ni l'un ni l'autre ne semblaient enclins à disputer la place au loup-garou.

« Qu'est-ce qui va arriver à ce corps-là ? demanda Antonin en désignant les seins du pirate.

– La petite conne va reprendre ses droits sur sa viande, lâcha 42. Il faut l'attacher, la bâillonner et l'enfermer jusqu'à mon retour.

– Est-ce que... Est-ce qu'elle partage tes pensées ?

– Evidemment non ! s'insurgea le bidouilleur. Mais elle te voit, si c'est ce que tu veux savoir. Elle n'oubliera rien de ce qui se passe en ce moment. »

Antonin se sentit à nouveau profondément troublé. Il évita de regarder la jeune fille.

« Je préfère rester », murmura-t-il.

42 laissa échapper un gloussement nerveux.

« Je crois comprendre qu'elle aurait préféré que tu partes, annonça-t-il.

– J'comprends ça, ricana Trafic.

– Dites, pour qui vous me prenez ? s'offusqua Antonin.

– Pour un type qui n'attend que la première occasion pour tirer sa crampe », annonça tranquillement 42.

Orlando et Trafic se mirent à rire tandis qu'Antonin s'empourprait. Il fallait absolument qu'il en termine avec cette réputation de puceau hystérique. Il décida de traîner cette nuit du côté de Soho avec en poche de quoi exercer une séduction éphémère mais concrète sur toutes les putains de la ville...

Le loup-garou acheva d'attacher le corps de la fille à l'armature du lit. Les garçons avaient finalement décidé de l'enfermer dans la chambre d'Anita, disponible et moins glaciale que la cellule d'Orlando. 42 vérifia la solidité des liens.

« D'accord. Placez le casque sur mes tempes. »

Trafic, fasciné, s'enfilait verre sur verre. Il ne restait déjà plus grand-chose du stock d'Orlando. Antonin s'était remis à boire, mais ce début d'ivresse n'effaçait rien du malaise qui l'oppressait. Il regarda Orlando fixer le bracelet indien à son poignet et glisser le casque sur la tête de 42.

« Tu devrais t'allonger, toi aussi », conseilla le pirate au loup-garou.

Orlando fronça les sourcils.

« Dès que nous serons partis, ton corps entrera en catalepsie. Pas la peine de risquer de te fendre le crâne en tombant sur le sol. »

Orlando s'assit en tailleur, dos au mur. Il commençait tout de même à manifester quelques signes d'anxiété.

« Et nous ? On fait quoi en attendant ? questionna Trafic.

– Vous devez juste appuyer sur le bouton bleu du Jokari quand nous serons prêts. Rien d'autre. Dans le pire des cas, si OFF se défend et flingue notre enveloppe, nous reviendrons ici. Maintenant, bâillonnez-moi. Cette fille va sûrement se mettre à gueuler dès que je ne serai plus là. »

Antonin agita les mains.

« Attends une seconde ! Qu'est-ce qui se passe si tu... si ton enveloppe parvient à se libérer et à se débarrasser du casque ?

– Rien du tout, fit le pirate avec un sourire. Le casque ne sert que pour le départ. Cette fille est une station-relais qui m'évitera d'être aspiré par le XXIe siècle. J'ai laissé une empreinte dans ce corps. Quand le Jokari commencera à scanner, il trouvera cette adresse et m'y conduira automatiquement. Mais je préfère éviter que la petite ne sorte d'ici pour aller raconter des conneries aux flics. »

Antonin trouva que 42 résumait de façon bien simpliste un mécanisme d'une complexité effroyable. Il s'abstint pourtant de poser toutes les questions qui lui brûlaient les lèvres.

« On doit la nourrir ? s'enquit encore Trafic.

– Elle est grasse comme un cochon de lait, grogna 42. Quarante-huit heures de diète ne lui feront pas de mal. Essayez plutôt de lui apprendre à boire. Je n'ai aucune envie de me taper des laits-grenadine. »

Trafic bâillonna le pirate et prit le Jokari en main.

« Ne vous attardez pas en route, les mecs. N'oubliez pas Anita et ce connard de privé. »

Orlando se coucha sur le flanc.

« Bon voyage... », soupira Trafic en appuyant sur le bouton bleu.

Tout d'abord, il ne se passa rien. Ou plus exactement les deux adolescents n'enregistrèrent pas les premières modifications. Le corps du loup-garou se détendit. Il parut s'endormir. A l'inverse, celui de 42 se raidit, s'agita dans ses liens. Ce n'est que dans ses yeux gris-vert noyés par la terreur qu'Antonin comprit que la jeune fille avait repris possession de son corps...

Trafic reposa le Jokari et s'accroupit près du loup-garou. Il le secoua légèrement, prit son pouls.

« Ça bat normalement, soupira-t-il. Putain d'invention... Tu te rends compte ?

– Je ne connais même pas son prénom », murmura Antonin en fixant la jeune fille.

14.

C'était une sensation de décapité. Une impression de chute accompagnée du réflexe de tendre les mains pour se retenir, pour amortir la réception. Mais la tête du décapité continue pour quelques secondes encore, atroces et indicibles, à donner des ordres à un corps qui n'est déjà plus solidaire. Le syndrome du décollement. Succédait à ce vertige désagréable et bref une vision étrange, en longue focale, d'un enchevêtrement de grues chromées filmées au travers d'un pare-brise en miettes. La désincarnation était un phénomène qu'Orlando connaissait. Nombre de drogues en reproduisaient les sensations. Il ne fut donc pas totalement désorienté lorsqu'il se vit suspendu, en attente, au-dessus de son propre corps sur lequel Trafic se penchait. Il se sentit même sourire, une nanoseconde avant que l'aspiration ne survienne, impérieuse et violente. Le Jokari décapitait l'âme, jouait avec les lois d'une pesanteur spatio-temporelle, exploitait, tels les principes d'un yoyo, la force d'inertie pour la retourner contre ses propres propriétés. Se savoir relié à son corps par une ficelle ne rassura pas du tout le loup-garou. Il avait déjà vu des tas de yoyos se mettre en vrille, accablés de vibrations intempestives, et refuser de remonter l'improbable verticale pour se loger dans la paume originelle. Quant à la balle de caoutchouc du Jokari, il fallait bien admettre ses trajectoires fantaisistes... Le Jokari pliait le temps comme il l'aurait fait d'une écharpe, reliait sans effort les deux extrémités de l'étoffe et donnait ainsi l'illusion d'un continuum truqué, de distances dont on pouvait à loisir manipuler les données... La Terre était la balle de caoutchouc. Le Jokari scannait toutes ses positions, tel un programme antivirus à la recherche d'une chaîne de caractères intrus, un éditeur de secteur en quête de données hexadécimales programmées. La recherche était trop rapide pour qu'on puisse discerner dans ce défilement d'images le mouvement des hommes. La vitesse uniformisait l'histoire, diluait les foules et irriguait le temps de ses fleuves de monolithes aux sources de néant. La vérité était mathématiques et Dieu un interpréteur de langage. Il n'y avait pas de finalité. Jamais. Et dans cet ordre désespérant, le plus petit gravier avait autant de pouvoir créateur que le plus célèbre des peintres... Orlando sentit la déprime fouailler ses viscères. Il songea à la fameuse dépression des premiers astronautes, cette insupportable relativité révélée par la distance. Ils n'avaient pourtant ressenti qu'une parcelle de ce qu'il vivait, lui, entouré de pyramides d'amplis qui lui crachaient le réel à fond la caisse. Ce genre de décibels rendait plus sûrement fou que sourd. Le jeune loup-garou tenta de refuser l'information, de se fermer, mais il était devenu comme un radar, balançant sa lourde silhouette parabolique vers un ciel sillonné par des nuées de satellites de réalité.

Suis-je un logiciel qui n'a d'autre fonction que de prendre du plaisir ?

La réponse est indéniablement oui.

42 ? C'est toi ?

Nous sommes arrivés, amigo. Méfie-toi de ce type, c'est un voleur.

Un voleur ?

J'ai piqué droit sur le type le plus anodin du marché. Regarde-nous. On a l'air d'un aide-comptable, tout à fait le genre de citoyen qui ne détournerait pas trois pence pour faire une livre. On vient pourtant de taxer notre cinquième portefeuille...

Orlando se rendit compte de la crispation que l'aspiration

du Jokari avait provoquée sur son mental. Il se sentait comme un cerveau recroquevillé en position fœtale. En cherchant à fuir le réel, il s'était fermé à la réalité.

Ne fais pas ça !

Quoi, ça ?

Ne t'ouvre pas comme ça ! C'est trop fort... C'est... Essaye de te mettre dans la peau d'un mec qui regarde un film sur un écran.

S'asseoir dans sa tête était un exercice auquel le loup-garou n'était pas franchement accoutumé. Il sentit une présence à son côté. Le type s'appelait Graham Redlynch et était superbement affolé. Il n'avait visiblement pas encore compris ce qui se passait et se croyait malade. Il songeait à une subtance opiacée qu'un malin aurait glissée dans la pinte de bière qu'il s'accordait traditionnellement avant de faire son marché. Il y avait des sensations très morbides dans les vaines tentatives qu'il effectuait pour reprendre le contrôle de ses synapses. En fait, Graham se demandait s'il n'était pas tout simplement en train de mourir. Orlando devina qu'il n'aurait pas beaucoup d'efforts à fournir pour broyer le mental de ce type. Ça devait être à peu près aussi facile que d'écraser un gobelet en plastique. Orlando s'insinua dans la vie de Graham Redlynch.

Laisse-le tranquille !

Le pirate était un peu plus loin, aux commandes du corps du voleur. Il était presque parfaitement étanche et ne laissait filtrer que des sensations codées.

Bravo, le bidouilleur ! Ton cerveau est plus hermétique qu'un pétoncle dans sa coque.

42-Crew renforça encore son écran de protection. Il sentait le souffle terrible du loup-garou, juste derrière lui. Il percevait une force hallucinante, inconcevable, une puissance plus incontrôlable qu'hostile. 42 avait déjà partagé un corps avec Mirabelle. Il était également tombé sur des enveloppes plus rétives au squatt mental, mais jamais il n'avait cohabité avec un cyclone. Graham Redlynch n'était déjà plus qu'une coquille de noix dans l'océan psychique du lycanthrope...

Orlando poursuivait son exploration. Nous habitons Liverpool, mais nous évitons les marchés londoniens où nos exploits ne sont pas passés inaperçus. Des flics en civil traînent dans tous les lieux publics de la capitale, à la recherche de Doigts-de-Fée, l'écumeur des sacs et des poches-revolver. Nous vivons seul, fumons des Benson & Hedges sans filtre, sucrons notre thé avec du miel et allons au bordel une ou deux fois par semaine. Nous avons une Morgan vert bouteille, une impressionnante garde-robe composée d'une centaine de costumes et un très joli Colt Lawman Mark V scotché sous la table de la cuisine. Nous sommes indépendant mais le gang de Sam Diamond n'aime pas les free-lance. Nous craignons autant la police que Sam Diamond et ses encaisseurs.

Une sacrée veine, ce Colt, non ?

Ouais. Je ne sais pas si ça suffira à bousiller OFF.

Mon cher pirate, le Colt Lawman Mark V crache de très honorables frelons calibrés en 357 Magnum. Ça suffit à arrêter une voiture.

L'enveloppe nommée Graham Redlynch se racla la gorge. Nous avons une voix convenable, posée, qui inspire la confiance. Nous serions d'ailleurs volontiers devenu escroc si nous n'avions cet extraordinaire talent de manipulateur. Orlando sentit fourmiller au bout de ses doigts le don magique. Redlynch avait certes beaucoup travaillé, mais il n'avait fait qu'améliorer et automatiser une qualité innée.

J'aimerais mieux que tu arrêtes de remuer les doigts quand je marche. Ça me déconcentre.

Excuse-moi. Où allons-nous ?

A Liverpool. Prendre le Colt.

Tu sais que nous connaissons une fille qui n'habite pas très loin d'ici et qui cache dans une girafe en peluche un Ithaca Stakeout. Ça tire du 20 mm et ça arrête très bien les camions et les robots.

Graham Redlynch la connaît. Pas moi.

Quelle différence ? Tu sais tout sur elle.

Il y a des gens qui savent faire la différence entre l'original et une copie. Je ne tiens pas à prendre le risque.

Quelque chose ne collait pas. Un manque d'informations... Une altération dans la faculté de conserver des états de conscience passés. Une pelleteuse avait fait un grand trou dans la terre de la mémoire de Graham Redlynch. Orlando décida de faire une pause dans son exploration. Il sentit qu'il respirait fort. L'enveloppe qui venait de s'asseoir à l'arrière d'un taxi respirait trop fort, elle aussi. 42 donna l'adresse de Redlynch, à Liverpool.

42 ?

Quoi ?

Pourquoi tu as brisé les données neurologiques de ce type ?

Le 7 janvier 1957, il pleuvait déjà sur Londres. Le taxi roulait lentement et la pluie jouait sur la carrosserie *Since I've been loving you.*

Tu sais ce que c'est qu'un type qui devient fou et qui se débat à l'intérieur de son corps ? Il cogne partout dans sa tête. Il cherche à reprendre le contrôle. Les séquences cellulaires reçoivent des ordres contradictoires. Il y a des *rom* dans chaque être humain qui refusent les squatters.

L'inconscient ?

Le programme génétique. L'inconscient n'est rien d'autre que la reproduction microcosmique des données effacées du disque dur de l'univers. Crises, dépressions ou analyses peuvent en rouvrir les accès. Mais le programme génétique parasite notre action. Nous n'avons pas le même interpréteur de langage. Et j'ai besoin de toute ma concentration...

42 ?

Quoi ?

Est-ce que tu vas pouvoir remettre dans ce type tout ce que tu y as enlevé ?

Le pirate resta silencieux. C'était une réponse. Orlando regarda ce qui restait de Graham Redlynch. Des câbles sectionnés, une mare de données en perdition, de sous-programmes sans adresse, des puces et des réseaux déconnectés, une casse de culture où tous les souvenirs, tous les mécanismes s'entassaient pour former une inutile montagne. Un massacre. Rien ni personne ne paraissait capable de remonter ce puzzle psycho-neurologique. Doigts-de-Fée était en miettes, cliniquement mort.

La fille de 1968 est détruite, elle aussi ?

Non. J'ai dû respecter son intégrité pour assurer la survie de l'enveloppe.

42-Crew sentit le souffle chaud du lycanthrope, sur sa nuque. Les griffes du loup-garou grattaient la coque du pétoncle.

Tu n'es pas tombé sur Redlynch par hasard, n'est-ce pas ?

42 hésita. L'esprit du loup-garou agissait comme la pesanteur. Il fallait savoir lâcher du lest pour reprendre de l'altitude.

Les hommes de Sam Diamond vont capturer Graham Redlynch le 8 janvier dans la nuit, lui couler un bloc de béton autour des chevilles et le lâcher dans la Tamise. Je n'ai raccourci son existence que de deux jours.

Sur la banquette du taxi, l'enveloppe hocha la tête. 42 était donc à ce point scrupuleux... Il savait qu'il allait prendre un risque en affrontant OFF et avait donc choisi une enveloppe de toute façon destinée à mourir. Orlando décida momentanément d'y croire. Il reprit sa fouille de la mémoire disloquée du pickpocket, abandonnant les commandes au bidouilleur.

Il y avait pourtant un léger bug dans le programme du pirate. Au deuxième étage de l'immeuble de Liverpool, dans l'appartement du voleur, Sam Diamond était déjà installé dans un fauteuil. Hammer Valentine et Suzy Esperanza, deux de ses meilleures gâchettes, attendaient avec lui le retour de Graham Redlynch...

Trafic était allé acheter de quoi remplir à nouveau le réfrigérateur et le porte-bouteilles. Antonin fouilla le sac à franges de la jeune fille. Elle s'appelait Christina Lloyd, avait seize ans, habitait Luxborough Street, près du planétarium, était inscrite à un cours de danse classique et suivait ses études au collège de Marylebone. Dans le porte-cartes, il y avait également la photo d'un jeune homme en tenue de cricket qu'Antonin trouva résolument laid, un portrait de James Dean découpé dans un magazine, deux tickets de cinéma, cinq livres et un trèfle à quatre feuilles séché. Le sac ne contenait rien d'autre qui pût l'intéresser.

Est-ce que Christina était amoureuse d'un connard de joueur de cricket ? Antonin marmonna un juron essentiellement destiné aux sportifs de toutes les époques. De toute évidence, sa morphologie d'alcoolique précoce ne correspondait guère aux canons des années 70. L'humeur d'Antonin Hofa gravit encore quelques degrés sur l'échelle de la morosité. Il jeta un coup d'œil vers la fenêtre. Le jour commençait à pâlir. Il attendrait la nuit avant d'aller arpenter les rues chaudes de Soho. Là, il jetterait enfin sa gourme. Mystérieusement, Antonin imagina que de faire enfin l'amour à une femme, fût-ce une putain, lui rendrait les choses plus faciles, lui permettrait d'aborder d'autres femmes avec un aplomb et un naturel dont il se sentait dramatiquement dépourvu. Cela faisait combien de temps que Christina était bâillonnée ? Trois, quatre heures ? Le garçon remplit un verre d'eau et grimpa à l'étage. Christina lui accorda un premier regard où l'appréhension se mêlait au soulagement. Antonin se demanda comment il allait pouvoir la faire boire sans qu'elle ne se mette aussitôt à hurler. Entre les jambes entravées de l'adolescente, le triangle de la petite culotte planta un coin d'ivoire dans le cerveau du garçon. Il prit une couverture au pied du lit, en recouvrit le corps de Christina et se sentit aussitôt extraordinairement stupide. Il se mit à maudire son propre désir.

« Tu as soif ? » rauqua-t-il.

Christina battit des cils. Elle les avait superbement longs.

« Tu me promets de ne pas crier ? insista Antonin. Si tu le fais, je serai obligé de te flanquer un coup de poing et de te laisser le bâillon jusqu'à ce que mes amis reviennent. »

Nouveau battement de cils. La bouche d'Antonin dessina une grimace ennuyée. Pourquoi avait-il pris cette initiative avant le retour de Trafic ? C'était stupide. Il se sentait coincé, comme par une de ces vantardises dont les hommes sont parfois si friands. Il posa le verre et s'approcha de Christina. Son cœur recommençait à battre la chamade. Des clichés de bondage lui zébraient la conscience. Ses doigts effleurèrent le bâillon. Christina parut respirer mieux. Elle humecta ses lèvres du bout de sa langue, ce qui contribua encore à affoler le rythme cardiaque d'Antonin.

« Tu sais, j'ai vraiment soif », murmura-t-elle.

Antonin fut surpris par le timbre de voix. 42 n'usait pas les cordes vocales de Christina tout à fait de la même manière. La jeune fille avait une façon un peu curieuse de laisser traîner les voyelles finales. Il prit le verre d'eau, glissa sa main sous la nuque de la prisonnière et l'aida à boire. Le seul contact des cheveux auburn l'électrisa.

« Merci... »

Antonin recula, son verre vide à la main. Il se sentit fabuleusement idiot. Qu'est-ce qu'il devait faire maintenant ? Remettre en place le bâillon ?

« Tu veux un autre verre ? proposa-t-il.

– Non. Ça va mieux. Merci. »

Les yeux gris-vert se fixèrent sur Antonin avec une acuité qui plongea le garçon dans un malaise quasi spasmodique.

« Je sais presque tout de toi.

– Ah oui ?

– Du moins, je sais ce que 42 connaît de toi, précisa Christina. Au début, ça m'a rendue folle.

– Il y a de quoi, admit Antonin qui tentait d'effacer l'air ahuri qu'il devinait figé sur son visage.

– Mais maintenant, ça me manquerait presque. Cette double perception...

– C'est comme le scenic-railway. Quand on a la tête en bas, qu'on est vissé par la force centrifuge et qu'on hurle de terreur, on maudit de toutes ses forces ceux qui vous ont entraîné dans cet enfer. Et puis, une fois le tour terminé, on n'a plus qu'une envie : y retourner. »

Christina regarda Antonin avec un air navré.

« Antonin, ça n'a rien à voir avec un manège. »

Il ouvrit la bouche pour gommer sa maladresse mais aucune réplique satisfaisante ne lui vint à l'esprit.

« Toutes ces choses qui sont entrées dans ma tête d'un seul coup..., soupira la jeune fille. Un siècle d'explosions technologiques, de guerres, de bouleversements géopolitiques... Comment vais-je pouvoir suivre normalement mes cours en sachant tout ça ? Et tous ces gens que je connais sans jamais les avoir rencontrés ? »

Un sanglot perla dans son discours. Antonin se rendit compte qu'elle était à bout de nerfs, qu'elle faisait un effort considérable pour ne pas perdre pied, pour ne pas se noyer dans l'océan de connaissances auquel 42 lui avait donné accès.

« De toute façon, tout ça n'a plus d'importance... »

Antonin fronça les sourcils. Il se massa les joues et sentit sous ses doigts les granules mutilants de l'acné.

« Il y a quelque chose que 42 a volontairement oublié de vous dire, poursuivit Christina. Le Jokari permet de remonter le temps, de poser des balises et de progresser d'enveloppe en enveloppe tout en laissant derrière soi des codes neurologiques.

– Il nous a expliqué ça.

– Mais le Jokari ne fonctionne pas de cette façon pour le retour, reprit Christina en trébuchant sur les syllabes. Pour être aspiré par la balise la plus proche en aval, 42 doit tuer son enveloppe. »

Une larme roula sur la pommette de l'adolescente. Antonin sentit qu'il allait manquer de forces. Il prit appui sur le rebord du lit, regarda le verre vide qu'il tenait toujours. Est-ce que Trafic allait finir par acheter tout le stock d'alcool londonien ?

« Pourtant, je n'arrive pas à lui en vouloir, murmura Christina. Je sais ce que risque votre univers si vous ne parvenez pas à neutraliser le robot.

– C'est ridicule ! s'écria Antonin. 42 ne peut pas nous avoir caché ça ! »

Le garçon vacillait. Il souffrait du vertige des plongeurs restés trop longtemps en apnée. Il secoua la tête.

« Tu essayes de m'embobiner ! Pourquoi 42 t'aurait-il laissée accéder à cette information ?

– Probablement parce qu'il n'avait pas le courage de vous l'apprendre lui-même. Il comptait sur moi pour ça.

– Tu mens ! hurla Antonin. 42 ne serait même pas capable de tuer un z.z. !

– Il est beaucoup plus âgé que toi, maintenant, répliqua doucement Christina. Il a changé et il a peur de disparaître, comme Mirabelle. »

Entendre le nom de Mirabelle prononcé par cette jeune fille des années 70 provoqua chez Antonin d'étranges sensations. Il y avait dans le discours de Christina un curieux mélange de personnalités et d'époques. Le garçon entendit claquer la porte du bas. Trafic était de retour. Antonin hésita. Il n'était pas utile de rebâillonner Christina.

« Je suis en haut ! » cria-t-il.

Il avait besoin de partager la terrible nouvelle avec Trafic. Son pragmatisme l'aiderait peut-être à trouver une solution... Mais quelle solution ? 42 reviendrait de toute façon dans la tête de Christina dont il serait obligé de se débarrasser pour réintégrer son propre corps. Antonin songea à l'autre enveloppe, là-bas, en 1957. Orlando allait apprendre la vérité, forcément. Il la savait peut-être déjà.

« Trafic ! Qu'est-ce que tu fous ? s'impatienta Antonin.

– Inutile de gueuler comme ça », fit la voix d'Alec Vicars.

Antonin se retourna, décomposé. Le privé lissait odieusement le poil brun sur le dos de ses mains. Anita se tenait juste derrière lui. Elle était effroyablement pâle.

« J'ai ramené votre copine. Pas envie qu'elle commence à dégueuler chez moi.

– Co... Comment êtes-vous entré ?

– Par la porte. Qui est-ce ? demanda-t-il en désignant Christina d'un mouvement de menton.

– Christina Lloyd..., bafouilla Antonin. C'est une... euh...

– Un vecteur temporel », termina Christina.

Le regard du privé s'attarda un instant sur la fille attachée avant de glisser sur le corps inanimé du loup-garou.

« Et lui, là, le caïd... Qu'est-ce qui lui est arrivé ?

– Il est en... en 1957. »

Vicars lâcha un soupir, sortit le gigantesque mouchoir blanc de sa poche et s'épongea le front.

« Je sens que ça va être compliqué et il n'y a plus de vodka... », souffla-t-il.

L'air avait un goût de fer, mais Orlando n'était pas assez proche des commandes de Redlynch pour flairer le danger. Occupé à revivre un délicieux souvenir qui ne lui appartenait pas, il ne sentit pas ce subtil changement d'atmosphère qui électrise les terminaisons nerveuses. L'enveloppe glissa la clef dans la serrure. 42, tout en savourant la dextérité nouvelle de ses doigts, poussa la porte. Le loup-garou émergea brutalement de son exploration et Redlynch trébucha.

« Entre, Graham, fit Sam Diamond. Fais comme chez toi. »

Hammer Valentine, hilare, empoigna l'enveloppe par le col et l'envoya valser au milieu du salon. La très dangereuse et très belle Suzy Esperanza se polissait les ongles. Orlando sentit le tas de neurones éparpillés devant lui frémir de terreur. Un réflexe confus motivé par l'horreur viscérale que lui inspirait le gangster. 42 était effrayé, lui aussi, mais pas pour les mêmes raisons. Il se sentait vexé de s'être aussi sottement laissé prendre au piège. Cette erreur risquait de compromettre gravement leur opération. Orlando se rapprocha tandis que l'enveloppe se relevait et tentait de se composer un sourire aimable. Sam claqua des doigts. Hammer fouilla Redlynch et balança les portefeuilles sur la table basse, devant Sam.

« Jolie récolte ! siffla le gangster.

– Ecoute, Sam...

– C'est toi qui vas m'écouter ! gronda Diamond. Je t'avais prévenu, mais tu ne comprends pas. »

Sam se laissa aller dans le fauteuil, allongea ses jambes et croisa ses pieds sur les portefeuilles.

« Une organisation comme la mienne coûte cher. J'ai des frais. Les flics, les juges, toutes ces crapules à arroser. Tu connais le topo...

– Je ne travaille plus à Londres. Ça ne gêne pas ton organisation.

– Alors, évidemment, la part que je réclame peut paraître importante, poursuivit Sam sans se soucier de l'interruption. Il y a des tas de gars qui se disent : "Merde, le Gros Sam nous saigne à blanc." Personne ne veut admettre que cette part est nécessaire au fonctionnement de l'organisation. Et toi, Graham, toi, tu montres à tous ces gars qu'on peut se passer de l'organisation. Tu leur donnes le mauvais exemple ! »

Un frémissement nerveux agita la joue de l'enveloppe. 42 ne parvint pas à le contrôler.

« Je t'aime bien, Gr'am, reprit Sam. Je t'ai toujours considéré comme un fils, mais un bon musher doit parfois savoir se débarrasser de son meilleur chien pour préserver l'unité de la meute. »

Hammer Valentine gloussa, quelque part derrière l'enveloppe.

« Je peux avoir un verre d'eau ?

– Bien sûr », fit Sam avec un mauvais sourire.

Redlynch se dirigea vers la cuisine.

Qu'est-ce que tu as l'intention de faire ?

Prendre le revolver sous la table.

Ne sois pas naïf, 42 ! Ils l'ont déjà trouvé et ils n'attendent que ça pour nous descendre.

Redlynch hésita.

« Tu ne sais plus où sont rangés tes verres ? ricana Valentine.

– Peut-être que je ferais mieux de prendre une bière, décida le pickpocket.

– Ce n'est pas le meilleur jour pour te mettre à l'alcool, Graham », susurra Sam, du salon.

Redlynch piocha une cannette dans le frigo.

J'ai vu où ce gros tas de merde planque son flingue. Laisse-moi prendre les commandes.

Non !

« Tu te souviens quand Hammer t'a brisé les deux pouces, Gr'am ? Je me suis dit, Doigts-de-Fée est mort. Je n'ai jamais vu un prestidigitateur se remettre de ce coup-là. Rappelle-toi Johnny Estrella. Marteau lui a juste écrasé le pouce gauche pour lui apprendre à tenir sa langue. Estrella n'est jamais remonté sur une scène. Trois mois plus tard, il ne réussissait toujours pas à trier un jeu de 32 cartes. Il a fini par avaler un tube de somnifères. Mais toi, Gr'am, t'es revenu au top. Je te tire mon chapeau. Assieds-toi, Gr'am. Bois ta bière. Tranquille. »

Redlynch s'installa sur une chaise, face à Diamond. Valentine se tenait derrière lui. Esperanza paraissait toujours s'ennuyer ferme.

« Je parie que si on te coupait les premières phalanges de tous les doigts, tu reviendrais encore au top. »

L'enveloppe resta silencieuse. 42 apprécia la première gorgée de bière. Il sentait la force du lycanthrope se glisser dans tous les systèmes de Redlynch. Il ne pouvait rien faire contre cette marée. Mieux valait sans doute même ne rien essayer. Il aurait peut-être pu endiguer les assauts d'Orlando, mais pas repousser l'autre. Il y avait des claquements de mâchoires dans la tête du pickpocket.

« Et si on te coupait les mains, j'suis sûr que tu apprendrais à voler avec les pieds ! » éructa Sam.

Hammer Valentine lâcha un rire gras.

« N'exagérons rien », fit Redlynch en s'efforçant de sourire.

42 sentit les doigts de l'enveloppe affirmer leur prise autour de la cannette de bière.

Orlando, non !

Ne me gêne pas. Reste bien au chaud, petit pirate.

Le loup-garou confondait la réalité avec un jeu d'arcades.

Il se délectait par avance du score que la machine allait afficher, se réjouissait d'inscrire son logo au tableau des champions.

Le regard de Sam se fixa une seconde au-dessus de la tête de Redlynch. C'était le signal. Valentine avait déjà dégainé son pétard quand la cannette explosa sur son crâne. Les muscles du loup-garou propulsèrent l'enveloppe dans un incroyable saut périlleux arrière. Redlynch retomba juste derrière Hammer. Il se colla à lui, lui mordit cruellement la nuque et le déplaça d'une quarantaine de centimètres vers la droite. Le couteau de Suzy Esperanza se ficha dans la poitrine du tueur avec un bruit mat. Le bras de Redlynch prolongeait celui de Hammer. Au bout de ce double membre, un assez redoutable 38 Special Ruger Speed-Six. Au bout du Ruger, un silencieux. Et dans le prolongement du silencieux, Suzy Esperanza. Une orchidée rouge fleurit sur le front de la belle lanceuse de lames. Dans la tête du pickpocket, le loup-garou poussa un glapissement d'allégresse. Sam Diamond était venu automatiquement dans la ligne de mire du Ruger. Le gangster n'avait pas bougé d'un pouce. Il regardait, stupéfait, ses deux tueurs agoniser.

« Merde, Gr'am, où est-ce que t'as appris à te battre comme ça ?

– Pose ton putain de flingue sur la table ! rugit l'enveloppe.

– Quel flingue ? Tu rigoles... Je ne me paye pas les meilleures gâchettes de la capitale pour me trimbaler un foutu pétard. »

Ne le tue pas !

Pourquoi ?

Esperanza devait être tuée dans six mois, Marteau être arrêté un peu plus tard et finir ses jours en prison. Mais Diamond a déjà trois enfants et deux autres à venir.

Ne me dis pas que ce gros tas de merde va avoir cinq gosses ?

« On dirait que tes meilleures gâchettes se sont rouillées, Sam. »

Le gangster haussa les épaules.

« Tu sais que je n'aime pas attendre. Alors si tu dois m'allumer, fais-le tout de suite. »

Redlynch détacha le Ruger des doigts de Valentine et laissa tomber le corps du tueur.

« T'as pas de proposition à me faire ?

– Tu crois que j'ai l'habitude de faire des propositions à un mec qui me braque ?

– Et si je te file le flingue pour te prouver ma...

– Va te faire enculer, Gr'am ! Je te descendrai aussi sec. »

L'esprit du loup-garou se mit à frémir.

« J'ai besoin de vingt-quatre heures, Sam. »

Le gangster plissa les yeux. Orlando continuait à surveiller l'écran du réel. Il remarqua que Diamond se durcissait les ongles avec un vernis incolore et qu'il utilisait probablement un courbe-cils.

« Qu'est-ce qui se passe, fils ? T'as perdu la boule ?

– Il me faut vingt-quatre heures, c'est tout.

– D'accord. »

Sam se leva. Redlynch savait que le gangster tiendrait parole. Il lui balança le trousseau de clefs.

« Je te laisse faire le ménage. »

Redlynch fouilla Hammer, récupéra le Colt Lawman Mark V et prit l'argent dans les portefeuilles volés.

« S'il y a un type dans cette ville qui te fait plus de misères que moi, j'aimerais bien le connaître, marmonna Sam. Dans quel fichu pétrin tu t'es encore fourré, Gr'am ?

– J'suis pas le miroir des contes de fées, Sam, et j'peux pas te dire si t'es bien encore le plus grand pourri du pays. »

Sam lui accorda un sourire et un clin d'œil complice.

« Laisse la Morgan au garage, fils. Elle a trente kilos de T.N.T. au cul. »

Redlynch hocha la tête.

« Salut, Sam.

– A demain, fils. »

Trafic avait acheté de quoi boire pendant une semaine sans interruption. Vicars n'attendit pas que la vodka fût glacée pour l'entamer. Antonin avait rebâillonné Christina, non sans un formidable pincement au cœur. Il promit de remonter au plus vite pour lui tenir compagnie. Anita ne disait rien. En proie aux premiers tracas intestinaux, elle s'efforçait, dans un curieux effort symétrique, de pincer aussi fermement les lèvres que ses sphincters. Ça l'empêchait visiblement de comprendre le quart de ce qui se racontait autour d'elle. Le privé ne paraissait pas avoir exercé sur elle d'autres violences que l'injection de poison retard.

« Si j'ai bien tout compris et si vos copains foutent le bordel en 57, on va repasser dans un univers caché et se faire effacer par une nouvelle réalité, grogna Vicars. C'est ça ?

– Vous ne vous en rendrez pas compte.

– J'aurais dû tous vous flinguer tout de suite », soupira le privé.

Il siffla un verre de vodka et s'en resservit un clone. Il était apparemment désemparé par la tournure des événements. Le fonctionnement du continuum parasitait ses plans.

« J'ai fouiné un peu du côté de l'agence de New Bond Street, reprit-il après avoir grincé des dents. Leur réveillon au-dessus des Bermudes est complet. Rien que des grosses têtes dans le Jumbo.

– Des grosses têtes ?

– Des technos, précisa Vicars. Physique, chimie, électronique, la crème des rats de laboratoire. L'agence One For Fun s'est démerdée pour leur faire gagner le gros lot. Ça leur coûte pas un rond.

– Un coup de pub ? »

Vicars secoua la tête.

« Rien de prévu de ce côté-là. La pub, c'était avant. Pour faire briller le cadeau aux yeux des huiles. »

Anita bredouilla une excuse et fonça vers les toilettes.

« Je croyais que ça ne devait prendre effet que dans quatre jours, fit remarquer Trafic en se servant une dose de bourbon.

– Dans quatre jours, elle ne quittera plus les toilettes. Les capitaux de la One For Fun sont détenus à 100 % par l'Eglise de la Nouvelle Conscience. Ils viennent de louer Wembley pour leur Redemption Day. Je peux toujours m'arranger pour leur coller le fisc au cul. C'est ce que les books font quand un proprio s'amuse à truquer les courses... »

Antonin décida de laisser tomber le champagne.

« Pourquoi est-ce que votre robot embarque tous ces technos ? »

Depuis qu'il avait discuté avec Christina Lloyd, Antonin avait renoncé à sa tournée des bordels de Soho. Il n'avait finalement aucune envie de s'envoyer une professionnelle en pensant à Christina.

« Il en a besoin, répondit-il d'une voix neutre.

– Pourquoi ? »

Antonin haussa les épaules.

« Il y a sûrement des composants qui entrent dans sa fabrication qui n'existent pas encore et dont il ignore le fonctionnement.

– OFF a une bibliothèque technique très évoluée, protesta Trafic.

– Peut-être pas au point d'inventer les carbones pyrolitiques ou les relais cyberneuroniques. Il lui manque des tas de choses pour se recréer. En tout cas, ça prouve qu'il a conscience du danger d'écrasement qui le menace et qu'il n'a toujours pas résolu le problème.

– Ça nous fait une belle jambe..., maugréa Vicars qui commençait à être ivre. Est-ce que votre robot est capable de dupliquer le bidule temporel que vous avez monté sur la Buick ?

– Sûrement pas. Ça vient du futur.

– Quel futur ?

– Le nôtre. »

Vicars ferma un instant les yeux tandis qu'Anita revenait

des toilettes. Elle semblait soulagée. Ses joues avaient repris quelques couleurs. Antonin constata qu'elle n'exerçait plus tout à fait sur lui le même attrait érotique. Sans doute était-il finalement incapable d'être amoureux de deux personnes à la fois... Il renonça à analyser le soulagement qu'il ressentait.

« Qu'est-ce que vous attendez pour vous débarrasser de ce porc ? » siffla Anita en désignant Vicars.

Le privé se fendit d'un sourire et termina la bouteille de vodka. Ce type aurait naturellement survécu au rétrovirus Zapf.

« En fait, nous avons un énorme avantage sur OFF, déclara Trafic en passant sous la flamme d'un briquet à essence une barrette de black bombay. Il est limité aux premiers enregistrements musicaux. Pas nous. »

Vicars se dressa brusquement.

« Moi, j'vois qu'une chose... Votre robot va être obligé de se laisser ouvrir pour que les technos l'étudient. A ce moment-là, il sera aussi vulnérable qu'un homard en pleine mue. C'est là qu'il faudra frapper. Ouais ! Ils reviennent quand de leur mission impossible, vos potes ?

– Demain.

– Bon, j'ai les cils cassés. Dormez bien, les p'tits gars, et n'oubliez pas, aucun blanc-bec ne fait la peau d'Alec. »

Le privé disparut comme il avait l'habitude de le faire : en laissant derrière lui un champ de bataille que ses interlocuteurs avaient la certitude d'avoir perdue.

Trafic lécha le papier gomme de son phénoménal pétard.

« Tu parles d'un général d'infanterie, ricana-t-il. Il croit qu'OFF est aussi con qu'un homard.

– Et vous le laissez partir ? cracha Anita.

– Ce type t'a collé une bombe à retardement dans les veines, expliqua tranquillement Trafic. Il n'y a que lui qui peut la désamorcer. »

Antonin admira la désinvolture avec laquelle Trafic venait de révéler à Anita la très douloureuse menace qui pesait sur elle. La collégienne de première année ouvrit la bouche pour continuer à déverser son trop-plein de fureur, avant d'interpréter correctement les paroles de Trafic et de prendre conscience de sa situation. Elle fixa le bouquet de bouteilles entamées disposé sur la table.

« Tu veux dire que cet enculé m'a câblée au curare ? murmura-t-elle en choisissant finalement un flacon de sherry.

– Au curare ou à autre chose, fit Trafic en passant le pétard à Antonin. Qu'est-ce que ça peut foutre, de toute façon, puisque nous sommes condamnés à être écrasés par la réalité ? »

Il se lança dans un rire chaotique qui menaçait de durer des heures. Antonin transmit le joint à Anita. Elle le pompa avec une impressionnante vigueur.

« Tu peux prendre ma chambre, si tu veux, proposa l'adolescent.

– Et toi ? Tu vas dormir où ? » s'étonna Anita.

Ça n'était évidemment pas une proposition à partager son lit. Antonin se décolla péniblement de sa chaise. Le rire de Trafic devenait agaçant.

« Ne vous occupez pas de moi... », soupira Antonin en se dirigeant vers l'escalier.

Il souhaita intensément que Christina ne fût pas endormie, mais la bonne fée qui veillait sur Antonin Hofa roupillait toujours...

15.

Orlando découvrit une autre singularité du Jokari. Quelques dizaines de minutes après que l'enveloppe eut trouvé un Bed and Breakfast du côté d'Epsom, le loup-garou avait eu sommeil et s'était endormi alors que Redlynch vérifiait le fonctionnement du Colt Lawman. Le phénomène intrigua Orlando. Comment pouvait-il, dans un corps qui ne lui appartenait pas, succomber ainsi à l'électricité cérébrale du sommeil, à la somatotrophine et autres hormones dont lui, Orlando Pechelbronn allongé sur un plancher de 1968, n'avait nul besoin ? Les chaînes neuropsychomotrices se laissaient absolument prendre au leurre du Jokari, les *rom* du loup-garou croyaient vraiment que le corps de Graham Redlynch était le leur. A moins qu'il ne s'agisse d'un réflexe dont on pouvait, avec quelque exercice, se déshabituer... 42-Crew, lui, s'était éveillé avant Orlando. Peut-être même n'avait-il pas dormi du tout. Il en avait profité pour reprendre les commandes de l'enveloppe. Redlynch sirotait un thé sucré au miel quand le loup-garou émergea d'un sommeil sans rêve. Orlando commença par faire une inspection rapide des locaux. Il en ressentait le besoin pour se remettre en phase. Il constata avec surprise un sévère engourdissement musculaire, une tendance à l'hypertonie et une grande fébrilité neurologique. Le rythme alpha du pickpocket n'était plus qu'une peinture abstraite.

Y a un sacré bordel dans cette taule. On va avoir du mal à récupérer notre caution.

Réduction massive des champs synaptiques.

Traduction ?

Ça veut dire qu'on est dans le corps d'un idiot qui n'a même plus les réflexes de survie élémentaires.

C'est la première fois que tu immoles un type de l'intérieur ?

Orlando sentit une brise tiède onduler autour de lui. De la peine ?

Si je m'étais endormi, comme toi, Redlynch serait mort et notre mission à l'eau... J'ai dû maintenir la pression toute la nuit, avec l'impression d'écoper le *Titanic* avec un dé à coudre.

Le loup-garou laissa ses fluides réchauffer les systèmes de l'enveloppe. Graham Redlynch cessa de renverser son thé. Le Ruger et le Colt Lawman étaient posés sur la table.

Je peux te poser une question ?

Vas-y.

Qu'est-ce qui se passerait si nous étions en période de pleine lune ?

Redlynch renifla et se mit à respirer par la bouche.

Probablement rien d'autre que ce qui s'est passé hier. C'est le loup qui nous a débarrassés des tueurs de Sam Diamond. Aucune autre métamorphose visible que la nouvelle puissance de l'enveloppe. Le loup voulait aussi tuer Sam. Tu l'en as empêché.

Est-ce que ça veut dire que je peux indifféremment passer d'un stade à l'autre de mon métabolisme ?

42 hésita.

Peut-être... Je sens la force du loup-garou rôder dans l'enveloppe. Il est partout. C'est quelque chose d'inimaginable. Je ne sais pas si tu pourras toujours le contrôler.

42 ! C'est de moi que tu parles !

Excuse-moi. Le mixage des séquences neurologiques rend parano.

Ce qui te rend parano, c'est de continuer à coder les informations. Je te laisse le choix, mec. Ou tu joues le jeu ou je pénètre ton système.

Le pirate décida de ne pas provoquer le loup-garou. Il avait consacré une partie de la nuit à renforcer ses protections, à installer une falaise de codes entre Orlando et ses chaînes neurologiques, mais rien ne prouvait que ce fût encore suffisant. Comme pour lui démontrer le contraire, le lycanthrope glissa un programme génétique dans la carapace du bidouilleur. Le virus s'attaqua directement aux codes, explora les probabilités avec la célérité d'un brasseur Toshiba et fit tomber les premiers verrous. Il allait vite, mais ça ne prouvait quand même pas qu'il était capable d'aller au bout. En dernier recours, 42 avait encore la ressource de placer un piège cortical qui détruirait les chaînes du loup-garou. D'autres verrous claquèrent. Non, la bombe ne servirait à rien. Orlando se contentait d'envoyer des éclaireurs...

Ça suffit ! Je peux aussi m'amuser à faire ça.

Comment allons-nous quitter l'enveloppe ?

En la laissant mourir.

Le loup-garou retira sa sonde. 42 changea automatiquement les codes des verrous forcés.

Et la fille en 68 ? Comment tu vas la quitter pour réintégrer ton corps ?

Elle va mourir dans quinze jours d'une rupture d'anévrisme. Hémorragie cérébrale.

La nouvelle terrassa Orlando. Redlynch laissa tomber sa petite cuillère. Une goutte de thé brûlant piqua la joue de l'enveloppe.

Tu lui as laissé accès à cette information ?

Non.

Un froid polaire figea le système lymphatique de Redlynch. Orlando se sentait soumis au régime de la douche écossaise. D'abord séduit par le Jokari, par la possibilité qu'il lui offrait de ne plus dépendre de l'aberration génétique qui l'accablait mais au contraire de l'utiliser à loisir, comme une arme, le jeune loup-garou se voyait déjà papillonner d'enveloppe en enveloppe, parcourir les époques, rectifier les coups de Jarnac du destin, empêcher Eddie Cochran, Buddy Hollie et Ritchie Valens de s'embarquer à bord de ce maudit zinc, éviter à Hendrix de s'étouffer dans ses vomissements et à Brian Jones de se noyer, escamoter la dernière seringue de Janis, faire enfin des idoles du rock'n roll des êtres invulnérables... Mais la médaille du Jokari avait son revers.

Il n'y a aucun autre moyen pour quitter l'enveloppe que de la laisser mourir ?

Aucun.

C'est pour ça que tu as brisé Redlynch ? Parce que tu avais peur que je l'aide à échapper aux tueurs du gros Sam et d'être obligé de le suicider pour t'en échapper ?

J'ai envisagé cette possibilité.

L'enveloppe se leva et se planta devant un miroir. Les deux squatters observèrent le reflet de Redlynch.

« Tu ne te fais pas de cadeau, vieux, pas vrai ? » ricana amèrement le pickpocket.

Antonin se sentit observé. Il s'éveilla avec un épouvantable mal de reins. Il s'était allongé sur le plancher, dans la chambre de Christina, près du corps d'Orlando. L'adolescent se retourna en grimaçant et surprit le regard océan de la jeune fille posé sur lui. Les images de la veille lui revinrent à l'esprit. Christina était endormie lorsqu'il était entré dans la chambre. La couverture avait glissé et dévoilait ses jambes. Il l'avait observée, longtemps, en buvant du brandy. Antonin s'ébroua, regarda la bouteille vide et sentit une angoisse familière raccourcir son souffle. Les yeux de la jeune fille ne le quittaient pas. Il était difficile d'y déchiffrer un quelconque sentiment. Antonin lui ôta son bâillon.

« Merci.

– Ne me remercie pas à chaque fois.

– Ce n'est peut-être pas utile de le remettre. Tu peux aussi me détacher. Je n'ai pas envie de passer pour une folle en allant raconter cette histoire aux flics.

– Tu veux quelque chose ? Du lait ?

– Je ne peux pas échapper à ton ami autrement qu'en me suicidant. Ce serait une mauvaise farce pour lui, non ?

– Du thé ? Je ne sais pas si Trafic en a ramené... »

Les liens marbraient poignets et chevilles de Christina d'hématomes bleuissants.

« Mes parents ont dû porter plainte. »

Des témoins avaient pu voir Christina à Covent Garden avec les deux garçons. Ils ressemblaient à des collégiens...

« Je... Je ne laisserai pas 42 te faire du mal », décida maladroitement Antonin.

Il agita les mains, comme s'il cherchait ses mots dans l'espace qui le séparait de Christina.

« Il y a sûrement un moyen. S'il a placé un code génétique dans ta tête, il peut sûrement l'enlever. »

La bouche de la jeune fille dessina un sourire timide.

« Je n'ai pas lu une telle possibilité dans les connaissances de 42, rétorqua-t-elle, contrite.

– Il la trouvera ! affirma violemment Antonin. Il n'y a rien qui résiste à 42 en matière de bidouille. La mise au point du Jokari lui a pris beaucoup de temps. Il n'en a peut-être pas eu assez pour se pencher sur ce problème... »

Le garçon décida qu'il ne supportait plus de voir Christina attachée. Au diable les recommandations de 42 ! Après tout, s'il espérait que la jeune fille s'acquitte d'une corvée qui le répugnait en révélant l'atroce principe du Jokari, c'est qu'il comptait sur Antonin ou Trafic pour lui ôter son bâillon et l'écouter. Aller un peu plus loin dans la transgression permit à Antonin de se délivrer d'un pénible sentiment de manipulation.

Christina s'assit sur le lit et se massa doucement les poignets.

« Et si 42 trouve la solution, tu crois que tes amis me laisseront rentrer chez moi ? murmura-t-elle.

– Evidemment », fit Antonin, la mort dans l'âme.

Il n'avait aucune envie de laisser Christina réintégrer son foyer et disparaître de sa vie. Aucun moyen acceptable, hélas, de la retenir... Quelque part dans la maison résonna la cascade d'une chasse d'eau. Anita se vidait. Antonin se sentit étonnamment indifférent. Christina prenait insensiblement toute la place dans sa tête. Il n'y avait nul besoin de Jokari pour ça...

« Ils vont bientôt revenir... », souffla la jeune fille.

Antonin hocha la tête. Ils restèrent un moment silencieux, assis côte à côte.

« Tu es amoureux de moi ? » demanda subitement Christina.

Antonin sursauta.

« Pourquoi tu dis ça ?

– Ne te fâche pas. 42 pensait que tu tomberais amoureux de moi.

– 42 n'a pas toujours raison ! » répliqua sèchement Antonin, le rouge au front. « Je ne tombe pas amoureux de toutes les filles que je rencontre ! »

Elle secoua ses cheveux d'ambre.

« Excuse-moi, soupira-t-elle. Je suis idiote. »

Antonin se sentait terriblement humilié. Il en voulait au pirate d'avoir laissé la jeune fille consulter ce genre d'informations. Comment pouvait-il à présent expliquer qu'il s'était trop souvent prétendu amoureux de créatures qu'il voulait juste sauter ? Ce qu'il éprouvait aujourd'hui pour Christina était différent... Il lâcha un formidable soupir.

« Je suis dingue de toi. Voilà. Et qu'est-ce que ça change ? »

Antonin sentit les lèvres de Christina se poser sur sa joue. Des pensées parasites sillonnèrent l'esprit du garçon. Pourquoi faisait-elle ça ? La main d'Antonin plongea dans la chevelure de la jeune fille. Leurs dents se heurtèrent. Des légendes voulaient que la crainte d'une mort proche excitât la libido, que les rumeurs d'apocalypse plongeassent le monde dans une frénésie de luxure... Leurs langues s'amusèrent à se chercher. Une forme de remerciement pour l'avoir délivrée de ses liens ? Le garçon sentit dans sa paume crépiter le nylon des collants. 42 avait laissé un programme parasite induisant du désir pour Antonin Hofa... Il sentit durcir sa queue. Ses doigts glissèrent sous les élastiques qui ceignaient le ventre de sa partenaire et s'endormirent une poignée de secondes à la lisière du pubis. Est-ce qu'il y avait vraiment des femmes qui se laissaient sauter pour avoir la paix ? Aucun sculpteur au monde n'aurait su rendre la perfection perverse des seins de Christina Lloyd. Il les lécha, les enroba de caresses, les frotta contre son visage, interminablement, comme pour en mémoriser les courbes. Les parasites schizophréniques s'évanouirent tandis que, paradoxalement, l'image de la réalité se diluait pour céder au délire amoureux. Les collants glissèrent jusqu'aux chevilles de Christina. Antonin n'en délivra qu'une jambe, comprit qu'il était trop rapide mais ne voulut rien faire pour différer son désir. La conscience de l'autre s'estompa. Il se coucha sur Christina dont les mains ne savaient plus si elles devaient repousser ou encourager. Le membre du garçon trébucha, se tordit douloureusement dans de maladroites tentatives de saillies. D'un mouvement de reins, Christina le guida et s'offrit enfin. Elle étouffa un hurlement, sûrement, se mordit les lèvres tandis qu'Antonin fouillait son ventre. L'orgasme non partagé du garçon pulvérisa dans un éclair lactescent toutes les barrières du temps...

« Un bond d'un siècle pour vingt secondes de baise, t'es vraiment le mec cool, Antonin Hofa... », songea-t-il en écoutant s'apaiser le souffle de Christina.

D'un baiser et d'une caresse, elle désarmorça le sentiment de culpabilité qui commençait à ensabler le mental d'Antonin. Après tout, il n'avait pas été non plus très brillant dans ses premières tentatives pour vaincre les lois de la pesanteur et esquisser ses premiers pas verticaux dans le monde des hommes. Maman Hofa ne lui en avait pas tenu rigueur...

Toutes les filles de 1957 paraissaient être nées avec un shetland moulant et une jupe droite. Orlando regarda passer la camionnette du livreur de lait, une pin-up placardée sur les flancs. Le charme exotique du Londres des sixties était tombé. Ces alignements monochromes de briquettes rouges devenaient insupportables. 42 partageait silencieusement cette déception maussade. L'enveloppe était à son poste, un revolver dans chaque large poche de son duffle-coat. Elle se tenait dans l'ombre d'une porte cochère, près d'un jardinet pelé, et surveillait la maison de la famille Page.

Peu adroit dans le maniement des armes, 42 avait dû céder une partie des commandes au loup-garou.

Si nous pouvions intercepter OFF avant que Jimmy ne sorte de sa maison, ce serait l'idéal...

Comment la Buick peut-elle repérer des concerts de Led Zeppelin et se positionner dans un univers où le groupe n'existe pas ?

Le switcher scanne l'intégralité du disque dur, données effacées incluses. Il trouve Led Zeppelin mais pas de directory. Sa spécificité veut qu'il crée alors une nouvelle ressource et se positionne sur une équivalence dans l'univers accessible. C'est l'avantage de la Buick sur le Jokari. Elle réapparaît toujours sur l'univers réel alors que le Jokari peut te renvoyer, en back, sur une enveloppe enfouie dans un développement caché et vouée à l'écrasement.

42 cessa ses explications et libéra l'accès aux informations sur les différences de fonctionnement entre le Jokari et la Buick. Orlando s'en trouva aussitôt imprégné et partagea évidemment l'angoisse du pirate sur la facilité avec laquelle le robot pouvait démonter le multiswitcher et l'installer sur une autre mécanique pourvu qu'elle disposât d'une alimentation électrique. Ça ne présentait aucune difficulté technique majeure. En revanche, le champ d'action d'OFF était limité en amont par la mise au point des premiers enregistrements sonores. Il ne pouvait remonter au-delà des introuvables feuilles d'étain gravées de Bell et Tainter ou des cylindres de cire d'Edison. L'Exposition universelle de 1900, à Paris, marquait une frontière que le robot ne pouvait franchir. Cela laissait tout de même plus d'un siècle et demi à OFF pour créer des milliers d'univers factices afin d'y perdre ses poursuivants. Le spectre génétique d'Orlando frissonna. Plus troublantes encore étaient les hésitations de 42 au sujet de l'interaction des univers. Il n'était pas certain du tout que la reformation de Led Zeppelin pût redonner priorité au monde d'où venaient les kids. Cela restait une supposition qu'aucun théorème sérieux ne venait étayer. Mais cette chance inter-

disait à 42 de tenter autre chose que de gommer les altérations créées par l'androïde. Un bus de la North Western London traversa bruyamment le carrefour, à l'autre bout de la rue. L'éclair rouge du car avait fait palpiter les neurones d'Orlando. A l'intérieur de Redlynch, la tension devint presque palpable. Chez les Page, on devait achever le déjeuner. Jimmy n'allait plus tarder à sortir et courir sur le trottoir pour montrer sa belle guitare espagnole à son meilleur pote. Orlando essaya de se remémorer les paroles de Jimmy Page. « Un type énorme avec un chat sur l'épaule est sorti de sa voiture... » Ce devait être à peu près ça. L'inquiétude du lycanthrope fit crisper les doigts de l'enveloppe sur la crosse du Colt Lawman. OFF devait surveiller la rue et la Buick aurait dû être là. Orlando n'eut pas le temps de s'inquiéter davantage. Le petit James Patrick Page ouvrit la porte de sa maison et déboula dans la rue. Il portait un beignet dans une main et un superbe cerf-volant rouge et blanc dans l'autre...

Où est cette putain de guitare, 42 ?

Je ne sais pas.

Un cerf-volant... Qu'allait devenir Jimmy ? Parachutiste ? Champion de deltaplane ? L'adolescent remonta la rue au petit trot et sonna à la porte d'une maison voisine.

OFF nous a baisés. Il a dû apprendre que nous avions un moyen de remonter jusqu'ici et d'influencer le père de Jimmy pour le choix du cadeau.

Je me fous de tes conclusions à la con, pirate de mes deux ! Qu'est-ce qu'on fait maintenant ?

L'enveloppe se dégagea de l'ombre de la porte cochère.

Arrête ! Où tu veux aller ?

Acheter une guitare et l'offrir à Jimmy.

Ça ne marchera pas ! Le père de Jimmy l'a encouragé à apprendre la musique, lui a payé des cours parce que c'était SA guitare ! Il a soutenu la passion de Jimmy parce qu'il s'en sentait à l'origine. La foutue guitare d'un inconnu, je ne lui donne pas une semaine avant de terminer son parcours dans un placard.

D'autres données développées par 42 pénétrèrent en

masse le spectre du lycanthrope. Comment OFF avait-il pu apprendre l'existence du Jokari et de la menace qu'il faisait peser sur lui ? La question revenait en boucle parmi d'autres interrogations que le pirate s'efforçait de résoudre au fur et à mesure. L'enveloppe éternua.

Je veux essayer quand même !

Le pirate se demanda si l'entêtement d'Orlando trouvait son origine dans le désir de ne pas s'effacer ou dans sa passion pour Led Zeppelin. Il libéra malgré tout les commandes de l'enveloppe. Orlando s'en serait emparé, de toute façon. Graham Redlynch se dirigea tout droit vers le quartier commerçant d'Epsom.

Antonin et Christina ne cessaient plus de s'embrasser. Ils avaient refait l'amour, comme pour se prouver que la première fois avait vraiment existé. Ça avait été sensiblement plus long, mais pas au point de combler la jeune fille. Antonin, qui n'y connaissait finalement pas grand-chose, ne sut pas dire si sa partenaire était vierge ou non. Il n'avait perçu aucune autre résistance notable que sa propre maladresse. Il n'y avait pas non plus de traces de sang sur les draps. Il s'en était discrètement assuré. Au bout du compte, il ressentait une satisfaction plus sociale que physique. Mais comme son désir ne s'estompait pas, il en conclut qu'il aimait Christina Lloyd plus que tout au monde. Elle rompit la première en riant.

« Je n'arrive plus à respirer ! protesta-t-elle en repoussant doucement le garçon.

– Je sais très bien que tu n'as pas eu le temps de prendre ton pied.

– Je suis heureuse que tu ne penses pas à autre chose en me faisant l'amour.

– Bon Dieu, Chris, 42 va revenir ! Il va voir que je... que nous...

– Qu'est-ce que ça peut faire ? »

Antonin secoua la tête. Qu'est-ce que ça peut faire...

« S'il partage subitement ton aversion pour l'alcool,

c'est que ta chair lui impose ses diktats. Il va ressentir ce que tu as ressenti. C'est... c'est monstrueux, merde ! »

Christina rejeta ses cheveux de braise en arrière. Elle portait toujours autour de la cheville le bracelet de nylon de son collant roulé.

« Est-ce... Est-ce que tu peux lui dissimuler des choses ? insista le garçon.

– Si tu me demandes si je peux lui cacher que nous avons fait l'amour, c'est non. Il a déchiffré ma vie aussi facilement qu'une comptine de six vers. »

Antonin se sentit abominablement désemparé.

« Ça te gêne tant que ça qu'il l'apprenne ? s'étonna Christina.

– Tu ne comprends pas, gémit-t-il. Tu crois que je ne vais plus avoir envie de t'embrasser quand 42 sera là, dans ta tête ? »

La frimousse enjouée de la jeune fille devint lumineuse.

« Tu n'es pas pédé, si c'est ça qui t'inquiète. »

Antonin émit une nouvelle plainte. Il se jeta sur Christina, étouffa son angoisse entre ses seins, contre son ventre... Trafic entra dans la chambre, un bol de corn-flakes dans une main et une bouteille de lait dans l'autre.

« Antonin Hofa ! Tu n'es quand même pas en train de violer cette petite ? »

Antonin se redressa. D'un regard panoramique, il embrassa le lit, désordonné, Christina, nue, et la bouteille de brandy, vide.

« Je t'ai posé une question ! » rugit Trafic.

Antonin se passa une main dans les cheveux et s'assit au bord du lit.

« Ne raconte pas de conneries, soupira-t-il. Ça fait deux heures qu'on baise comme des bêtes, Christina et moi. »

Le regard de Trafic rebondissait anxieusement d'Antonin à la prisonnière. La confusion semblait distraire Christina.

« Dis-lui, supplia le garçon. Il est capable de me faire avaler cette saloperie de bouteille de lait. »

Christina hocha la tête.

« C'est vrai. »

Trafic gonfla les joues. Il posa son petit déjeuner sur une tablette de marbre fixée au mur.

« Tu ne devais pas la détacher, grogna-t-il.

– Ce n'est pas très pratique pour tirer un coup.

– D'accord, Antonin Hofa, t'as le chic pour nous foutre dans la merde. Qu'est-ce que tu vas faire quand 42 va revenir ? »

Antonin enfila son pantalon.

« Je crois que c'est plutôt à lui de trouver une solution pour foutre le camp de la tête de Christina sans la tuer. »

Trafic fronça les sourcils.

« Qu'est-ce que tu racontes ?

– 42 ne peut pas repartir vers le futur sans tuer ses enveloppes. »

Les traits de Trafic devinrent assez typiquement féroces.

« C'est elle qui t'a raconté ces foutaises ? siffla-t-il en désignant Christina.

– Il te le confirmera lui-même. Ils ne vont plus tarder maintenant.

– Salut, les p'tits malins ! » fit la voix d'Alec Vicars.

Trafic lâcha un soupir.

« Vous ne sonnez jamais avant d'entrer chez quelqu'un ? »

Le privé regarda Christina rabattre son angora sur ses seins. Antonin boutonnait sa chemise. Seigneur... Il n'aurait plus manqué que 42 et Orlando rappliquent.

« Je dérange ? persifla Vicars.

– Vous rigolez ? grimaça Antonin.

– Mes gars ont repéré la Buick. »

Trafic lâcha un hoquet.

« Quoi ?

– La Buick rouge, Atlanta, Led Zep. Au stade de Wembley, attachée à une caravane. Entourée de plusieurs milliers de hippies et protégée par l'armée personnelle de Fershid Panizza. Des fumiers de mercenaires.

– Ma Buick tire une caravane ? » glapit Antonin.

C'était une guitare sèche avec une rosace ibérique et un mediator imitation écaille coincé sous le *mi*. Une guitare toute simple comme Orlando imaginait celle que Jimmy avait eue pour son treizième anniversaire. L'enveloppe la transportait précieusement, comme une relique, comme si elle appartenait déjà au futur leader de Led Zeppelin. Le loup-garou avait farouchement rejeté les improbabilités mathématiques de sa tentative dans la case « Courrier en retard » de son spectre. Plus rien ne comptait que le premier regard que Jimmy allait jeter sur la guitare...

OFF a pu tout aussi bien empêcher Neil Christian & The Crusaders de se former. Jimmy ne pourra pas faire ses premières armes.

Tout comme il peut ne pas se rendre compte qu'il n'est plus dans l'univers réel.

Jusqu'au prochain saut avec la Buick.

Les développements incessants de 42 épuisaient Orlando. C'était comme un listing en langage machine qui défilait à toute vitesse sous ses yeux. Il prit le risque de fermer momentanément la communication pour se concentrer sur les actions de l'enveloppe. Le pirate enregistra le black-out et en profita pour faire un rapide état des lieux. Il nota avec stupéfaction l'omniprésence du loup-garou. Bazardé à cet instant dans l'enveloppe, il aurait pu croire qu'Orlando était *réellement* Graham Redlynch. Les étincelles du spectre d'Orlando scintillaient partout, chacune d'elles respectant une fonction chargée d'appliquer les sous-programmes du loup-garou. De la belle ouvrage. Trois ou quatre jours auraient été nécessaires à 42 pour établir une connexion aussi totale. Les lésions avaient été réparées, les systèmes du pickpocket soigneusement débugués. Le pirate avait l'impression de se promener à l'intérieur d'une de ces cathédrales monumentales dont on se demandait, au-delà de l'esthétisme de l'architecture, comment les hommes avaient techniquement pu la bâtir. Il continua ainsi à admirer la toile tissée par Orlando avant de se rendre compte qu'il se laissait abuser par un leurre. Le pirate lança un trait ondulé vers un sous-programme. Le trépan planta ses griffes autour de l'icône, perfora les premiers octets du loader et renvoya les informations en écho, à la manière d'un sonar. Une routine infantile, à peine capable de faire tressaillir un muscle. A qui pouvait être destiné ce masque, sinon à lui-même ? 42 observa ce décor de théâtre qui s'étendait autour de lui. Ça ne rimait à rien. Orlando n'était pas stupide au point de vouloir simplement impressionner le pirate. 42-Crew examina plus attentivement la routine. Quelque chose travaillait à l'intérieur. Quelque chose de froid qui cherchait, qui fouillait, qui analysait des milliards de données. Un diamant dissimulé dans une bogue. Ça ne correspondait apparemment à rien de ce que connaissait le pirate. « Encore un de ces foutus brasseurs... » La bestiole cherchait, imperturbablement. Mais qu'est-ce qu'elle cherchait ? Un code complexe, infiniment complexe. Tous les autres sous-programmes fonctionnaient en osmose et se communiquaient leurs trouvailles. Fantastique machine à perforer les protections. 42 étudia le diamant sous toutes ses facettes. Ce truc-là n'avait pas de limite. Ça pouvait craquer n'importe quoi. « Montre-moi ce que tu as trouvé, petit lutin... » Le pirate remarqua que les données figées se rangeaient automatiquement dans un secteur invisible. Un éditeur sommaire suffisait à en libérer l'accès. 42 se pencha, lut les chiffres. Un froid polaire givra son spectre. Il se rua vers la tête de l'enveloppe.

Orlando ! Orlando !

Graham Redlynch marqua un temps d'arrêt.

Qu'est-ce qui se passe, petit pirate ?

Arrête ça tout de suite !

Qu'est-ce que je dois arrêter ?

Tes sous-programmes, ils cherchent mon code génétique !

Redlynch tituba. Une vieille dame lui jeta un regard méprisant.

Tu déconnes ?

Ne me dis pas que tu ne sais rien ! Il y a une de ces saloperies derrière chaque programme de stimulation musculaire.

Je te jure que...

42 hurlait.

Qu'est-ce que veux me faire croire, mec ? Que c'est ce lémurien de Redlynch qui a installé ce foutu réseau de brasseurs ? Détruis-les immédiatement !

Orlando posa l'enveloppe sur un banc, près d'un arrêt de car, et analysa la situation. Il observa un des diamants repérés par 42.

Ça ne m'appartient pas.

Foutaises !

42 était complètement paniqué.

Ils sont en train de me déplomber, Orlando ! Je t'en supplie, arrête-les !

Dans combien de temps y parviendront-ils ?

Je ne sais pas depuis combien de temps ça travaille. Mais ils ont déjà figé près d'un quart du code.

S'ils y sont depuis hier, ça nous laisse le temps.

Le spectre de 42 se fit suppliant, accablant le loup-garou de tourments.

Tu n'as pas le droit de faire ça...

Je n'ai rien fait du tout.

Le pirate tenta une manœuvre désespérée. Il lança une dizaine de sondes de diversion et se rua sur les commandes. Redlynch sortit le Colt de sa poche et le dirigea vers sa tête. Orlando le renvoya furieusement dans les profondeurs abyssales de l'enveloppe. Le revolver réintégra la poche du duffle-coat. La petite vieille qui attendait le car observait le pickpocket, tétanisée.

Ne recommence jamais ça, hacker ! J'ai une mission à accomplir. Je tuerai moi-même Redlynch dès que Jimmy aura sa guitare.

42 regroupait péniblement son spectre disloqué tandis que Graham Redlynch reprenait sa route vers la maison de la famille Page. Il remontait la rue en direction de la petite bâtisse de briquette rouge lorsqu'une Bentley blanche s'arrêta à sa hauteur. La vitre descendit dans un chuintement feutré.

« Ça fait vingt-quatre heures et seize minutes, Gr'am,

articula la face lunaire de Sam Diamond. Les seize minutes, c'est cadeau. »

Ricanant sur le siège passager, Exmoor Pictor, le flingueur allumé, pointait le mufle assassin d'une Ithaca Stakeout vers la poitrine du pickpocket.

Il l'a sûrement piquée à la copine de Redlynch, dans la girafe en peluche.

« Laisse-moi juste encore une heure, Sam.

– Il fallait me demander vingt-cinq heures, fils. »

L'Ithaca cracha sa dose de mort. La poitrine de l'enveloppe explosa. Redlynch fut projeté contre le mur. La Bentley s'éloigna dans un glissement humide. Le loup-garou déploya un arc-en-ciel de programmes pour réparer les dégâts, colmater les brèches. En vain. Graham Redlynch était mort. Orlando sentit la formidable aspiration du Jokari. Il fut arraché de l'enveloppe au moment où le jeune Jimmy sortait de la maison de son ami, le cerf volant rouge et blanc sur l'épaule.

Jimmy, effrayé, s'approcha à pas comptés du cadavre. Il regarda la guitare espagnole à la caisse éventrée, couverte de sang, lâcha son cerf-volant et courut appeler ses parents...

16.

Le corps d'Orlando avait poussé une interminable plainte pendant que Vicars expliquait que la Royal Air Force elle-même aurait éprouvé quelques difficultés à s'emparer de la Buick.

« Je croyais que vous aviez une armée de truands à votre botte ? avait rétorqué Trafic.

– Un réseau d'informateurs, nuance, corrigea le privé. Et en admettant que je puisse m'offrir des porte-flingues, tu me crois assez naïf pour attirer l'attention des fripons sur cette bagnole ? Hein ? »

Et tout le monde se tourna vers Orlando qui gémissait. Trafic se précipita pour prendre son pouls. Antonin, anxieux, se tourna vers Christina.

« T'es toujours là ?

– Qu'est-ce que tu crois, banane ? gloussa la jeune fille.

– 42... », grimaça Antonin.

Orlando reprenait péniblement ses esprits. Une douleur atroce lui fusillait les reins. L'insupportable impression d'avoir été anesthésié, découpé en tranches et raccommodé avec du fil barbelé. Le retour n'avait pas été précédé d'un temps de latence, d'une désincarnation progressive. Le Jokari l'avait ramené à lui avec la puissance d'une balle traçante. Orlando était encore dans cette rue d'Epsom, plaqué contre le mur, la poitrine déchiquetée. Vertige. La réintégration s'abattit sur lui comme un marteau. Il voulut se redresser, palper sa poitrine, mais ne parvint qu'à basculer gauchement sur le flanc, le souffle court, le pouls désordonné.

« Laisse-toi le temps, Orlando, conseilla 42.

– Et toi ? Ça ne te fait rien ? s'étonna Antonin.

– J'ai l'habitude. Et je ne rentre pas dans un corps en catalepsie. »

42 fixait Antonin qui se sentit assez violemment rougir.

« Donnez-lui quelque chose de sucré », ajouta le pirate.

Vicars revint avec une bouteille de Southern Comfort. La liqueur dorée coula sur le menton du loup-garou qui se mit à téter le goulot comme un nourrisson affamé. Christina observait le privé.

« Vous êtes Alec Vicars ? »

Vicars jeta sur l'enveloppe Christina un regard soupçonneux.

« Et vous ? Vous êtes qui ?

– Ritchie Yorke, alias 42-Crew. C'est avec ce pseudonyme que je tague les réseaux craqués par le club des hackers de l'Agora Nord.

– Putain de Dieu...

– Est-ce que vous travaillez pour OFF, monsieur Vicars ? demanda doucement 42.

– Quoi ?

– Quelqu'un a prévenu OFF de notre arrivée en 1957. Il a apporté une nouvelle modification au continuum. Le père de Jimmy Page n'a pas offert une guitare à son fils.

– Merde..., soupira Trafic. On est toujours sur le point d'être effacés, alors ?

– Plus que jamais, confirma 42. Mais maintenant qu'OFF est sur ses gardes, il a vraisemblablement apporté d'autres modifications. Cet univers où nous sommes n'est peut-être plus l'univers réel. »

Il se tourna à nouveau vers le privé.

« Est-ce vous qui avez prévenu l'androïde, monsieur Vicars ? »

Le petit gros lissa nerveusement les poils de ses phalanges.

« Ecoute, 42-Clou ou qui que tu sois d'autre, quel intérêt j'aurais à renseigner ce robot et le laisser me gommer de l'univers ?

– Rien ne nous prouve que vous disposiez de votre libre arbitre. »

Vicars gonfla les joues.

« Est-ce que j'ai l'air d'un type à qui on a lavé le cerveau ? »

Révolté, le privé emboucha le flacon de Southern Comfort et en vida un quart d'un trait.

« Il a localisé la Buick », révéla Trafic.

Orlando parvint enfin à se redresser. Il resta assis sur le plancher, l'air absourdi.

« Où ça ?

– Au stade de Wembley, enchaîna Vicars. Logistiquement imprenable. A moins que vous ne sortiez une autre combine de votre chapeau, les p'tits malins ? »

Le visage de Christina devint songeur.

« Si la Buick est là, c'est que nous sommes dans

l'univers réel, murmura 42. Dans la mesure évidemment où il s'agit bien de la Buick et non d'un leurre destiné à nous piéger.

– Il faut que je te parle, fit Antonin à 42.

– Combien de temps il te faut pour programmer un nouveau bond en 57 ? intervint Orlando.

– Super Brain peut programmer le Jokari en moins d'une heure. L'année et le lieu ne sont pas des problèmes. Mais je n'ai plus d'enveloppe disponible.

– 42, il faut que je te parle !

– N'importe quelle enveloppe fera l'affaire ! Le temps presse maintenant. »

Christina secoua la tête.

« Non, n'importe quelle enveloppe ne fait pas l'affaire. Notre but n'est pas de créer un énième univers mais de redonner priorité à celui d'où nous venons. Il est inutile de sacrifier des vies alors que nous ignorons les derniers bouleversements imaginés par OFF. »

Orlando ne paraissait pas convaincu. Il se leva, prit appui contre le mur et regarda autour de lui comme s'il ne reconnaissait pas la pièce.

« Quand avez-vous repéré la Buick, monsieur Vicars ? poursuivit 42.

– Cette nuit. Elle est arrivée à Londres avec la caravane du Band of Joy et toute une armada de foutues jeeps.

– Je vais programmer le Jokari quelques heures en arrière, décida le pirate en tirant maladroitement sur le bord de sa mini-jupe.

– Ah oui ? Et sur quelle enveloppe ? siffla le loup-garou.

– Fershid Panizza... »

La température dans la chambre s'effondra d'une poignée de degrés. Tous les regards étaient à présent tournés vers Christina, ce qui ennuyait considérablement Antonin.

« T'es pas sérieux ? interrogea Orlando.

– Le seul moyen d'en finir est de détruire OFF. Je dois avoir accès à ses processeurs neurologiques. Je connais même son empreinte Motorola. Si le golfeur n'est qu'une façade, il me conduira directement à la source. Je trouverai dans ses mémoires la bibliothèque des modifications du continuum. »

Vicars et Trafic étaient largués. Antonin s'efforçait de suivre mais il avait d'autres questions en tête. Orlando secoua la tête.

« C'est ridicule. Tu n'as pas la ceinture pour faire ça.

– Ah oui ?

– OFF est une I.A. évolutive !

– J'ai déjà craqué ce robot, protesta 42.

– Et Tomcat a rétabli les défenses. Ils ont appris à se protéger maintenant. Ça sent le traquenard à plein nez, hacker. Tu ne peux pas y aller seul.

– Je serai toujours mieux seul qu'avec toi après ce qui s'est passé ! cracha 42.

– Qu'est-ce qui s'est passé ? s'inquiéta Trafic.

– Cette saloperie de loup-garou a essayé de me pirater, moi !

– Quel loup-garou ? » sursauta Vicars.

La chambrée devenait nettement hystérique.

« Je ne contrôlais pas les brasseurs, mais tu n'étais pas capable de les maîtriser. Si Exmoor Pictor n'avait pas flingué l'enveloppe, tu ne serais plus qu'une nuée de neurones éparpillée dans les limbes. Que dalle, mec ! Perforé comme le serveur de réservation de la plus minable des compagnies aériennes !

– Je vais rechercher à boire », décida Vicars.

Christina pointa un index vers la poitrine du lycanthrope.

« D'accord, Orlando, tu ne sais rien, tu n'as rien vu. Alors je vais te dire ce qui s'est passé... Demain soir, c'est le Redemption Day. La pleine lune, amigo ! Que tu habites ou non ton corps ne change rien à l'affaire. La bête se réveille quand même. C'est ta viande qui décide ! J'ai eu un aperçu de ce qu'elle était capable de faire. Quand elle n'a plus de dents, elle dévore les chaînes neurologiques. Tu crois vraiment que je vais m'embarquer avec cette bombe ? »

Orlando ouvrit la bouche pour riposter. Il la referma aussitôt. Il se sentait bien seul dans sa tête. N'être qu'un spectre neurologique dans le corps d'un autre était finalement confortable. Le Jokari avait du fun, et des retombées dignes des plus colossales gueules de bois. Anita fit enfin son apparition. Elle était livide.

« Vicars, tête de nœud, est-ce que tu vas te décider à me décâbler ? » articulèrent ses lèvres exsangues.

Le privé sortit de sa poche une plaque de gélules.

« Coup de poing contre la dysenterie. Ça devrait marcher vingt-quatre heures.

– Au point où on en est, vous ne pourriez pas lui donner directement l'antidote ? grogna Trafic.

– Je n'ai que ce moyen de pression sur vous et les books m'ont à l'œil. Alors qu'est-ce que je fais ? Je vous balance ou je change d'époque ? »

La santé d'Anita ne paraissait pas beaucoup préoccuper 42.

« Je dois brancher Super Brain, qu'il programme le Jokari...

– Tu vas m'écouter d'abord ! » hurla Antonin.

Anita goba quatre gélules qu'elle poussa d'un trait de vodka glacée.

Christina était penchée sur le clavier de Super Brain. Le boîtier du Jokari, fixé sur le flanc de la console, clignotait doucement. Les autres étaient descendus déjeuner. Un calme dangereux baignait à nouveau la chambre.

« Est-ce que tu peux t'arrêter deux secondes ? » grinça Antonin.

42 pianota les derniers octets d'une routine exécutable et releva la tête.

« Je vais te laisser parler directement avec elle. Elle a toutes les informations. Vous avez cinq minutes.

– C'est avec toi que je veux parler ! » s'égosilla Antonin, les poings serrés.

Christina cligna des yeux, éblouie. Elle fit claquer sa langue et bouger ses doigts.

« Je ne peux même pas te casser la gueule, espèce de salaud ! siffla Antonin.

– Ton ami ne va pas me tuer », murmura la jeune fille.

Antonin plissa le front.

« Christina ?

– Je suis là... »

Antonin exhala un discret soupir. Cette relation devenait parfaitement tordue.

« Il a trouvé une solution ? »

Christina secoua ses délicieuses boucles rousses. Antonin nota qu'elle avait sensiblement rectifié sa position, que son corps avait automatiquement repris une posture féminine.

« 42 n'a tué personne. Il choisit des vecteurs destinés à disparaître. »

Il y avait quelque chose d'effondré dans la voix de l'adolescente. Une fêlure de rythme.

« Quoi ?

– Je vais mourir dans quelques jours d'une rupture d'anévrisme, souffla Christina. Ça aurait dû m'arriver en plein cours de français. Un raz de marée de sang dans le cerveau. »

Antonin devint formidablement pâle.

« Il ment...

– Non, Antonin. Il ne peut pas mentir. Tous ses accès sont ouverts. »

Les mains du garçon se mirent à trembler tandis que ses paumes se couvraient d'une fine pellicule de sueur.

« Mais puisque nous savons que tu souffres d'un anévrisme, on peut te faire opérer ! »

Christina esquissa un tendre sourire.

« L'altération ne serait visible qu'au scanner. Une tomographie classique rendrait un diagnostic négatif. Et la résonance magnétique n'est pas encore au point à cette époque. »

Antonin, désespéré, secoua la tête.

« C'est... c'est absurde ! J'arriverai à convaincre un médecin. »

A nouveau ce sourire de compassion. Comme si c'était le garçon qui était finalement menacé de mort.

« Quand bien même tu y parviendrais, l'état actuel de la chirurgie n'autoriserait pas une intervention à cet endroit du cerveau. On ne peut réduire cette poche qu'avec une microchirurgie au laser. Sans garantie de succès. »

Antonin se mit à tourner frénétiquement en rond dans la chambre. Dans sa tête, ça tournait en rond aussi.

« Antonin...

– Quoi ?

– Je t'aime vraiment, tu sais. »

Le garçon ne lutta qu'un bref instant contre les larmes qui brûlaient déjà ses yeux. Il s'effondra aux pieds de Christina, secoué de douleur, atomisé par la peine. La main de Christina caressa un instant ses cheveux avant de s'en retirer vivement, comme si le crâne du garçon était devenu brûlant.

« Il reste une petite chance, amigo... »

Antonin renifla.

« Hein ?

– S'il te plaît, n'essaye pas de me rouler une pelle. Je suis revenu aux commandes. »

Antonin s'écarta. Vision liquide d'une Christina qui se débattait avec sa mini-jupe.

« Je te disais qu'il reste une chance. Je ne sais pas ce qu'elle vaut, mais elle a le mérite d'exister.

– Quelle chance ?

– Récupérer la Buick et amener la petite dans le futur. Là-bas, on pourra l'opérer. »

Antonin déglutit péniblement. Il essuya une perle salée qui s'attardait sur sa joue.

« Mais... Et toi ? Comment tu vas la quitter ?

– Quand je parlais de petite chance, je pensais à la possibilité de réintégrer mon corps réel en plaçant l'enveloppe en aval, plus loin dans le temps. Le scanner du Jokari devrait rencontrer mon empreinte en cours de route et s'y fixer. »

La voix de Christina était noyée d'incertitudes.

« Je veux aller avec toi ! décida Antonin en se redressant.

– Où ça ?

– Je vais t'aider à craquer cet enfoiré de robot ! Tu sais qu'après toi je suis le meilleur hacker du club !

– Justement. J'ai besoin d'un microkid au clavier de Super Brain. J'ai introduit un nouveau programme qui nous permettra de rester en liaison. En cas de pépin, tu me rappelleras.

– Orlando peut très bien s'occuper de ça ! » s'insurgea Antonin.

42 secoua la tête.

« Cette nuit, ce sera la pleine lune. Orlando doit être enfermé. Trafic et Anita n'ont pas assez de connaissances pour gérer Super Brain. Laisse-moi travailler maintenant. Je serai prêt dans deux heures. »

La mise au point du programme de perforation occupa 42 un peu plus longtemps que prévu. Finalement, le pirate avait conclu à la nécessité d'un porteur d'eau pour l'aider à surveiller les trépans qu'il allait mettre en place dans les défenses d'OFF. Trafic fut désigné pour cette opération et disparut dans la chambre avec 42. Antonin se sentait extraordinairement nerveux. Il s'était engouffré follement dans la brèche d'espoir ouverte par le pirate et plus rien désormais n'allait assez vite pour lui. Son anxiété ne l'avait pas autorisé à avaler la moindre bouchée et il ne but que modérément. Vicars était ivre. La situation le dépassait et il attendait le moment où il allait enfin pouvoir sortir son flingue et se mettre au volant de la Buick. Il se fit expliquer et réexpliquer le fonctionnement du multiswitcher temporel et grimaça lorsqu'il comprit que ses déplacements seraient limités au programme musical de la voiture qu'il n'était pas techniquement en mesure de modifier. Anita se sentait un peu mieux et Orlando rongeait son frein. Vissé à la fenêtre, il regardait les lumières de Londres s'allumer, tandis qu'une lune ronde et blanche comme une assiette de porcelaine grimpait dans le ciel. Il sembla à Antonin que la respiration du loup-garou s'était accélérée, qu'une dorsalgie l'obligeait à légèrement courber l'échine. Son front luisait alors qu'un froid polaire pétrifiait le salon et qu'un brouillard givrant enrobait Leicester Square. Prémices de la métamorphose ? 42 l'avait pensé, à New York, après le concert mémorable des MC5, et alors qu'Orlando présentait les mêmes symptômes.

« Tu ne crois pas qu'il serait temps d'aller dans ta chambre ? » proposa timidement Antonin.

Orlando grogna sans se retourner. Vicars leva un instant les yeux avant de replonger dans son magnum de scotch.

« Dans trois heures, Robert Plant et John Bonham vont monter sur la scène de Wembley, fit Orlando avec une voix grave. Je donnerais cher pour y être.

– C'est un concert pour le Redemption Day, mec ! Un putain de concert prosélyte pour la religion d'OFF ! »

Orlando hocha la tête et se détacha lentement de la fenêtre. Chaque mouvement lui arrachait une grimace de douleur. Il jeta un dernier regard haineux vers la lune et se dirigea vers sa chambre-cellule. Antonin l'accompagna. La température de la pièce plongeait sous les limites du supportable. Antonin se mit instantanément à claquer des dents.

« Merde, ça caille !

– Mon loup doit venir de Sibérie », ricana tristement Orlando.

Antonin se frotta les bras. Il regarda la pièce sinistre, avec ses barreaux, son porte-bouteilles, sa lèpre verte qui rongeait les murs et sa porte de cachot.

« Je peux te demander un truc ?

– Ouais.

– Pourquoi tu as essayé de craquer 42 ? »

Les deux garçons parlaient en exhalant des nuages de buée blanche.

« Par jeu.

– Tu déconnes ?

– Ouais.

– Tu es au courant pour Christina ? »

Le loup-garou regarda Antonin. Le violet de ses iris semblaient s'éclaircir, ses traits se durcir.

« N'ouvre pas cette porte avant deux jours. Même si je te supplie. »

Antonin frissonna. C'est avec une tristesse infinie qu'il quitta la pièce, poussa l'énorme loquet et tourna la clef. Il évita de regarder par le judas, regagna le salon, arracha le magnum de whisky des mains velues de Vicars et s'en envoya deux formidables lampées. La brûlure familière du pur malt lui fit un bien fou. Il regarda la bouteille.

« Salut ma vieille, murmura-t-il. Content de te savoir de retour. »

Le privé lâcha un rot et s'endormit entre ses bras croisés. Antonin l'observa un instant. Son regard s'attarda sur la poche d'où Vicars sortait son arme. Le garçon s'approcha.

« A ta place, je renoncerais aux exploits », grogna le privé sans bouger d'un pouce.

Antonin s'empressa de suivre ce conseil. Il se contenta de siffler deux nouvelles gorgées de whisky. L'alcool dilua sensiblement la terrible angoisse qui lui nouait les tripes. Il approchait de ce point d'ivresse merveilleux où les douleurs s'effacent, où le corps cède enfin au mental et où plus rien ne paraît impossible. Anita fit sa réapparition. Elle avait enfilé un boléro et sa mini de skaï bleu. Le poison retard de Vicars devait diffuser des pigments biliaires dans les tissus tant l'ictère d'Anita prenait des proportions asiatiques.

« J'ai envie de baiser », annonça-t-elle.

Son regard fit le tour de la pièce, glissa sur Vicars et Antonin comme s'ils n'existaient pas.

« Où est Orlando ?

– Enfermé. »

Antonin lui montra du doigt la lune blanche qui arrosait la pièce d'une lumière crépusculaire. La bouche ocre d'Anita dessina une moue de dépit.

« Bon. Puisque je vais crever, de toute façon, je t'autorise à me sauter. »

Antonin lâcha un hoquet.

« Anita, je... », bafouilla-t-il, lamentable.

Elle tendit la main. Un rouge agressif vernissait ses ongles.

« Viens, petit puceau, maman Anita va te faire connaître le septième ciel.

– Je ne suis plus puceau. »

Les yeux d'Anita s'arrondirent.

« Depuis quand ?

– Ce matin... Avec Christina...

– Merde ! Et t'as plus la force ?

– C'est pas ça. Je l'aime. »

Anita lâcha un rire hystérique.

« Il l'aime ! Je le savais ! Monsieur trempe son vermicelle et tombe amoureux de la casserole. Amour, fidélité et tout le bazar. Très cool, Antonin Hofa ! Les arrière-grands-parents de mes arrière-grands-parents n'auraient pas trouvé mieux. Tu te prends pour un héros parce que tu te défonces, tu picoles, tu craques des lecteurs de contrôle et tu voyages dans le temps, mais t'es qu'une midinette, mec !

– Anita, c'est pas le moment...

– Laisse tomber, lâcha-t-elle avec un geste écœuré. Je vais m'envoyer Trafic.

– Trafic part avec 42. »

Le visage jaunâtre d'Anita se chiffonna.

« Décidément, c'est ma journée... »

Vicars releva la tête, un sourire hideux plaqué sur sa face de poulpe.

« Et moi, ma jolie ? J'te dis rien ? »

Anita cracha sur le sol.

« Plutôt m'enfoncer un fer rouge dans la chatte ! feula-t-elle avant de quitter le salon.

– Elle devrait pas s'agiter comme ça. Ça fait circuler le sang, rumina Vicars. T'en pinces vraiment pour la môme Lloyd ?

– Comment vous connaissez son nom ?

– Comme toi, en fouillant dans son sac. A mon avis, avec ton meilleur copain dans sa tête, ton histoire, c'est le vrai truc de pédés. »

Et il replongea dans le nœud de ses bras croisés...

42 désigna l'écran de Super Brain. Le tracé d'un électro-encéphalogramme s'y dessinait en courbes irrégulières.

« T'as intérêt à pas quitter ça des yeux, amigo, recommanda le pirate. Pas une seconde. Si le tracé menace de devenir plat, tu appuies là-dessus. »

L'index de Christina désignait une touche UNDO.

« Celle-là nous ramène en principe à la maison. Elle génère une série de virus-link qui détruisent les fonctions vitales de l'enveloppe...

– Les fonctions vitales d'un robot ? » grimaça Antonin.

42 renifla.

« Les virus vont l'emmerder, probablement le paralyser, mais ils sont là surtout pour dissimuler le Trait Bleu Konica, un laser perforant qui devrait faire exploser les processeurs d'OFF. C'est ce qu'il y a de mieux contre les I.A. En tout cas, ça devrait être assez efficace pour nous libérer de l'enveloppe. »

Son index se posa sur une touche décorée d'une clé de vie.

« Si le tracé devient complètement plat et si nous ne revenons pas après l'UNDO, tu appuies sur celle-ci. Elle déclenche une routine non exécutable qui empêche le feedback.

– Le feedback ?

– Si Orlando avait réussi à me craquer, c'est lui qui serait revenu dans la tête de Christina, tu comprends ? »

Un doigt de givre caressa l'échine d'Antonin. Il regarda la touche frappée de l'ankh et imagina avec terreur OFF investir la tête de Christina. Il n'avait pas tout à fait fini d'en baver.

« Je vais envoyer des sondes un peu partout dans le bastringue, poursuivit le pirate. Super Brain va les analyser.

S'il rencontre une application qu'il ne reconnaît pas, aide-le. S.B. est un vrai glandeur. Ne le laisse pas te répondre "Données insuffisantes" ou "Application introuvable". Chauffe-le au rouge. Le synthétiseur vocal te donnera mes instructions jusqu'à ce que nous soyons brouillés par Tomcat. »

Antonin hocha la tête. Ses oreilles bourdonnaient. Il se sentait comme à la veille d'un examen, en état de nova, incapable de se remémorer la moindre ligne du programme. Trafic s'était assis dans un coin de la pièce, le bracelet indien fixé au poignet, confit dans un formidable effroi. Il devait forcément savoir ce qu'il avait à faire mais ne semblait pas vraiment s'en souvenir non plus.

« Ritchie... »

Il y avait au moins un siècle et une vingtaine d'années qu'Antonin n'avait plus appelé 42 par son prénom officiel.

« Est-ce que cette touche empêche tout retour dans la tête de Christina ? »

Un large sourire éclaira le visage de la jeune fille.

« J'espérais que tu me poserais cette question. Ça prouve que tu ne patauges pas encore tout à fait dans la semoule. Hélas, non, amigo. L'ankh contamine le boot-secteur du Jokari et interdit le retour de tout ce qui n'est pas exactement notre empreinte. Si OFF tente de revenir avec nous, l'ankh détectera une surcharge, la filtrera et lui interdira l'accès. »

Une grimace de profonde déception chiffonna les traits d'Antonin.

« Dès que j'ai récupéré la Buick, je viens la ranger dans la cour intérieure. »

Christina se tourna vers Alec Vicars.

« Le deal tient toujours, monsieur Vicars ? Nous aurons encore besoin de la voiture pour effacer les méfaits de l'androïde et amener Christina au XXIe siècle.

– J'ai une paire de menottes pour m'attacher au volant », grinça le privé.

Christina hocha la tête.

« Des questions ?

– Si ça foire, on fait quoi ? éternua Vicars.

– Vous priez, monsieur Vicars, vous priez très fort. »

Le privé marmonna quelques mots où il était encore question de flinguer tout le monde. Christina glissa le casque sur ses tempes et s'allongea.

« Prêt pour le grand pied, Trafic ? » demanda 42.

Trafic, recroquevillé dans son coin, grinça des dents.

« On y va », lâcha dans un souffle la bouche de Christina.

L'index d'Antonin frémit une seconde sur le bouton bleu du Jokari avant de l'enfoncer. Trafic bascula en avant et s'effondra à plat ventre sur le plancher.

« Il est parti ? » demanda Antonin.

Christina hocha la tête. Antonin se jeta sur elle et lui roula une pelle monumentale.

« Un seau d'eau suffira pas, marmonna Vicars. Faudrait un canadair. »

17.

Les premières données arrivèrent en rafale sur l'écran de Super Brain alors que Christina redressait le corps de Trafic. L'imprimante intégrée crépita.

ACA virus.
FREEZE virus.
MAULWURF virus.
GHOST virus.
OLI virus.
KOBOLD virus.
EVIL virus.
Free access.

Antonin regardait le listing défiler sans parvenir à retrouver ses sensations. Il n'y avait pourtant rien là-dedans que 42 n'avait déjà fait devant lui. L'encéphalo ondulait gentiment.

« Qu'est-ce que ça dit ? s'inquiéta Vicars.

– J'en sais foutre rien », maugréa Antonin.

Christina revint se blottir contre lui. 42 continuait à balancer des sondes empoisonnées au rythme d'une mitrailleuse. Apparemment, ses virus n'avaient rien à manger.

« *Tu parles d'une protection à la con !* grésilla le synthétiseur vocal. *C'est tout vide là-dedans. Panizza n'est qu'un relais. Aucune commande accessible. Un putain de fantôme. Je cherche le passage.*

– Fais gaffe..., murmura Antonin.

– Je vais chercher à boire, décida Vicars.

– Vous allez louper un épisode, Vicars, gloussa Antonin. 42 va faire fondre ce robot aussi facilement qu'une motte de beurre. »

Christina piqua un baiser dans le cou du garçon. Ce n'était pas vraiment le moment de bander, mais il le fit quand même. L'écran afficha une nouvelle et inquiétante série.

Unknow key.
Unknow fat.
Application en service.
Unknow directory.
La sonde ne répond pas.

« Il a trouvé un truc, souffla Antonin en se crispant au-dessus du clavier.

– *Marrant !* gloussa le synthétiseur. *Il y a une protection devant moi mais on dirait qu'il n'y a aucun programme à l'intérieur. Fais bouillir S.B., amigo, c'est le moment.* »

Antonin pianota le clavier. Le disque dur de Super Brain ronronna. Le laser imprimait instantanément les données.

Unknow key.
Unknow fat.
Application en service.

Unknow directory.
La sonde ne répond pas.

« Fais un effort, merde ! jura Antonin.
– *Si Orlando était avec moi, il ferait des bonds à en crever le crâne de cet enfoiré de golfeur. Panizza est en train de discuter avec John Bonham. Ils parlent du concert. J'envoie un brasseur Unix.* »
La diode de Super Brain clignota.

Bombe de type Burger en turbo-assembleur.
Protection antivirus GB/NL.
Sonde Unix V 5.6 détruite.

« Saloperie... » râla Antonin.
Le synthétiseur lâcha un ricanement aigu.
« *Beau boulot classique pour une I.A. Je lance le T.B.K. pour crever ce truc.* »
Trait Bleu Konica. 42 déclenchait d'autorité l'artillerie lourde. Le pirate accélérait l'allure, espérant sans doute qu'OFF, avec la certitude arrogante d'un monopole, n'avait pas développé d'autres défenses que cette porte à l'intérieur du fantôme.

Trait Bleu Konica activé.
Perforation.

Une nuée de mites brouilla l'écran de Super Brain. Antonin fronça les sourcils.
« *Merde ! C'est plein d'araignées dans le coin.* »

Défense inconnue.

« Cherche, nom de Dieu ! » siffla Antonin en martyrisant le clavier.

Microvirus de type Link. Trade marque Dolo. Fabriqués dans les laboratoires expérimentaux de la Nouvelle Eglise.

« Quelle est la parade ? »

Aucune. Déconnexion conseillée.

« Quelle est la parade ? »

Essayer antivirus technobarbare Sagrotan 9.50.

L'encéphalo devenait positivement désordonné. 42 et Trafic étaient en difficulté. L'annulaire d'Antonin frôla la touche UNDO.

« *Le Sagrotan se casse les dents ! Ça grouille.*

– Quelle est la parade ? » répéta Antonin.

Routine exécutable identifiée.
Parade : AVK 7. 1GB, bibliothèque des Bladerunners d'Amsterdam. Craquée le 1/1/080 par 42-Crew.

Antonin claqua dans ses mains et poussa un cri de victoire.

« Bonne année, Ritchie !

– *Bien joué, S.B. !* crachouilla le haut-parleur. *Les petites araignées sont en train de cramer.* »

L'encéphalo reprit une ondulation normale. Antonin lâcha un soupir de soulagement.

« *Je désamorce la bombe.*

– Si tu continues à grincer des dents comme ça, tu mâchouilleras tes racines quand ils en auront fini, se moqua gentiment Christina.

Antonin fit quelques mouvements d'assouplissement, rejeta sa nuque en arrière, s'efforça d'atomiser les nœuds musculaires qui commençaient à paralyser son torse.

Bombe Burger désactivée.
Free access.

« Génial..., soupira Antonin.

– *Tout ce que ce connard de robot peut inventer, S.B.*

l'a déjà en mémoire. On roule sur le velours. Bon. On est devant une série de disques virtuels et un océan de croqueurs rouges en dessous. Mon vieux, ça ressemble à un lac rempli de piranhas avec des bons vieux crocos qui flottent à la surface. Tu te souviens de James Bond ?

– Live and let die, récita Antonin. Le cascadeur s'est fait bouffer.

– J'envoie des sondes sur les virtuels. Pas envie de foutre mon spectre sur un leurre. »

Analyseur M.I.T. 2018
Analyseur M.I.T. 2018
Analyseur M.I.T. 2018
Analyseur M.I.T. 2018

« *Idendification classique*, ricana le synthétiseur. *OFF veut savoir qui vient frapper à sa porte. Demande à S.B. de chercher les empreintes autorisées sur les virtuels et de se préparer à envoyer des fantômes. Je sonde la marée rouge.* »

Mutant Counter. Virus gluant. Destruction impossible.
Goblin Virus. Reproduit le virus précédent. Stérilisation possible avec tous les programmes safe créés depuis 012.
Mutant Moby Dick. Hexa trap. Inconnu.

« *Pas envie de me colleter avec cette merde. La dernière fois que S.B. a chopé un virus gluant, j'ai dû changer les barrettes. Et ce Moby Dick ne me dit rien qui vaille. Ça sent le potache terroriste. Résultat des virtuels ?* »

Aucune empreinte autorisée.

« *D'accord. OFF nous a bidouillé un petit tunnel à sens unique. Fais chauffer des fantômes boomerang, amigo. On va lui véroler les neurones, à cet enculé !* »

Une perle de transpiration aveugla Antonin. La diode du

D.D. de Super Brain restait maintenant allumée en permanence. L'imprimante crachait régulièrement son rapport. Le garçon effleura le capot de la console du plat de la main.

« L'œuf carbonisé en dix secondes..., murmura Antonin. RAM au max. Je dois délester. »

Ni Christina ni Vicars qui venait de remonter avec une caisse de champagne ne comprirent ce qu'Antonin voulait dire. Ils saisirent toutefois confusément que ça chauffait sec. Une nouvelle guirlande d'informations zébra l'écran.

Ghost Boomerang 1.
Ghost Boomerang 2.
Ghost Boomerang 3.
Envoi.

« Ce coup-ci, même si OFF est en train de roupiller, il va sentir qu'on l'encule », chuinta Antonin.

Il sentit Christina se crisper contre lui.

« Dites, qu'est-ce qui se passe en bas ? demanda Vicars. Vous avez enfermé votre copain le caïd ou quoi ? »

Antonin déconnecta.

« Qu'est-ce que vous dites ?

– Votre pote, en bas, le bellâtre. Il fait un de ces baroufs. On dirait qu'il est en train de manger la porte. »

Antonin cligna des yeux. Il perçut les chocs sourds qui montaient du rez-de-chaussée, les halètements, la morsure crispante des griffes et des crocs sur le vieux bois.

« Merde...

– Antonin, le tracé ! » cria Christina.

Il se retourna vers l'écran. L'électro indiquait une extrême perturbation.

« Analyse ? »

Rien à signaler.

« Ne me raconte pas de conneries ! paniqua Antonin. Analyse ? »

Une diarrhée de parasites jaillit du synthé. La voix de 42 émergeait de cette bouillie sonore comme la main d'un noyé.

« *On est.... Un dragon... J'arrive pas à contrôler...*

– Décroche, 42, décroche ! » siffla Antonin entre ses dents.

Rien à signaler.
Rien à signaler.
Rien à signaler.

Un effet Larsen fusa du haut-parleur et découpa une dentelle de décibels dans les tympans d'Antonin. Il se mordit les lèvres jusqu'au sang.

« Le dragon aspire les intrus... Je largue Trafic pour alléger... »

Antonin jeta un rapide coup d'œil vers le corps de Trafic. Il ne bougea pas d'un iota. Antonin mitraillait le clavier.

« J'tiens plus ! Undo ! Undo ! »

L'index d'Antonin enfonça la touche UNDO. Une vague de parasites noya l'écran, tissant un treillis de sucre glace sur le listing. La sueur ruisselait sur le visage de l'adolescent. Il tourna les potentiomètres sous la console.

« S.B., qu'est-ce qui se passe ? »

L'écran, envahi par la neige, demeura imperméable. Antonin se tourna vers Christina.

« Il est revenu ? »

La jeune fille secoua négativement la tête. Super Brain émit une plainte métallique. L'écran afficha brusquement un encéphalo ultraplat.

Rien à signaler.
Rien à signaler.

T.R.
No carrier.

Antonin pressait frénétiquement la touche UNDO comme on cogne sur la poitrine d'un infarci.

T.R.
No carrier.
T.R.
No carrier.

T.R... Tracé rectiligne. Super Brain affichait la mort cérébrale de 42. Antonin ne parvenait pas à l'admettre.

« Toine, l'ankh... souffla Christina. Quelque chose est en train d'arriver... »

Antonin se tourna vers la jeune fille. Sa peau prenait des reflets métalliques, dans ses orbites dansaient des billes d'acier.

« Non... »

Il abattit son poing sur la clé de vie. Le programme anti-feedback de 42 brouilla l'écran. Une âcre odeur de brûlé agressa Antonin. Le synthé rendit l'âme dans un sifflement atroce. Le garçon regarda, tétanisé, la main de Christina posée sur sa cuisse. L'épiderme devenait totalement argenté, les traits de la jeune fille se lissaient pour dessiner un masque de tragédie, version féminine du Silver Surfer. Antonin vit, comme dans un cauchemar projeté au ralenti, Vicars dégainer son Derringer à crosse nacrée.

« Ecarte-toi d'elle, môme ! » siffla le privé.

Antonin secoua la tête. Son index enfonçait la touche Ankh comme s'il voulait la faire disparaître sous le clavier. La princesse de fer, à ses côtés, mâchonnait quelque chose. Elle tourna brusquement la tête à 90 degrés, sans bouger le torse, et cracha une couronne métallique. La prothèse, avec la violence d'un projectile, creusa un assez joli trou dans le front de Vicars, juste au-dessus de l'arcade droite. Le privé eut l'air surpris. La couronne provoqua dans son cerveau des dégâts immédiats et considérables. Il tira une balle qui s'enfonça dans le plancher, à quelques centimètres des pieds argentés de Christina, et s'agenouilla. Il resta quelques secondes en équilibre sur les rotules, l'air hébété, avant de s'effondrer comme un arbre. Antonin arracha le Jokari du flanc de la console, déconnecta d'une traction les cordons d'alimentation du micro. Un éclair déchira l'écran neigeux de Super Brain tandis qu'un inquiétant filet de fumée blanche fusait de ses ailettes d'aération. Dans la main du garçon, les câbles en faisceau ondulèrent comme des reptiles. L'imprimante vomit ses dernières informations avant de s'éteindre dans un chuintement huilé. « Isolants brûlés... Mauvais, tout ça... » eut le temps de penser Antonin avant d'être atomisé par une violente décharge électrique. Sous le choc, ses mâchoires claquèrent et ses dents lui sectionnèrent un petit bout de langue. Christina s'évanouit. Antonin, privé de souffle, décida momentanément d'en faire autant...

« Il revient, on dirait... », murmura une voix.

Antonin ouvrit les yeux et aperçut les visages inquiets penchés sur lui. Christina et Anita. Tableau touchant. Il grimaça. Une douleur pointue au niveau du plexus le contraignait à anhéler. Antonin regarda autour de lui. Le clavier de Super Brain pendait au bout de son câble. Un fumet d'isolant cramé flottait encore dans la pièce. La guirlande de papier imprimé s'était enroulée autour d'un pied de lit. Alec Vicars gisait sur le plancher, face contre terre. Trafic n'avait toujours pas réintégré son corps. Décor de désastre. Antonin s'obligea à saliver pour diluer le goût de sang et de fer qui lui poissait la bouche. Les dernières images flottaient dans sa tête comme des composants électroniques en apesanteur. Il les ordonna. Il revit Christina tuer Vicars en lui crachant une couronne dentaire en pleine tête. Cette image ne lui paraissait pas appartenir à un champ de réalité cohérent. Il se redressa en gémissant. Christina était accroupie près de lui, les traits tirés, accablée par une fatigue considérable, le teint pâle, mais rose. Elle récupérait d'une rapide plongée en enfer...

« Qu'est-ce qui s'est passé ?

– OFF a glissé un tentacule dans sa tête, expliqua Anita. Tu l'as empêché de s'installer en débranchant Super Brain. »

Antonin se leva et déchira le papier de l'imprimante.

« Il a quand même eu le temps de descendre ce fumier, ajouta Anita en désignant le cadavre du privé. J'ai trouvé l'antidote sur lui. »

Après le Tracé Rectiligne de 42 et la déconnexion, OFF avait balancé un dernier message en hexadécimales.

56 6F 75 73 20 65 74 65
73 20 63 6F 6D 6D 65 20
64 65 73 20 63 68 69 65
6E 73 20 71 75 69 20 63
6F 6D 70 6C 6F 74 65 72
61 69 65 6E 74 20 63 6F
6E 74 72 65 20 6C 65 75
72 20 6D 61 69 74 72 65

Antonin déchiffra.

« *Vous êtes comme des chiens qui comploteraient contre leur maître...*, lut-il à mi-voix.

– Antonin..., souffla Christina.

– Quoi ?

– Cette chose qui est entrée dans ma tête...

– Une sonde envoyée par OFF.

– Elle m'a lue, termina la jeune fille avec des prémices de sanglots dans la voix. C'était trop puissant. Ça m'a ouvert comme ça.

– Elle ne reviendra pas.

– Tu ne comprends pas, s'entêta Christina en secouant ses boucles. Elle m'a lue ! Elle sait que nous sommes ici, dans cet appartement. »

Antonin croisa le regard d'Anita.

« Il a pu aussi piller la mémoire de 42 », termina-t-elle.

Le répit ne serait pas long. Antonin empoigna le Derringer de Vicars et fonça dans l'escalier, le listing de l'imprimante accroché à l'épaule. Il verrouilla fébrilement la porte d'entrée, ferma les persiennes du rez-de-chaussée, vérifia toutes les pièces. Orlando avait cessé de ronger et griffer la porte de sa cellule. Un des volets fermait mal. Antonin s'acharna sur le battant.

« Tu ne crois pas qu'on devrait se barrer vite fait ? proposa Anita.

– Pour aller où ? s'énerva Antonin. Christina est recherchée. Tous les loueurs doivent avoir son signalement. Sans compter l'empreinte génétique que 42 a laissée en elle. C'est un accès possible pour OFF. Et Trafic ? Et Orlando ? On ne peut pas le laisser sortir cette nuit. Mais pars, si tu veux. Je n'ai pas besoin de toi. »

Anita haussa les épaules et aida l'adolescent à barricader les fenêtres.

« Pour ton prochain anniversaire, mec, sois gentil, oublie-moi », marmonna-t-elle.

Antonin trouva la ressource de sourire. Il remonta le couloir, étudiant la désastreuse topographie stratégique de l'appartement.

« Des ennuis, petit d'homme ? » gronda une voix, derrière la porte de la chambre d'Orlando.

Une voix désagréable, railleuse et inquiétante. Antonin frissonna et s'approcha du judas. Une odeur de ménagerie croupissante sous la glace l'assaillit. La pièce était plongée dans l'obscurité.

« 42 est mort, murmura le garçon. Trafic est déconnecté. On a paumé son spectre. Et OFF nous a sûrement repérés.

– Joli travail, commenta l'invisible loup-garou. Comment ça s'est passé ?

– J'ai le rapport de Super Brain, si tu veux. »

Antonin glissa le listing entre les barreaux du judas. Une forme noire se détacha du mur du fond, s'approcha de la porte. Antonin sentit la guirlande de papier filer entre ses doigts. La silhouette s'éloigna et se fondit au mur, abandonnant derrière elle une forte odeur de chien mouillé.

« Tu... tu n'allumes pas ? s'étonna Antonin.

– Pas besoin », grogna Orlando.

Antonin crut distinguer, sous la meutrière, deux yeux jaunes en amande. Il entendait le bruit du papier froissé.

« Le message en hexa, c'est quoi ?

– *Vous êtes comme des chiens qui comploteraient contre leur maître...* », récita Antonin.

Le rire du loup-garou ressemblait à un crissement de métal sur porcelaine.

« Et c'est censé vouloir dire ? »

Antonin haussa les épaules.

« Je ne sais pas... Peut-être qu'il ne nous juge pas très crédibles. »

Orlando grogna. Le listing vola dans la pièce obscure, spectre de vampire albinos.

« Je sens l'odeur d'une arme...

– Le revolver de Vicars. Christina l'a tué quand elle était possédée par OFF. »

A nouveau ce rire crispant.

« Et le matériel ?

– Le Jokari est intact. Super Brain est probablement endommagé. »

La silhouette se déplaca légèrement sur la droite. Antonin s'écarta instinctivement du judas.

« Répare-le. »

Antonin fronça les sourcils.

« Pourquoi faire ?

– Je repars. Le Jokari est toujours réglé sur Fershid Panizza. Tu me le passeras par le judas.

– C'est ridicule ! 42 s'est fait rincer en cinq minutes, dès qu'OFF l'a repéré...

– 42 n'était pas assez puissant ! gronda la voix. Je l'ai craqué aussi quand j'étais avec lui dans l'enveloppe. »

Antonin se souvint de la colère et de la peur qu'il avait lues dans les yeux de Christina lorsque 42 était revenu d'Epsom. Orlando, involontairement, avait vraiment failli le déplomber.

« J'aimerais mieux qu'on en parle demain, lâcha-t-il, le corps rompu par la fatigue et le choc électrique.

– Tu ne comprends pas, petit d'homme, trancha le loup-garou. C'est maintenant que je suis fort. Quand j'ai perforé 42, je n'en étais qu'aux débuts de la métamorphose. Je ne serai jamais plus fort que cette nuit. C'est notre dernière chance. »

Antonin sentit que la sociabilité d'Orlando était feinte et lui réclamait des efforts considérables. Il bataillait contre les exigences nouvelles de son métabolisme, luttait pour ne pas se jeter furieusement contre la porte...

« D'accord, souffla le garçon. Je vais essayer de réparer Super Brain. »

La voix du loup-garou devint une espèce de grondement apaisé, comme les échos souterrains d'une secousse tellurique.

« C'est bien. Une dernière chose, Toine... Si j'échoue, ne laisse pas OFF prendre mon contrôle. Je ne tiens pas à servir de relais à ce tas de ferraille. »

Une épine de glace se vissa entre les cervicales d'Antonin. Il faisait très froid sur Londres, mais il ne pleuvait pas. Le Band of Joy allait pouvoir donner un concert exceptionnel...

Le processeur Motorola 96550 n'avait pas souffert. Deux des cinq cartes accélératrices Toshiba étaient carbonisées et des faisceaux d'isolant complétement fondus. L'architecture Delta et le disque dur ne semblaient pas endommagés. Antonin bricola un blitter pour remplacer les accélérateurs et relia tout ce qui pouvait l'être pour améliorer les performances de Super Brain. 42 aurait hurlé devant ce travail. Super Brain ressemblait désormais à un prototype s'alignant au départ d'une course d'endurance avec les culasses soudées. Ou à un Solex au réservoir rempli d'éther... Antonin s'appliqua ensuite à rétablir l'isolation et à changer les fils H.F. cramés du synthé.

« Ce serait mieux avec une cinquantaine de ventilos », soupira-t-il en refermant le panneau arrière du micro.

Sa main trembla légèrement en reconnectant Super Brain au réseau. Un tramé gris nimba l'écran. Le synthé crachouilla.

Hello commander
Computer reporting

Antonin lâcha un soupir de soulagement. C'était déjà un début. Il demanda à Super Brain d'étudier son précédent rapport et d'expliquer tout ce qui ne l'avait pas encore été. Notamment sur les virtuels, le virus gluant et ce mystérieux dragon. Le micro ronronna. Le garçon posa un baiser sur le front de Christina, prit le collier indien, le Jokari et descendit vers la cellule d'Orlando.

« J'ai fait ce que j'ai pu, expliqua-t-il en posant le casque sur le judas. Ça ne tiendra pas longtemps. »

Le casque disparut, happé par une main invisible. Antonin devina la silhouette sombre qui s'allongeait sur les dalles glacées. N'était-ce pas finalement une façon de s'évader ?

« Je suis prêt... », rauqua le loup-garou.

Une grappe de verrues semblait avoir poussé sur ses cordes vocales.

« Qu'est-ce que tu attends ? » aboya Orlando.

Antonin appuya sur le bouton bleu. Rien de bougea. L'adolescent se surprit à souhaiter que le Jokari fût détérioré.

« Orlando ? »

Pas de réponse. Antonin réitéra son appel sans plus de succès. La silhouette noire sur les dalles demeurait inerte. Le garçon glissa la clé dans la serrure, ouvrit la porte et fit basculer l'interrupteur. La lumière jaillit d'une grosse ampoule placée dans une niche et protégée par d'épaisses volutes de fer forgé. Les yeux ouverts d'Orlando surprirent le garçon. Cet instant de frayeur effacé, il observa froidement le corps de son nouvel ami, l'iris jaune doré de son regard de poisson mort, l'écrasement sensible de la voûte crânienne creusant un chanfrein sans stop entre la racine de ses cheveux et son nez, l'avancée des mâchoires qui lui donnait un étrange aspect prognathe, les dorsaux et le torse hypertrophiés dont la puissance menaçait de faire exploser les coutures du chandail noir... La peau d'Orlando ne s'était pas couverte de poils. La métamorphose était à la fois moins grotesque que l'imagerie populaire et plus inquiétante. Ses commissures s'étaient écartées pour dessiner ce sourire ambigu qu'on prête parfois aux chiens. La morphologie dans son ensemble appelait les espaces et la liberté. Antonin s'ébroua, s'efforça de balayer cette fascination qui le tétanisait et referma la porte après avoir éteint la lumière. Il fonça vers Super Brain.

18.

Super Brain n'avait rien découvert de fondamentalement nouveau. Les virtuels étaient toujours signalés comme des analyseurs-traqueurs 2018, probablement conçus par le M.I.T. Ils fonctionnaient à sens unique mais les boomerangs fantômes de 42 ne les avaient pas abusés. Super Brain proposa d'abandonner l'attaque linéaire pour envoyer des T.T. Garfield, des torpilles-toupies dont l'efficacité en action boomerang avait été démontrée lors de l'attaque de l'Union Omega contre la Deutschbank. Le micro dénombra ensuite près d'une cinquantaine de sous-programmes capables de détruire le Goblin Virus. Il sécha en revanche sur le mutant Counter, toujours identifié comme virus gluant, et le Moby Dick - hexa trap, inconnu au bataillon des protections neuro-informatiques. Antonin relia le Jokari au port direct. Orlando devait recevoir ces informations mais restait obstinément silencieux. Antonin vérifia le synthé. Christina, recroquevillée sur le lit, semblait effroyablement crispée. Son expérience avec la sonde d'OFF l'avait durement éprouvée, et l'image d'Antonin au clavier de Super Brain remuait dans sa tête une vase douloureuse. Assise à côté d'Antonin, Anita, les mains enrobées d'isolant, se tenait prête à débrancher le bazar.

« Quelque chose qui cloche dans ton network, mec ? demanda-t-elle.

– Je n'ai pas de retour d'Orlando », murmura le garçon.

Super Brain confirmait pourtant l'établissement de la liaison. Antonin sentit la douleur renaître entre ses omoplates. Il réclama une réponse à Super Brain.

Connexion établie.
Pas de transfert.

Super Brain était formel.

« Qu'est-ce qu'il fout, merde ? jura Antonin.

– *J'adore ça, petit d'homme ! J'adore ce truc !* »

Le synthétiseur vocal n'était pas sorti tout à fait intact de sa précédente expérience. La liaison sonore était atroce.

« Qu'est-ce qu'il adore ? » s'étonna Anita.

Antonin fit la moue.

« Etre dans la tête des autres, peut-être...

– *L'horloge du Jokari a dû en prendre un coup. J'arrive après la bataille.* »

Antonin se frappa le front.

« Connard... », grogna-t-il.

Le Jokari s'était naturellement câblé sur l'horloge interne de Super Brain. Combien de décalage ? Dix minutes... Le temps que 42 se fasse désintégrer.

« Panizza est en backstage. Le groupe répète. Ecoute ça ! »

Ça ressemblait à la diffusion d'un concert par câble téléphonique du XXe siècle, et par temps orageux. Antonin grimaça. Le loup-garou était en train d'écouter la répétition du Band of Joy. John Bonham venait d'entamer un solo de batterie. Antonin plissa le front. Ce rythme de tambour lui était presque familier...

« Hey, le batteur de Joe Moe Dee joue exactement ce truc entre *Aladin* et *Wheels of Death* ! » s'écria Anita.

Antonin reconnut à son tour à travers la force granitique du jeu de John Bonham le tempo préféré des Sculpteurs inhumains, la phrase musicale que Trafic tambourinait sans relâche sur les tables et le dossier des chaises... L'écho du concert se perdit dans un brouillard de parasites. Antonin, éberlué, tapota la façade grillagée du synthé. Des pensées folles tournoyaient dans sa tête. Cette rythmique n'apparaissait que dans un live de Joe Moe Dee. Antonin n'était pas certain que Tomcat en possédât un exemplaire dans sa bibliothèque musicale. Au-delà de cette incertitude troublante, Trafic avait une façon bien personnelle de doubler certaines sections du phrasé, ce qui, affirmait-il, en amplifiait l'énergie. Antonin avait cru reconnaître cette singularité dans le solo de John Bonham...

« *Il y a des morceaux de 42 éparpillés partout. Un vrai carnage. Son spectre est complètement bouffé par le virus gluant. C'est dans ce charnier que le robot a dû prendre les infos sur 57. Pas de trace de Trafic...* »

Une pause.

« *Sauf dans le jeu de Bonham. Plant a l'air surpris.* »

Une nuée de parasites couvrit à nouveau la liaison. Antonin se demanda s'il ne s'agissait pas en fait du rire grinçant d'Orlando.

« *Y a des mercenaires et des babas partout. Dommage que je n'aie pas d'accès aux commandes du golfeur. J'irais bien enculer et bouffer deux ou trois de ces hippies !*

– On a lâché un fou dans la tête du robot... », soupira Antonin.

Mutant Counter. Virus gluant. Destruction impossible.

Goblin Virus. Reproduit le virus précédent.

Stérilisation possible avec tous les programmes safe créés depuis 012.

Mutant Moby Dick. Hexa trap. Inconnu.

« Il est devant le tunnel... », souffla l'adolescent.

La main d'Anita effleura les câbles. Antonin retint sa respiration, comme s'il craignait, dans cette mortelle quatrième dimension, de contrarier l'action du loup-garou...

Orlando observa le tunnel avec ses disques virtuels, ses douves grouillantes de virus gluants et les ondulations en trompe l'œil de ses parois qui le faisaient ressembler à la « rue en rond » de Mirabelle. On ne pouvait en percevoir l'extrémité. Quel genre de chance pouvait bien avoir un boomerang fantôme d'aller jusqu'au bout de ce boyau et revenir en dupant les virtuels ? 42 avait été bien optimiste. Le loup-garou flaira une présence, un scintillement tout près de lui. Il se déplaça, recula légèrement. Micropalpeurs ? La force du loup se ramassa. Il avait planté des centaines d'étincelles fouisseuses dans la partie accessible de l'enveloppe de Panizza. Elles travaillaient à une vitesse stupéfiante, accumulant les données. Là-bas, Super Brain allait avoir du mal à digérer tout ça. Le scintillement auréola une des étincelles plantées dans le premier virtuel. Ça devait s'interroger. Ça devait se demander si ce n'était pas un programme abandonné par 42. Ça pouvait devenir dangereux.

Analyse-moi cette merde !

Les réponses de Super Brain apparaissaient à gauche du champ visuel du spectre. Pas suffisamment brouillées pour devenir indéchiffrables.

Micropalpeurs P.M.S.
Usage réservé aux I.A. de la Nouvelle Eglise.
Manipulation par leurre link Cyrulnik.
Destruction et gel partiel des alarmes possible avec torpille intégrée dans le Rock Program développé par 42-Crew.

Orlando laissa le link Cyrulnik désinformer les palpeurs. Le scintillement quitta l'implant du loup-garou et s'en alla flotter ailleurs. Super Brain annonça qu'il était prêt à lancer ses T.T. Garfield dans le tunnel. Orlando différa l'ordre, préférant lancer ses fouisseurs plus loin en avant. La voix de Robert Plant était magistrale. Les fidèles étincelles s'envolèrent et se plantèrent comme des shuriken dans les défenses d'OFF. Elles découvrirent une bombe sous le sixième virtuel et une autre sous le dixième. Minage récent. Le robot ne péchait pas par excès de confiance.

Bombe de type Burger en turbo-assembleur.
Bombe Crash, détournement du virus killer Gaildorf.
Destruction ?

Orlando refusa. Il pouvait passer par-dessus. Le virus gluant, harcelé par les étincelles, commençait à montrer des signes de faiblesse. Le loup-garou se sentait vibrer. Son spectre était limpide. Un brasseur planté en amont lui rapporta une chaîne qu'Orlando ne communiqua pas à Super Brain. Cette chose-là ne regardait que lui. Les shuriken apprenaient à se reproduire. Ils criblaient maintenant l'essentiel de la partie accessible du golfeur. Ils détectèrent le programme de lévitation, enfoui dans le gras de l'enveloppe. Première commande craquée. Le second programme de commande était dissimulé près des omoplates et comportait une très intéressante et très complète bibliothèque de drive. Orlando s'amusait comme un fou. Où était ce fichu dragon ? La topographie du tunnel lui apparut en graphisme fil de fer. Cinq faux virages, les virtuels chargés de relayer les informations plantés comme des plots dans la mélasse du Mutant Counter, deux bombes, une fourmilière de traqueurs en sommeil que les petites étincelles se chargèrent d'endormir pour toujours... Et toujours pas trace du dragon. Victime d'une hallucination programmée, le petit pirate ? Ce n'était pourtant pas un holo-mirage qui en avait fait de la charpie. Les brasseurs analysaient sans relâche et ne détectaient aucun autre piège. Malicieux, le robot...

Maman vient te donner la fessée, fer-blanc...

Orlando donna l'ordre à Super Brain d'envoyer les T.T.

Les boomerangs s'engouffrèrent dans le tunnel en toupillant, traçant dans la lymphe un sillon arc-en-ciel. Le loup-garou les suivait au bruit. Les torpilles firent demi-tour, remontèrent la gaine en déposant des leurres sur les virtuels et vinrent mourir devant Orlando, leur tâche accomplie. Les analyseurs 2018 en avaient pour un moment à faire joujou avec leur ombre.

Ça a marché ! T'entends ça, p'tit d'homme ? Ça a marché !

Super Brain avait sans doute eu raison de conseiller l'abandon de l'attaque linéaire. Ivre de puissance, le loup-garou s'enfonça comme une balle dans le tunnel, voltigeant au-dessus des virtuels en perdition, narguant la mare de virus gluants. Le dragon se dressa à la sortie du quatrième faux virage, trépan monumental, superbe origami au poitrail hérissé de virus perforants, l'haleine chargée de tout ce qui se faisait de plus destructeur dans le domaine neuro-informatique... Ses ailes en assembleur avaient des reflets nacrés et le faisaient ressembler à l'improbable produit du croisement d'un iguane et d'une raie. Pas le moindre octet de cette créature qui ne fût investi d'un programme d'éradication. Super Brain déconnecta après une rafale de messages de détresse. Le loup-garou s'éparpilla...

Anita tenait dans sa paume scotchée d'isolant le faisceau de câbles d'alimentation. Elle vibrait comme une lame de guimbarde. Les yeux d'Antonin papillotèrent. Il se tourna vers Christina, occupée à mâchouiller un coin de la taie d'oreiller.

« Toujours intacte, honey ? »

Christina hocha la tête. Antonin regarda Anita.

« Mais bordel, qu'est-ce que t'as foutu ?

– Tu m'avais dit de déconnecter quand Super Brain se mettrait à déconner !

– Et tu l'as vu déconner ? »

Anita fit crisser son ongle verni sur l'écran éteint du micro.

« J'ai pas rêvé, mec ! Y avait marqué là : Déconnexion immédiate. Alarme. Déconnexion immédiate... Toute une chiée de lignes exactement pareilles. »

Antonin ferma les yeux et exhala un long soupir.

« On a lâché Orlando au mauvais moment... »

Il repoussa sa chaise et dégringola l'escalier. Le corps du loup-garou était toujours allongé sur la banquise de marbre. Antonin lui retira prudemment le casque du Jokari des tempes et le glissa dans sa poche. Ça ne servait à rien. Il chercha un pouls imperceptible sur le poignet d'Orlando. Cœur d'oisillon. La peau du loup-garou était glacée. Deux toubibs sur trois l'auraient donné pour mort. Antonin referma la porte et remonta à l'étage.

« On se rebranche », décida-t-il.

Anita arborait toujours son superbe ictère. Elle était debout près de la fenêtre et regardait la rue.

« T'as entendu ? Je recâble Super Brain !

– On a de la visite », laissa tomber Anita d'une voix morne.

Trois rides horizontales balafrèrent le front grêlé d'Antonin. Il s'approcha de la vitre opacifiée par la condensation. D'un revers de poignet, il balaya la buée. Dans le brouillard doré des réverbères, il aperçut les hippies... Ils étaient une cinquantaine et ressemblaient à ceux de Riverside Walk. Ils regardaient les fenêtres de l'appartement et d'autres filles blondes dansaient...

« Qu'est-ce qu'ils chantent ? » murmura Antonin.

Anita entrouvrit la fenêtre.

When the moon is in the seventh house,
And Jupiter aligns with Mars,
Then peace will guide the planets,
And love will steer the stars ;
This is the dawning of the age of Aquarius,
The age of Aquarius.

Antonin referma la fenêtre. D'autres hippies arrivaient et se regroupaient autour des braseros qui ouvraient dans la brume des bouches ensanglantées. Ils seraient bientôt plusieurs centaines. OFF sonnait l'hallali. Antonin regagna sa chaise et posa le Derringer près du clavier.

« Je me recâble avec Orlando... », souffla-t-il d'une voix blanche.

Christina vint s'asseoir près de lui. Elle déroula en silence le ruban d'isolant autour de sa main droite.

Pourrir. Corruption prématurée de la chair et du spectre. Pourrir. Tel était l'ordre hégémonique du virus gluant. Et les enzymes bousillaient consciencieusement ses chaînes neurologiques. Jusqu'à totale ingestion.

> Infection par Mutant Counter. Virus gluant. Destruction impossible.

Le spectre disloqué du loup-garou vit clignoter le message quelque part dans le pare-brise éclaté de son champ de vision.

Alors comme ça, t'es revenu, p'tit d'homme ?

La réponse n'était qu'une bouillie d'octets éparpillés. A l'autre bout, Antonin ne devait recevoir qu'une vaguelette de parasites. Antonin... Le loup rassembla ses lambeaux. Les étincelles avaient protégé le cœur de sa mémoire. Elles continuaient à lutter contre la glu du Mutant Counter. Orlando revit le dragon, sa plongée désespérée dans le lac infesté par le virus gluant, les piranhas qui se ruaient sur son spectre... Sa mort, presque. Orlando entendait clapoter contre son empreinte génétique les algues vitriolées, l'acide du Mutant. La douleur ou les morsures du virus avaient un goût d'acétone.

> Infection par Mutant Counter. Virus gluant. Protection expérimentale des archives de la Nouvelle Eglise.
> Nettoyant étudié par le groupe Twilight Zone des technobarbares de Silicone Valley. Aucune preuve d'efficacité.
> Prêt à envoyer.

Super Brain faisait des progrès. Tout au fond de la mélasse gourmande, le loup-garou formait déjà une petite masse compacte. Le spectre n'éprouvait rien de tangible. Clone sensoriel de la torture blanche. Privation des repères. Un effort était nécessaire. Rien que pour entendre encore une fois les virtuosités vocales de Robert Plant... Orlando détesta absolument la chorégraphie lente du virus gluant. L'éclat des shuriken était encore trop terne.

Vas-y, baby, fais-moi exploser toute cette merde !

L'ordre était faible, parasité. Super Brain le décoda, l'interpréta et balança le nettoyant des Twilight Zone. Efficacité archivée. Et comment ! Les mâchoires du Mutant Counter se replièrent en piaillant comme des milliers de crabes plongés dans l'eau bouillante. Les décombres du loup-garou se rassemblèrent comme l'implosion d'un building filmé à l'envers. La force du fauve blessé pour échapper à son prédateur... Le spectre d'Orlando aperçut, à la lisière de sa conscience, le ventre mou du dragon palpant la surface des douves.

Trait Bleu Konica.

Le laser turquoise jaillit de la mélasse pour atomiser les boot-secteurs du monstre, entrailles vulnérables guidant la panoplie des micro-tueurs. L'origami géant poussa un cri horrible et se recroquevilla comme une sculpture de polystyrène oubliée sur une vitrocéramique halogène. Le spectre du loup-garou creva l'horizon poisseux de virus agonisants. Devant lui pulsaient les neuroprocesseurs d'OFF, comme des ventres de reines...

Antonin retint son souffle. Super Brain venait d'émettre un claquement sec. L'écran se flétrissait comme l'image fixe d'une pellicule carbonisée par une pause prolongée.

« Me lâche pas maintenant... », siffla-t-il, les dents serrées.

La fente thermique cessa de vomir ses paravents de papier comptable. L'ordre du Trait Bleu Konica n'était qu'à moitié imprimé. Une rémanence sphérique palpita une seconde sur l'écran avant de s'évanouir. Super Brain était mort. Antonin, pétrifié, écouta décroître le ronronnement du disque dur. Les prodigieuses mémoires introduites par 42 se recroquevillèrent dans une coulée de circuit imprimé. Fini. Pas de « That's all, folks ! » inscrit dans le dernier programme du micro.

« Me lâche pas maintenant ! » hurla encore Antonin en giflant la console.

A nouveau cette odeur entêtante d'isolant brûlé. Le garçon cligna des yeux. Aucune fumée ne se dégageait de Super Brain et quelqu'un le secouait.

« Faut te décâbler, mec ! gueulait Anita. Les hippies viennent de foutre le feu à la taule ! »

Antonin avait l'impression que des nuées d'acariens étaient en train de lui ronger le système nerveux. Vertige de la descente. 42 lui avait souvent parlé de cette sensation qu'il éprouvait parfois après s'être câblé sur les réseaux. L'odeur de cramé ne venait pas de Super Brain. Le garçon entendit un fracas de verre brisé, quelque part au rez-de-chaussée, se retourna et vit avec horreur les panaches de fumée noire envahir les escaliers. Les fans de Panizza balançaient des molotov dans l'appartement.

« Orlando... », murmura Antonin.

Il se rua vers l'incendie.

« Montez-le au grenier ! » ordonna-t-il en désignant le corps de Trafic.

Le garçon disparut dans la fumée. Il suffoqua, trébucha, manqua une marche. Odeur de napalm. En bas, les flammes léchaient déjà la rampe. L'incendie embrasait les pièces comme s'il s'agissait de poches de gaz. Les cocktails devaient être remplis d'une substance grasse à combustion lente et gazeuse. Mélange de fioul, d'éther et de plastique... Antonin n'y voyait plus rien. Il entendit d'autres bombes incendiaires exploser sur le carrelage tandis qu'à l'extérieur les hordes d'OFF chantaient à tue-tête leur hymne de paix. Le souffle du brasier posa sur son visage un baiser brûlant.

La fumée devenait orange autour de lui. Une poutre s'effondra, plus loin, vers la pièce principale. Antonin recula en hurlant le nom du loup-garou.

Contact rompu avec Super Brain. Brouillage ou problème technique... Où es-tu, petit d'homme ? Les étincelles se regroupèrent autour d'Orlando. Il observa les neuro-processeurs du robot, comme quatre grosses larves translucides nichées dans un cocon balayé par une forêt de tentacules d'anémone. Les lianes, comme piquées à l'intérieur de la tête d'OFF, ondulaient paresseusement. Orlando envoya une sonde. Au contact du shuriken, le tentacule se rétracta. Un frémissement agita la forêt d'algues grises. Elles durent prendre l'étincelle pour un parasite et la chassèrent sans lui laisser le temps de dérober la moindre information.

Qu'est-ce que c'est que ce travail ?

Apparemment, l'essentiel des protections avait été installé dans la liaison Panizza-OFF. A moins que ces tentacules ne représentent une menace plus grande encore... Orlando regretta l'absence de Super Brain. Ses mémoires auraient peut-être pu lui fournir une explication sur la présence de ces filaments tactiles. Le loup-garou libéra ses petites étoiles. Une douzaine d'entre elles se fit avaler par les lianes avant que le reste de la nuée ne décide d'éviter cette chevelure vorace et ne s'éparpille dans les réseaux du robot. Tous les systèmes de sécurité du robot devaient être en alerte et rien ne se passait. Orlando décida qu'il détestait ça. Les shuriken mordaient joyeusement dans les bibliothèques d'OFF et collectaient une masse considérable d'informations. Le robot était allongé dans la caravane, dans une énorme cantine de métal. Qu'est-ce qu'il fichait là ? Phase d'autocontrôle ? Orlando se déplaça. Les étincelles venaient de rencontrer quelque chose. Une flaque de neurones, un truc dégueulasse, comme un vieux chien cancéreux abandonné dans un cul-de-basse-fosse. Les fouisseurs y plantaient allégrement leurs trépans.

Hey ! Qui c'est qui me chatouille comme ça ?

Le spectre du loup-garou ondula.

Identification ?

Orlando ? C'est toi, beau branque ?

Orlando reconnut le rire pointu d'OFF, de l'époque de la défonce et du bidouillage. Les étoiles ramenaient des informations ahurissantes.

OFF ?

Zéro pour la question, Gaston ! T'aurais pas encore un peu de cette délicieuse glace noire ?

Un bout de charogne, les lambeaux du programme rock de 42. Quelques octets éparpillés soutenus par une routine virale cachectique.

Tout juste, Auguste.

Où est OFF ?

Mais partout, tout autour de toi. Mate un peu cette cathédrale. Paralysé comme une vieille grue rouillée.

Paralysé ?

Le rire crispa Orlando.

Le nouveau Seigneur a compris trop tard qu'il avait fait une boulette. Un quart de ses composants venaient du Japon, Toto. Tu mords le bug ? Tétraplégique, le beau robot. Dis, tu peux pas demander à tes morpions d'arrêter de me sucer la moelle ?

Ils arrêteront dès qu'ils auront tout appris. Pourquoi il t'a épargné ?

Le programme de Tomcat n'y connaissait que dalle question rock. Il comptait sur moi pour le rencarder sur vos réactions et vous foutre la main dessus. C'était pas dur à deviner. Tu parles si je l'ai aiguillé dans des impasses, le greffier ! En souvenir du bon vieux temps, non ?

Tomcat ?

C'est lui qui dirige la manœuvre maintenant. Gare aux poils du chat, papa.

Les shuriken avaient rempli leur devoir. Orlando savait où aller. Tous les systèmes mécaniques du robot étaient effectivement hors d'usage. OFF – ou Tomcat – comptait sur le chargement de scientifiques au-dessus des Bermudes pour remplacer les pièces manquantes et fabriquer un clone. Excellente déduction, petit pirate. Inutile de s'emparer des commandes de l'androïde. Celles du fantôme Panizza étaient ailleurs, dans un sacré coffre-fort dissimulé sous les poils du chat...

Le loup-garou commença par planter un chapelet de bombes lentes dans les neuroprocesseurs du robot. Cinq petites étincelles s'endormirent en auréole sous chaque bombe, prêtes à boguer un éventuel programme de déminage. Un brasseur avait planté son rostre au cœur de cette immonde gelée et commençait à décoder l'empreinte de fabrication d'OFF. Orlando ne prenait aucun risque. Le robot ne se relèverait pas. Jamais. Une faim de mordre fit tressaillir le spectre du loup-garou. Les tentacules s'étaient refermés comme la bouche d'un oursin. Orlando bascula en visuel.

Tomcat était allongé sur la poitrine du robot. Le bout de sa queue s'agitait, spasmodique. Ses pupilles de métal semblaient suivre le parcours invisible d'une souris planquée dans la carcasse d'OFF. Tout près de la tête, à la faiblesse du cou, là où il aimait tant venir ronronner...

Orlando shunta tous les réseaux électroniques. Maintenant. Les micro-shuriken se réunirent devant lui. Leur scintillement devint plus violent. Nuage de phosphènes qui dansaient devant le spectre. Maintenant. Les étincelles se regroupèrent, se concentrèrent et dessinèrent dans l'espace une épée que le loup-garou empoigna. Dehors, Tomcat se mit à cracher. Ses poils synthétiques s'enflammèrent comme des milliers de cordons Pickford.

Leur mission incendiaire satisfaite, les hippies s'étaient dispersés dans les rues de Londres. L'incendie faisait rage et gagnait maintenant les immeubles voisins de Leicester Square. Asphyxiés par la fumée, Anita et Antonin avaient transporté le corps de Trafic jusqu'au grenier. Dernière étape.

« Il devait pas avoir grand-chose dans le crâne pour

peser aussi lourd sans ses neurones ! » pesta Anita en déposant Trafic sur le plancher.

Antonin, à bout de souffle, le visage noir de suie, regarda autour de lui. Tout cela allait joliment brûler. Le grenier, tout en lattes et madriers, serait le dessert du brasier. Et les kids, la cerise sur le gâteau... Antonin évita de penser à Orlando, petit tas racorni sur les dalles de sa cellule.

« Et Christina ? Où est Christina ? »

Dans leur fuite, ils avaient oublié de se surveiller les uns les autres. Antonin retournait déjà vers l'incendie quand la jeune fille émergea de la fumée.

« Vous aviez oublié ça », expliqua-t-elle en montrant le Jokari.

Antonin palpa instinctivement la poche de son veston. Le casque y était toujours. Avec le bracelet que portait Trafic, deux personnes pouvaient échapper à la crémation. Drôle d'évasion. Antonin secouait déjà la tête pour en refuser la douteuse opportunité quand Christina désigna un escalier de service métallique qui desservait une cour intérieure oblongue.

« La Buick est là ! Dépêchez-vous ! »

Antonin se précipita vers la rambarde. L'Electra 225 rutilait sous les lueurs de l'incendie. Christina chargea Trafic sur ses épaules et, déployant une formidable énergie, dégringola l'étroit escalier de fer. Antonin, médusé, la suivait péniblement en la priant de la laisser l'aider. Ça n'avait pas l'air vrai... Anita coinçait en jurant ses talons dans les interstices des passerelles. La maison s'effondrait de l'intérieur dans un fracas de madriers calcinés. Ils atteignirent le pavé de la petite cour. Christina largua sans ménagements le corps de Trafic sur la banquette arrière de la voiture. Antonin empoigna le biceps de la jeune fille et la força à se retourner.

« Comment tu savais que la Buick était là ? »

Un sourire ambigu éclaira l'adorable frimousse de Christina.

« Tu ne devines pas, petit d'homme ?

– Orlando, merde... Comment tu as fait pour...

– J'ai récupéré le code génétique de 42 dans le fantôme du golfeur. Incomplet, mais j'en avais déjà craqué la moitié. »

Christina lâcha un rire perlé.

« On a encore du boulot à faire, Toine. C'est pas le moment d'avoir des états d'âme », ajouta-t-elle en s'installant d'autorité au volant de la Buick.

OFF avait introduit dans le programme musical de la Buick un concert de Carl Perkins qui les conduisait tout droit à Londres, début janvier 1957...

Le spectre du loup-garou bascula. Il se sentait faiblir et les shuriken réintégraient leur néant génétique. Il avait presque tout fait, anéanti OFF et Tomcat, sauvé sa propre chaîne neurologique, mais il lui restait une dernière tâche à accomplir, un ultime ennemi à abattre. Il bascula pendant qu'il pouvait encore le faire. Le loup-garou remonta le sillon circonférentiel de Vicq-d'Azyr, franchit les pyramides et la scissure de Rolando, fureta dans la capsule interne et traversa l'avant-mur. L'ennemi était forcément là, tapi quelque part dans les hémisphères. Il le trouva dans le rhombencéphale, accroché à la toile choroïdienne comme une grosse araignée gorgée de sang. Le spectre ondula. Une ondée d'étincelles s'envola vers l'abcès, perfora l'anévrisme translucide et shunta l'hémorragie vers un autre réseau de vaisseaux. La peau du monstre s'opacifia tandis qu'il se dégonflait comme une baudruche. Les microtravailleurs mirent en place une précieuse dentelle vascularisée et atomisèrent la hernie mortelle. Le spectre envoya une dernière division d'étoiles à la recherche d'une éventuelle autre faiblesse qu'elles ne trouvèrent pas. Ce monde-là était tranquille pour un bout de temps. Le spectre laissa derrière lui une longue traîne de poussière argentée, reprit les commandes, bascula et ordonna un sourire.

« Qu'est-ce qui t'amuse ? grogna Antonin, irrité.

– Ça, répondit Christina en désignant le jeune Jimmy

en train de quitter sa maison d'Epsom avec une guitare espagnole sur l'épaule.

– D'accord, tu as réussi. Led Zeppelin va exister et je ne suis plus menacé d'écrasement. Mais toi ? Qu'est-ce que tu as l'intention de faire maintenant ? »

Le regard enamouré de Christina le gênait horriblement.

« Je n'ai plus de corps disponible avant un siècle, et je ne pense pas que tu aimerais me voir garder celui-là. Alors je vais en choisir un autre, un jeune tant qu'à faire. J'essayerai de le garder en vie le plus longtemps possible. J'ai tous ces fichus concerts à voir. »

Le visage d'Antonin dessinait une insondable tristesse. Christina lui donna un petit coup amical dans la mâchoire, mimant au ralenti le swing d'un boxeur.

« Arrête de faire la gueule, Toine. Je l'ai guérie. »

Antonin fronça les sourcils.

« Guérie ?

– Plus d'anévrisme, plus rien. »

Une incontrôlable émotion fit briller les yeux du garçon. Christina se tourna vers le corps de Trafic toujours affalé sur la banquette arrière. Sa tête reposait sur les cuisses d'Anita.

« Prenez-en soin et laissez-lui son bracelet. Il reviendra quand John Bonham mourra. »

Elle parut réfléchir avant d'ajouter :

« Mais peut-être qu'il l'empêchera de mourir, qu'il passera dans l'enfant de son enveloppe... Il a l'air de prendre son pied derrière une batterie. »

Christina glissa le casque sur ses tempes et posa le Jokari sur ses genoux.

« Orlando...

– Oui ? »

Antonin secoua la tête. Il aurait tant voulu trouver les mots justes. Ils le fuyaient, comme d'habitude. Il les retrouverait dès qu'il ne s'agirait plus de les prononcer.

« Je vous laisse, le précéda Orlando. La petite a hâte de te retrouver. »

La main de Christina enroba le boîtier du Jokari. Le corps de la jeune fille s'affaissa, l'espace d'une seconde.

« Il... il est parti ? » bafouilla Antonin.

Christina hocha la tête. Une pointe d'amertume piqua la gorge du garçon, juste avant qu'il n'enlace sa girl-friend pour un délicieux baiser. Le meilleur de tous... Il aurait volontiers fait l'amour ici, tout de suite, dans cette rue de la banlieue de Londres, mais Christina le repoussa doucement et lui adressa un clin d'œil.

« Merci, petit d'homme », murmura-t-elle avant de presser enfin vraiment le bouton bleu du Jokari.

Antonin se sentit violemment rougir et poussa une épouvantable gueulante tandis qu'Anita éclatait de rire.

Comment pouvait-il être sûr qu'Orlando avait vraiment quitté le corps de Christina ? La jeune fille l'affirmait mais le spectre du loup-garou était capable de tout, y compris de dissimuler sa présence. Jamais Antonin ne fit l'amour à Christina sans que ce doute ne vienne le tourmenter. Où était Orlando ? Dans quelle enveloppe survivait-il ? Antonin avait passé des annonces dans toute la presse underground. Sans résultat. Christina et Antonin voyagèrent avec la Buick, vécurent un feu d'artifice de concerts absolument excitants. Ils s'efforcèrent, dans l'explosion des années 70, de ne rien bouleverser. Ils devinrent les spectateurs du monde, spectateurs d'un film dont ils connaissaient le scénario. Anita resta quelques semaines avec eux avant de se lancer à corps perdu parmi les météores des années 80. Elle fricota avec les Cramps, eut une liaison orageuse avec Lux Interior et traversa une longue période mystique qu'elle ponctua par une overdose de brown sugar. Trafic avait été installé dans une chambre, à Manhattan, devant une baie vitrée qui s'ouvrait sur l'océan. Il attendait là, comme une plante dont Antonin et Christina assuraient l'entretien, que son spectre ait fini de s'éclater.

Ce n'est qu'en mars 1970, au festival de Montreux et par une soirée de glace, qu'Antonin crut trouver une réponse à ses doutes. Christina était enceinte et Robert Plant entamait un frénétique *Whole Lotta Love*. Led Zeppelin fonçait sur sa rampe de lancement. Le groupe arrachait cent cinquante mille spectateurs de la banquise avec un concert inhabituellement brutal et dépouillé. Led Zep apposait avec une violence lumineuse son tatouage indélébile dans la chair du rock'n roll. Antonin avait assisté à d'autres concerts du groupe, en amont et en aval de celuici. A chaque fois, il avait reçu un formidable coup de poing. La pointe du dirigeable en plein plexus. Atomisé par cette musique de rêve-machine programmée dans les gouffres du temps par un Lovecraft cybernétique. La puissance du Zeppelin ne connaissait aucune limite. Elle plongeait les spectateurs dans la transe et l'ivresse. Une magie se dégageait du groupe, magie menaçante, apaisante, puis menaçante à nouveau. Quelque chose d'*autre* planait sur Led Zeppelin. A plusieurs reprises, dans ces rares et fabuleuses secondes où la musique établit la connexion totale entre le groupe et ses admirateurs, Antonin crut percevoir ce quelque chose. Il crut que la magie devenait palpable, que Led Zeppelin allait déchirer ce voile de ténèbres pour révéler la vérité... Et il se fit avoir. C'était pourtant ce quelque chose d'*autre* qui avait attiré Orlando. Ce soir-là, lorsque Jimmy Page brandit son archet au-dessus d'une Gibson rutilante et qu'un gosse força le barrage de gorilles pour venir s'agenouiller à ses pieds, Antonin se pétrifia. *Dazed and confused*. Le temps s'arrêta. Bonham, Jonesy, Plant et les videurs regardèrent ce gamin en prière sans intervenir. La foule cessa de hurler. Jimmy Page avait les yeux fermés. L'archet glissa entre les micros de la Gibson. Et lorsque Page le dressa vers le ciel, Antonin crut voir jaillir de l'instrument une fine arabesque d'étincelles scintillantes...

DU MÊME AUTEUR

Aux Éditions Denoël

Dans la collection Sueurs froides

MONGOL

Dans la collection Présence du futur

LE TEMPS DU TWIST (Folio Science-Fiction n° 36)

ARGENTINE

Chez d'autres éditeurs

LES VAUTOURS

GAME OVER

LE CHAMPION DES MONDES

LE PRONOSTIQUEUR

ANGEL FELINA

Dans la même collection

1.	Isaac Asimov	*Fondation*
2.	Isaac Asimov	*Fondation et Empire*
3.	Ray Bradbury	*Fahrenheit 451*
4.	H.P. Lovecraft	*La couleur tombée du ciel*
5.	Mary Shelley	*Frankenstein* ou *Le Prométhée moderne*
6.	Fredric Brown	*Martiens, go home!*
7.	Norman Spinrad	*Le Printemps russe,* 1
8.	Norman Spinrad	*Le Printemps russe,* 2
9.	Dan Simmons	*L'échiquier du mal,* 1
10.	Dan Simmons	*L'échiquier du mal,* 2
11.	Stefan Wul	*Oms en série*
12.	Serge Brussolo	*Le syndrome du scaphandrier*
13.	Jean-Pierre Andrevon	*Gandahar*
14.	Orson Scott Card	*Le septième fils*
15.	Orson Scott Card	*Le prophète rouge*
16.	Orson Scott Card	*L'apprenti*
17.	John Varley	*Persistance de la vision*
18.	Robert Silverberg	*Gilgamesh, roi d'Ourouk*
19.	Roger Zelazny	*Les neuf princes d'Ambre*
20.	Roger Zelazny	*Les fusils d'Avalon*
21.	Douglas Adams	*Le Guide galactique*
22.	Richard Matheson	*L'homme qui rétrécit*
23.	Iain Banks	*ENtreFER*
24.	Mike Resnick	*Kirinyaga*
25.	Philip K. Dick	*Substance Mort*
26.	Olivier Sillig	*Bzjeurd*
27.	Jack Finney	*L'invasion des profanateurs*
28.	Michael Moorcock	*Gloriana ou La reine inassouvie*
29.	Michel Grimaud	*Malakansâr*
30.	Francis Valéry	*Passeport pour les étoiles*

31. Isaac Asimov	*Seconde Fondation*
32. Philippe Curval	*Congo Pantin*
33. Mary Gentle	*Les Fils de la Sorcière*
34. Richard Matheson	*Le jeune homme, la mort et le temps*
35. Douglas Adams	*Le Dernier Restaurant avant la Fin du Monde*
36. Joël Houssin	*Le Temps du Twist*
37. H.P. Lovecraft	*Dans l'abîme du temps*
38. Roger Zelazny	*Le signe de la licorne*

À paraître :

Isaac Asimov	*Fondation foudroyée*
Fredric Brown	*Une étoile m'a dit*
Philip K. Dick et Roger Zelazny	*Deus irae*
Pierre Stolze	*La Maison Usher ne chutera pas*
Gregory Benford	*Un paysage du temps*
Francis Berthelot	*Rivage des intouchables*
Ray Bradbury	*Chroniques martiennes*
Roger Zelazny	*La main d'Oberon*

COLLECTION FOLIO

Dernières parutions

3304.	Zola	*Germinal.*
3305.	Sempé	*Raoul Taburin.*
3306.	Sempé	*Les Musiciens.*
3307.	Maria Judite de Carvalho	*Tous ces gens, Mariana...*
3308.	Christian Bobin	*Autoportrait au radiateur.*
3309.	Philippe Delerm	*Il avait plu tout le dimanche.*
3312.	Pierre Pelot	*Ce soir, les souris sont bleues.*
3313.	Pierre Pelot	*Le nom perdu du soleil.*
3314.	Angelo Rinaldi	*Dernières nouvelles de la nuit.*
3315.	Arundhati Roy	*Le Dieu des Petits Riens.*
3316.	Shan Sa	*Porte de la paix céleste.*
3317.	Jorge Semprun	*Adieu, vive clarté...*
3318.	Philippe Sollers	*Casanova l'admirable.*
3319.	Victor Segalen	*René Leys.*
3320.	Albert Camus	*Le premier homme.*
3321.	Bernard Comment	*Florence, retours.*
3322.	Michel Del Castillo	*De père français.*
3323.	Michel Déon	*Madame Rose.*
3324.	Philipe Djian	*Sainte-Bob.*
3325.	Witold Gombrowicz	*Les envoûtés.*
3326.	Serje Joncour	*Vu.*
3327.	Milan Kundera	*L'identité.*
3328.	Pierre Magnan	*L'aube insolite.*
3329.	Jean-Noël Pancrazi	*Long séjour.*
3330.	Jacques Prévert	*La cinquième saison.*
3331.	Jules Romains	*Le vin blanc de la Villette.*
3332.	Thucydide	*La Guerre du Péloponnèse.*
3333.	Pierre Charras	*Juste avant la nuit.*
3334.	François Debré	*Trente ans avec sursis.*
3335.	Jérôme Garcin	*La chute de cheval.*
3336.	Syvie Germain	*Tobie des marais.*
3337.	Angela Huth	*L'invitation à la vie conjugale.*
3338.	Angela Huth	*Les filles de Hallows Farm.*
3339.	Luc Lang	*Mille six cents ventres.*

3340.	J.M.G. Le Clézio	*La fête chantée.*
3341.	Daniel Rondeau	*Alexandrie.*
3342.	Daniel Rondeau	*Tanger.*
3343.	Mario Vargas Llosa	*Les carnets de Don Rigoberto.*
3344.	Philippe Labro	*Rendez-vous au Colorado.*
3345.	Christine Angot	*Not to be.*
3346.	Christine Angot	*Vu du ciel.*
3347.	Pierre Assouline	*La cliente.*
3348.	Michel Braudeau	*Naissance d'une passion.*
3349.	Paule Constant	*Confidence pour confidence.*
3350.	Didier Daeninckx	*Passages d'enfer.*
3351.	Jean Giono	*Les récits de la demi-brigade.*
3352.	Régis Debray	*Par amour de l'art.*
3353.	Endô Shûsaku	*Le fleuve sacré.*
3354.	René Frégni	*Où se perdent les hommes.*
3355.	Alix de Saint-André	*Archives des anges.*
3356.	Lao She	*Quatre générations sous un même toit II.*
3357.	Bernard Tirtiaux	*Le puisatier des abîmes.*
3358.	Anne Wiazemsky	*Une poignée de gens.*
3359.	Marguerite de Navarre	*L'Heptaméron.*
3360.	Annie Cohen	*Le marabout de Blida.*
3361.	Abdelkader Djemaï	*31, rue de l'Aigle.*
3362.	Abdelkader Djemaï	*Un été de cendres.*
3363.	J.P. Donleavy	*La dame qui aimait les toilettes propres.*
3364.	Lajos Zilahy	*Les Dukay.*
3365.	Claudio Magris	*Microcosmes.*
3366.	Andreï Makine	*Le crime d'Olga Arbélina.*
3367.	Antoine de Saint-Exupéry	*Citadelle (édition abrégée).*
3368.	Boris Schreiber	*Hors-les-murs.*
3369.	Dominique Sigaud	*Blue Moon.*
3370.	Bernard Simonay	*La lumière d'Horus (La première pyramide III).*
3371.	Romain Gary	*Ode à l'homme qui fut la France.*
3372.	Grimm	*Contes.*
3373.	Hugo	*Le Dernier Jour d'un Condamné.*
3374.	Kafka	*La Métamorphose.*
3375.	Mérimée	*Carmen.*
3376.	Molière	*Le Misanthrope.*
3377.	Molière	*L'École des femmes.*

3378.	Racine	*Britannicus.*
3379.	Racine	*Phèdre.*
3380.	Stendhal	*Le Rouge et le Noir.*
3381.	Madame de Lafayette	*La Princesse de Clèves.*
3382.	Stevenson	*Le Maître de Ballantrae.*
3383.	Jacques Prévert	*Imaginaires.*
3384.	Pierre Péju	*Naissances.*
3385.	André Velter	*Zingaro suite équestre.*
3386.	Hector Bianciotti	*Ce que la nuit raconte au jour.*
3387.	Chrystine Brouillet	*Les neuf vies d'Edward.*
3388.	Louis Calaferte	*Requiem des innocents.*
3389.	Jonathan Coe	*La Maison du sommeil.*
3390.	Camille Laurens	*Les travaux d'Hercule.*
3391.	Naguib Mahfouz	*Akhénaton le renégat.*
3392.	Cees Nooteboom	*L'histoire suivante.*
3393.	Arto Paasilinna	*La cavale du géomètre.*
3394.	Jean-Christophe Rufin	*Sauver Ispahan.*
3395.	Marie de France	*Lais.*
3396.	Chrétien de Troyes	*Yvain ou le Chevalier au Lion.*
3397.	Jules Vallès	*L'Enfant.*
3398.	Marivaux	*L'Île des Esclaves.*
3399.	R.L. Stevenson	*L'Île au trésor.*
3400.	Philippe Carles et Jean-Louis Comolli	*Free jazz, Black power.*
3401.	Frédéric Beigbeder	*Nouvelles sous ecstasy.*
3402.	Mehdi Charef	*La maison d'Alexina.*
3403.	Laurence Cossé	*La femme du premier ministre.*
3404.	Jeanne Cressanges	*Le luthier de Mirecourt.*
3405.	Pierrette Fleutiaux	*L'expédition.*
3406.	Gilles Leroy	*Machines à sous.*
3407.	Pierre Magnan	*Un grison d'Arcadie.*
3408.	Patrick Modiano	*Des inconnues.*
3409.	Cees Nooteboom	*Le chant de l'être et du paraître.*
3410.	Cees Nooteboom	*Mokusei !*
3411.	Jean-Marie Rouart	*Bernis le cardinal des plaisirs.*
3412.	Julie Wolkenstein	*Juliette ou la paresseuse.*
3413.	Geoffrey Chaucer	*Les Contes de Canterbury.*
3414.	Collectif	*La Querelle des Anciens et des Modernes.*
3415.	Marie Nimier	*Sirène.*
3416.	Corneille	*L'Illusion Comique.*

Ouvrage reproduit
par procédé photomécanique.
Impression Bussière Camedan Imprimeries
à Saint-Amand (Cher), le 6 novembre 2000.
Dépôt légal : novembre 2000.
Numéro d'imprimeur : 004860/1.
ISBN 2-07-041616-X./Imprimé en France.

97587